○律师探案系列小说第二部

流沙之墟

小　东◎著

文匯出版社

谨以此书敬献给退役军人

人 物 表

段韬，男，国华律师事务所执业律师，担任酷客号船长的二审刑事辩护人。

欧轼晗，女，英文名希格尔，巴朗岛地陪导游。

童宁，女，段韬的大学同学，同源律师事务所执业律师，酷客号船长一审辩护人，后继续担任船长的二审辩护人。

季箐，女，段韬的大学同学，市人民检察院分院检察官，担任酷客号船长二审检察员。

姚铁，男，段韬在武警服役时的战友，市公安局刑侦探长，担任段韬伪证罪的侦查员。

高伟达，男，蓝海航运公司党委书记兼董事长。

欧华斌，男，酷客号船长，因酷客号沉船，一审以重大责任事故罪被判处三年六个月有期徒刑。

岳宝胜，男，酷客号党支部书记兼轮机长。

小满，女，酷客号遇难船员的遗孀。

宋小甘，男，段韬的大学同学，海天保险公司法务。

薛荣贵，男，酷客号大副，沉船案件的重要证人。

马威，男，香港国际咨询公司老板。

引 子

黎明之前,天色漆黑。

在孟加拉湾的海面上,狂风呼啸,海浪滔天,暴雨倾泻,多年未遇的风暴正在这里肆虐。海浪如巨型猛兽不断地扑向一艘正在航行中的万吨货轮,发出震耳欲聋的吼声。万吨货轮就像一条小舢板在波涛中起伏摇曳,艰难前行。

货轮的桅杆上飘动着中国国旗,尾部旗杆却挂着巴拿马的旗子。这艘酷客号是由中国公司租用的巴拿马籍万吨散装货轮。由于遭遇重大险情,船上警笛嘶鸣,划破夜空。

驾驶台上,大副薛荣贵指挥船员在奋力抢险,他们把甲板上一些货物推入大海,以减轻承载,紧急避险。可海水仍不停地跃上甲板,涌入船舱,船体开始倾斜下沉。

机舱里,轮机长岳宝胜一边指挥船员堵水,一边不断地向驾驶台急切呼叫:"堵不住呀,堵不住了!"

薛荣贵不得已拉响弃船警笛,发出七短一长的汽笛声,向全体船员发出弃船的命令。船员们纷纷登上救生艇,迅速撤离货轮。薛荣贵见大部分船员已撤离,便走下驾驶舱,忽然发现一位船员搀扶着受伤的船长欧华斌走上甲板,他快步上前,毫不犹豫地背起船长，与已经攀上甲板的岳宝胜会合后，带领几名船员登上最后一条救生艇，撤离了酷客号。

救生艇远离酷客号，薛荣贵和船员们一起回望酷客号，只见酷客号渐渐沉入大海，海面上掀起一个巨大的水柱。

一

黄昏时分，柔和的阳光照洒向整个城市，透过森林般高楼大厦的缝隙，照射在这个住宅小区里。此时正是孩子们放学回家的时刻，顽皮的学童在小区花园内嬉戏打闹，放飞自我，陪伴的老人相互招呼，或者驻足聊天。鲜有年轻的父母出现。恰在此时，一对青年男女跟随孩子们走进怡景花园小区，怎么看都觉得很扎眼。

男的是段韬律师，依然是一身休闲打扮，悠然自得。他已做了七八年的执业律师，积累了一点财富，不能继续蜗居在出租屋内，该买套自己的住房了。可这年头赚钱的速度远远赶不上房价的上涨，他虽有点积蓄，却买不起动辄上千万的新建豪宅，只能买套六七百万的二手房，将来还要按揭贷款。有了房子或许会有个姑娘撞进来，就算完成成家立业的大事了。二手房买卖手续复杂，一般都是找房产中介代办，让专业人做专业事。于是想起那位曾经介绍自己与刘浩鹏相识的房产中介小妹。上次搅黄了人家的生意，这次给她做单生意，算是个补偿。女的不到三十，身着职业装，胸前挂着房产中介公司的工牌，她就是那位热情似火的房产中介的小妹，带着段韬律师上门看房。

中介小妹对段韬说："段大哥，这次买房是真的吗？要知道上次你开个玩笑，致使刘叔撤单，你虽给点小费，可老板说我得罪客户，撤走房源，把我开除了。"

"哦，竟有这样的事，那你该告诉我呀。可以免费帮你打劳动官司，非法解约，让老板赔偿。"段韬接道。

"打官司就算了，我还要在这个行业里混下去呢，人家知道我和老板打官司，谁还敢要我。"中介小妹说，"好在现在房产中介多如牛毛，随便找一家就能上岗。现在给我生意做，就是最大的坚持，我也一定为你寻找最合适的房子……对了，段大哥，你看房怎么不带女朋友一起来呀，她满意了才是真满意。"

段韬笑着对小妹说："我这不是想筑巢引凤嘛！现在若没有一套像样的婚房，哪个姑娘肯嫁给我；反过来讲，如果我有了婚房，像你这样漂亮的小凤凰还不扑棱扑棱地飞进来。"

"段大哥，你是律师，现在买房属于婚前财产，将来换妻不用分割。如果我是那新娘，一定要让你领了证再买房，或者领证前要在房产证上加我的名字，这叫作自我保护，将来不能让你们男人轻易甩锅。"

"小妹，你太聪明，那就不是只小凤凰，而是个小刺猬。"

"我再聪明也没你厉害。时下经济不景气，二手房的房价正在下滑，是下手的最佳时机。"

"那不叫聪明，是钱不多，买不起新建豪宅，只能选二手房改善居住条件，否则，就不用找你这位金牌销售经理了。"

"那是，我推荐的房源包你满意。这个小区建成才五年，都是新式排屋，小区环境也不错。这个小区刚挂出一套，100多平方米的二房一厅小户型，采光和通风良好，最重要的是价格合适，相比同样的房子便宜5%，要少付30万元还多。"

"俗话说，便宜没好货，该不会这房里死过人吧？"

"段大哥，你想多了。那房间里倒是没死过人，不过听说业主原是国际海员，属于高收入人群，在孩子出生时，贷款买下这房子，然后把乡下的老婆、孩子接过来住。谁知还不到五年，男主人在一场沉船事故中遇难了，家里一下子失去了收入来源，还不起房贷，女主人只能把房子卖掉，带着孩子回老家生活……唉，说起来也真是可怜！"

段韬想了想说："记得一位大作家说过，人世间的喜剧基本相同，而悲剧则千奇百怪。"

说话间，他们来到那套将被出售的房子门前，只见门口站着一位 30 多岁的女子，扎着马尾辫，淡淡的小麦肤色，脸上已有浅浅的皱纹，看得出是一个勤俭持家的农家妇女，只是一双明亮的眼睛透着忧郁，女主人迎接他们。中介小妹赶紧上前叫一声"小满姐"。好像已经很熟悉了。双方招呼后，女主人让段韬走进客厅。

段韬走进屋内，看见刚放学回家的小男孩，正坐在墙角默默地玩着坦克和军舰的模型。抬头看见墙上挂着的一张小红军照片，照片中的小红军还行着军礼，一脸灿烂的笑容，非常可爱，就是那个小男孩。他想起自己小时候，父亲曾带他去井冈山旅游，也买过一套小红军服装让他穿上，拍过一张类似的纪念照。父亲说，井冈山是中国革命的摇篮，这里许多小红军日后成长为国家大干部。他不由得暗自一笑，怎么和我小时候一模一样呀。再看边上挂着的一张海军战士的照片，估计是小孩父亲生前的留影。哦，原来是个军人之家！或许是自己当过兵的缘故，一下子倍感亲切，由衷地产生一种特别的情感。

女主人小满注意到段韬的表情，便解释说："这是我儿子去年

5

参加幼儿园的国庆节表演，是他父亲拍的照片。我们都特别喜欢，就放大了挂在一起。"

段韬走过去俯下身子对孩子笑道："'小红军'，叔叔也拍过一张和你一样的照片，长大后真的当了兵。"

孩子却讨厌地朝段韬翻了个白眼，没搭理他，似乎在驱赶面前这个买房人。在他的认知中，这里是他们娘俩遮风避雨的家，凡是要占有这房子的肯定是坏人。

段韬回过头去询问小满："这位军嫂，你丈夫当了几年兵？"

不料一句军嫂的称呼，竟让小满略有些激动。"孩子他爸在海军服役五年，复员后到航运公司当海员，长年不着家。这孩子出生后，他爸买下这里的房子，让我带孩子从老家过来一起住，毕竟大城市的各方面条件要好得多。"说到这里，她很自然地叹了口气，"哪知道去年底，他爸出海遇到风暴，就再没回来。航运公司和保险公司合计给了 100 多万元补偿费，我分给公婆一大半，自己留下一些，可大城市里生活费用高，孩子在这里上学，教育费更贵，我哪里还有余钱还银行的贷款，银行已催过好几回了。没办法，我只能把房子卖了，回老家县城里买套房子，那里的生活成本要低得多。"

"那孩子今后的教育肯定会有落差的。"

"是啊，他爸当时在大城市买房居住，就是想让孩子到这里读书，有个好的环境，好好学习，将来别像我一样没有文化。可眼下他爸不在了，我们娘俩能活下就算不错了。"说着，小满将房产证和当时购房的所有文件放在桌上，"你看看吧，东西都在这里了。我不懂卖房的手续，都委托给这位中介小妹办理，希望你早点定，先付个首付，我要回县城买房了。"

段韬扫了一眼房产证和购房合同，想着这娘俩面临的困境及可能存在的出路，卖房自救应该是他们最现实的选择；再细看套内的房间布局，确实是让人满意的户型，而且价格适宜，再砍价也不忍心。忽然，他翻到夹在其中的一份保险合同，于是好奇地问道："这里面怎么会有份保险合同？"

中介小妹抢先道："当年房产市场没现在这么火，开发商为了推销房子，送什么的都有，包括送保险的，譬如购房人遇特殊原因付不了房贷时，由保险公司进行赔付。吹得天花乱坠，拣最好听的说，其实都是营销的套路。"

段韬看完保险合同说："是的，这份保险合同的条款中确有这么一条，说是如果投保人遭遇意外，丧失付款能力的，保险公司可以代为支付房款。"

"怎么可能，律师大哥，这广告一样的骗人话术你也敢相信？别异想天开了，天上不会掉馅饼，反正我是不信的！"

"既然签订了合同，这白纸黑字的，保险公司就应该履行理赔义务。这位军嫂，我是律师，这份保险合同可否借我回去研究一下，若有可能，我帮你打赢这场官司，你就不用卖房了。"

小满重新惊讶地看着眼前这位买房人。"这……能行吗？"她半信半疑地问。

段韬说："有合同约定，不妨试一试；若不试，怎么知道行还是不行呢？况且你丈夫是复员军人，我也是。军人帮军人，天经地义。"

小满赶紧叫孩子过来："兵兵，这位叔叔想帮助我们，让我们在这个家里继续住下去，你快过来谢谢他。"

兵兵的脸上终于露出了一丝笑容，过来向段韬行一个不那么标

准的军礼。

段韬立即还礼："不错，有军人的模样，我喜欢。"又转向小满说道，"那我就先撤了，过两天会联系你。"

段韬先出了门，身后中介小妹跟上来说："段大哥，你不是在开国际玩笑吧？看不中不想买就别摆谱，可以再看下一家嘛。"

"小妹，你不懂，军人看到军嫂有难处，是一定得出手相助的。这样，你陪我看房的费用我照付。"

"段大哥，你上次假冒买房是为了办案，这次又是为了什么？还是要假冒，难道你们律师就没有说真话的！"

"这家人孤儿寡母的很可怜，我若是帮他们打赢这场官司，就能保住房子。在城里，有间自有住房，百姓生活就有基本保障，而房子一旦卖了，他们就没了落脚之处。再看看这个孩子多聪明，多有灵性，能留在大城市里接受良好的教育，也许将来会成为有用之才，甚至也可能像他父亲一样参军报国。君子唯成人之美，岂可夺人之爱！"

中介小妹不理解，无奈地摇头道："我是介绍你买房，不是让你抒发军人情怀的。"

"那你是做件好事，也算无意中介绍了个案件。如果打赢，我赚到律师费一定奖励你。"

中介小妹转而会心地一笑："介绍案件还有奖金？"

"当然。"

"你说话算话？"

"军人无戏言。"

二

在城市的中心区域，有一座标志性的体育中心，不仅是举办各类体育赛事的理想场所，更是市民日常锻炼的好去处。中心内有标准化的羽毛球馆，比赛场地铺设着专业的羽毛球运动地板，具有良好的防滑性和减震性，10片场地之间有白线划分各自独立。从业余爱好者的小型训练赛，到专业级别的联赛，甚至是国际性的羽毛球赛事，都在这里进行。

眼下正在举行律师界的羽毛球公开赛。这是由国华律师事务所赞助的每年一度的法律从业人员业余赛事，参赛人不少，比赛也颇为激烈。

段韬和大学时代的老搭档、海天保险公司的法务宋小甘一直打到男双决赛，只可惜最后功亏一篑仅获得亚军。另一场女双半决赛，由女律师童宁和大学时代的搭档检察官季箐参赛，同样被对手淘汰出局，未能进入决赛。

比赛结束，四个老同学来到球场边的一家奶茶店，段韬给他们一人点了一杯奶茶，自己则要了一大杯可乐。四人都未能再往前跨一步，有点心不甘情不愿。

段韬喝着可乐，突发奇想道："其实我们的单打能力都不差，尤其你们两个女性选手有明显优势，如果改打混双，也许就能赢得一回冠军。"

宋小甘面容清秀，温文尔雅，身材修长，话语不急不缓，是个很细心的男人，他认真地说："我看过其他女单和女双的比赛，她们的水平也就一般般，假如我们混搭组合，至少在与对方的女选手比赛中略占优势，有机会夺冠。我建议段韬和童宁搭档，我和季箐搭档。你们两个是专业律师组合，我和季箐算是法律人业余组合。我们相互配合，今后若是律师界的比赛，我和季箐有信心替你们扫清障碍；若是企业界的比赛，你们也能为我们夺冠提供便利。"

段韬一拍脑袋说："小甘不愧是班里的点子王，这个搭配好，取长补短，发挥优势，雨露均沾。过两天就可以开练了，再说男女搭配，干活不累嘛。"

童宁一听，顿时乐了："兵叔，这叫扬长避短。我们在学校时就临时搭过，好像所向披靡。现在不妨再试试，力争夺冠，也让我们骄傲一把。"童宁眉眼如画，肌肤白皙如玉，大牌的运动装衬托出她曲线优美的身形。作为职业女性，无论是平时休闲还是在正式场合，她身上都散发着一种高贵及对细节极致追求的气质与魅力，着实令人赏心悦目。只是那双明亮的眼睛里所闪烁的光芒，仿佛不时在诉说自己的故事，能让旁人直接触摸到她的内心世界。

季箐笑笑说："过去在学校是打着玩的，现在也只是业余爱好，权当锻炼身体，别把输赢太当回事，图个乐子就好了。"

段韬说："一样是参加比赛，不拿下冠军心里憋得慌，有点窝囊。我们不为奖金，只为名气，获得胜利心情愉悦，利于身心健康嘛。"

女生总是附和着男生，四人碰杯表示接受。

段韬忽然问道："对了，小甘，你是保险公司法务，童宁是做保险的专业律师，我正好有个保险案件想向两位请教。是这样的，我有个女性当事人，她丈夫在买房时，顺带着买过一份房屋保险。现在她丈夫意外去世，丧失了收入来源，没法再履行还房贷的能力，请问保险公司该不该履约代为支付余下的房款？"

宋小甘大学毕业后入职保险公司，从法务普通员工做起，在保险业摸爬滚打了数年，目前虽是个小主管，却也算保险法律方面的半个专家。于是他想都没想地接茬道："我知道，房屋保险是因为当年曾发生过'楼倒倒'事件，开发商为了推销商品房，请保险公司推出的一款房产责任保险产品。当然，保险公司开发设计这款产品也是出于增加保费收入。当时的保单大都由开发商一次性出资，作为营销手段赠予购房者的。后来房价普遍上涨，房子好卖，开发商就不再送保单了，而购房者一般也不会主动购买房屋保险。买的人少了，这类保险产品自然下架。在我的印象中，迄今尚未发生过房产保险的理赔纠纷。至于如何处理保险纠纷，童大律师应该最有发言权，她是保险公司的法律顾问、专业保险律师。"

童宁对段韬说："保险合同的条款都是经过特别设计、严格审核的。你不能光看理赔条款，还须注意那些补充条款，那里有对理赔的限制约定，不是那么简单的。从实际情况来看，一款新保险产品的推出，肯定是为了赚钱，而不是要去赔钱。这是基本的商业之道，你懂的。"

"哦，是不是那些密密麻麻的小字，我看了半天都没看明白，普通投保人更看不懂了。"段韬说。

"对啊，那也是白纸黑字，一旦签字都是有效的，至于你看得懂看不懂，就看自己的水平了。"童宁继续道，"段律师，你要提起保险理赔诉讼，必须先看清楚保险合同的所有条款。我提示你，你知道律师有责任保险，一般是由律师协会与保险公司签订，保费由律师协会出的。根据保险合同约定，如果律师履职失误，造成损失的，最高可获得 600 万元的理赔。可你听说过有哪家事务所打赢过此类诉讼，从保险公司拿到理赔款的？保险理赔诉讼，远没有想象中那么容易，一定得掌握火候，恰如其分才行。"

宋小甘也耐心地参与解释："还有，保险合同中所称的丧失收入来源，不是劳动法里所指的失去劳动报酬，而是投保者本人及家庭成员是否都丧失了劳动能力。譬如你所说的这个案例，丈夫死了，应该还有妻子与孩子等。核查员是会调查核实的，并非你说了就能算。你没有办过保险的案件，不太懂得里面的技巧。千万别偏听偏信，小心卷入诈保的刑事案件中。这方面，你得多向童律师学习。"

段韬听罢，连连点头。

轮到季箐发问了："段律师，你这几年都在办刑事案件，在业内已小有名气，怎么会想到去碰保险方面的民事案件？"

段韬回道："季检察官，前些年办刑事案件不赚钱，直到最近两年，高净值人群意识到人身自由更可贵，才肯支付对价，愿意多付点律师费。可有钱人的案件，请的都是像邵老师那样的大律师，我这样还在努力奋斗的小律师，只能办些普通的刑事案件，有的连政府指导价都收不齐，于是就学着做些民事案件。民事案件按标的收费，还能风险代理，的确能赚点钱。这不，童律师早已住进豪宅了，可我还龟缩在出租屋里。同样是律师，却天差地别。"

童宁笑道："兵叔，那我就教你一招。保险诉讼很讲策略，保险公司由保险合同约束，那些公司都是金融大企业，也愿意做些理赔，只是投保人的诉讼不能狮子大开口，得选准角度，恰到好处地提出诉请，那样的话，还是容易解决的。你知道律师为什么赢不了保险纠纷吗？原告往往自以为是律师，自视懂法，就漫天要价，不肯调解，结果被法院驳回，一无所获。"

段韬赶紧举起可乐杯，敬童宁道："太感谢你了，到底是老关系、新拍档，可携手共进！"

童宁立即打断道："打住，你别套近乎，说得这么肉麻。咱俩可是什么关系都没有，什么也不是哦。"

季箐笑了："在老同学里的孤男寡女已所剩无几。段律师是不是有新的想法，可别打我们班花的主意。告诉你，人家已经名花有主喽。"

"是吗？"段韬一愣，"我记得去年同学聚会时，童律师和几位大龄剩女还在嘀嘀咕咕地抱怨好男人都去哪里了，如今却已花落广寒宫，真是可喜可贺。童律师才貌双全，那位幸运儿一定是个精品，介绍一下到底是什么情况，什么时候拉出来亮亮相，也让老同学们见识见识，一同分享嘛。"

童宁的眼里立即闪现出幸福的光泽，进而微笑着说："现在仅处于交异性朋友阶段，没那么快就进入谈婚论嫁时刻。"

季箐忙不迭地透露道："一位四十来岁的男人，钻石级的，事业有成。"

宋小甘却酸溜溜地说："不可能呀，40岁男人未婚，不会是残障吧，那样一朵鲜花可就插在牛粪上了，不知未来是荡秋千浪漫一生，还是上华山刀光剑影。"

"你家有妻儿，还念念不忘读书时的那段浪漫。早知今日，又何必当初呢。"段韬忙拍了下宋小甘的脑瓜，试图消解过去的那段尴尬。

这时，童宁的手机铃声响了，她一看，便笑着和其他三位打招呼，说有人接，先走一步了。大家的目光顺着她的身影望去，只见路旁驶来一辆保时捷SUV豪车，童宁头也不回地钻进保时捷离去。

刚才的一切似乎仍留有余味，宋小甘像是在自言自语道："一辆豪车，一个有钱的主，我这小职员是没得可比性。不过一个男人到四十尚未婚娶，有些违反常理，不说断胳膊少腿，至少是缺心眼吧。"

段韬笑道："你小子不地道，当年没有追到手，吃不到葡萄就说葡萄酸，仍在羡慕嫉妒恨耿耿于怀。我知道人家季箐有了心上人，我是带着鲜花上门道贺的，替她高兴都来不及呢。"

季箐忍俊不禁："你就别假惺惺地在这里故作姿态，还是早点给老段家找个好媳妇，先解决自己的问题吧。"

"没事，我好在仅三十有三，可以再折腾几年，不急，不急。"段韬说。

季箐说："得了，关于你三十有三的事，全世界都知道。再说你是个男人，绝对拖得起，即使到了六十有六的年纪，仍然会有二三十岁的女孩嫁你，你就白日做大头梦吧。"

三个人都笑了起来。不知道的，还以为他们是在来的路上一不留神捡到一堆金元宝，此时正坐地分赃，兴奋不已。

三

　　国华律师事务所的三号接待室里，段韬接待当事人小满。小满看着段韬提供的律师服务合同和委托书，疑惑地问他："段律师，我的案件要付多少律师费呀？"

　　段韬答道："获领导恩准，你的保险案件采取风险代理，就是赢了保险公司，拿到理赔金额，收取 5% 的律师服务费；如果败诉，则分文不取。"

　　小满听不太懂那些法律名词，知道自己先不用付钱，赶紧在合同和委托书上签字。

　　段韬递上一杯水，看着小满的身份证，再次打量眼前的当事人，身份证上显示她刚过三十，但现实却很憔悴，像已过四十的模样，恻隐之心油然而生，便问道："小满，你有没有找到工作？"

　　"我在农村读完初中就到县城服装厂打工，后来结婚生子，跟着孩子他爸来这里生活，一直在家带孩子，没出去打过工。前些日子孩子他爸的后事处理完了，小孩上幼儿园了，我就想出去找活干，增加收入，可投出去的简历没有回应；即使去附近的餐厅或超市打工，可上班时间大都是上午 10 点到晚上 10 点，幼儿园下午 4 点放学，孩子没人接和照看不行。"小满很坦率地答道。

"那你告诉我，你擅长什么？"

"我有体力，什么活都愿干，只要能兼顾到孩子就行。"

"好，那我帮你试试看。"他当即拨通了方秋羽的手机，询问她有什么工作岗位可供安排，"秋羽，我有个战友的老婆，孩子四五岁，上幼儿园，她想出来找份白天的工作。"

方秋羽说："我正在市区筹建一家宠物生活馆，与乡下的宠物俱乐部遥相呼应，以便帮市区的一些宠物主临时寄养宠物，正需要新招人手。"

"那太好了，请你帮个忙收留我战友的老婆，赏口饭给她。"

"佛家讲行善，而非赏赐，一个'赏'字，暗含众生不平等。你是学法律的，知道法律面前人人平等，怎么能用'赏'呢？请记住你也是众生之一，我们都是平等的。"

段韬虽遭方秋羽的一通数落，却仍很开心。他欣赏方秋羽这种直率的个性，嘻嘻一笑说："谢谢老板娘点拨，那我带人过来和你见面，看是否有善缘。"

放下电话，段韬简单向小满介绍了一下情况，便骑着摩托车带着她离开国华律师事务所。

一路上，小满为段韬的热心肠而千恩万谢，段韬则不以为然地笑道："别客气，你就当我是雷锋叔叔。"

想不到惹得小满一脸茫然："雷锋叔叔不是不在了吗？"

段韬转头道："当然，可有时候，他还活着。"

宠物生活馆坐落在一条不很热闹的小街上，设在一栋商业大楼的裙房，沿街只有三开间门面，里面却很深，适合做宠物寄养的生活馆。方秋羽正在检查装潢施工质量。见段韬领着小满走过来，忙迎上前去，方秋羽看着小满介绍道："我们将要开家宠物店，主要是服务狗啊猫啊等各种宠物，为它们做清洁保养、美容护理，还有临时寄养。"

小满似乎很开心："我从小就喜欢小狗小猫，就是不懂城里人的规矩，我一定会用心学习，把工作做好。"

"只要你喜欢动物就好，喜欢是工作的原动力。"方秋羽让工作人员带她去熟悉环境和了解工作程序，然后转向段韬说，"这位军嫂看上去很和善的，由你作保，我就留下试用。"

"那我先代小满谢谢你！"能做成一件好事，段韬也很高兴，又解释说，"她丈夫不久前去世，留下他们孤儿寡母的生活很艰难。"

"人去人留，自有因果，我们只能帮助留下的人度过至暗时刻，添加重新生活的勇气。你有善心，也给了我一个积德行善的机会，真要说谢，还是我谢你。"方秋羽说，"走，我们到隔壁咖啡店喝一杯。你下次如果来，我们就可以在自己的店里喝茶聊天了。"

其实方秋羽很乐意与段韬见面聊天，顺便长点法律知识。他们走进咖啡店，服务员都熟悉方秋羽，为她安排了临街的座位，先递上柠檬水："秋羽姐是美式咖啡，这位先生呢？"

段韬说："谢谢，我就来杯红茶吧。"

两人看着窗外的街景，段韬由衷地感叹："想不到时间不长，你的生意就有了新的拓展！"

方秋羽笑笑，解释道："也不是啦，由于我的宠物俱乐部在郊区，离市区太远，住在市区的一些宠物主来去都不方便，尤其是临时须出差，要将宠物寄养一两天的，送到俱乐部不方便，今后就可以寄养在这里，也算是乡下俱乐部在市区的一个揽客窗口。"

"市郊两地互动是个好方法，如果再有线上线下联动，把俱乐部的宠物活动做成小视频，在抖音上播放，那样关注的人会更多，还可能吸引宠物产品的商家与你合作。如果能选择一家国际宠物评定机构落户俱乐部，打造一个宠物体能评级俱乐部，那么一些宠物爱好者就会纷至沓来，形成良性互动，未来不可限量啊！"

"咦，你这个多半和罪犯打交道的人，怎么讲起当代商业运营模式也是一套一套的？"

"我是从事务所一位网红女律师处得到的启发。那个女律师凭借一副好嗓子，在抖音上天天发声，居然引来成千上万人的围观，给她带来许多案件。"

"那她一定是个美女。这年头习惯对女性重貌不重质，只要是美女，就能够吸引粉丝，增加关注度。"

"网络推销是一种新的经济业态，要高度重视。你的俱乐部需要建个公众号，组织一个摄影团队，现在有实体店服务的加持，这个宠物服务的公众号肯定能给你带来流量和收益。"

"这个金点子好！"方秋羽的脸上一下子放光了。

四

　　很快，小满的房产保险理赔纠纷进入了诉前调解阶段，地点是在区法院的民事调解室。凑巧的是，小满那份房屋保险合同的承保方是海天保险公司，而该公司的特约法律顾问正是童宁，于是两个老同学又聚到一起了。由于尚未到正式开庭的时候，两位律师也都没有着律师袍。段韬穿的是普通休闲夹克衫，童宁则身披大牌子的风衣。两人面对面地坐在一张长方桌的两边，法官还没来。

　　童宁说："段律师，看了你的起诉材料，真是活学活用的典范。角度选得不错，要求也不高，看来是做足了准备啊。"

　　段韬说："在专业面前，我唯有甘拜下风、虚心求教，再说碰巧遇到你，相信事情能合理解决。"

　　"这个案件到法院，碰到我或者其他律师都一样，关键在于是否能遇见一位阅历丰富、通情达理的法官。如果是碰到刚毕业不久的小师弟，自己还没结过婚，就开始审离婚案件，缺乏生活磨砺和工作经验，那就说不清了。"

　　"按说法院诉前调解，大都会指派经验丰富的老法官担当吧？"

　　正说着，一位50多岁的女法官走进调解室，落座于桌子中间的位子。她见两位律师谈笑风生，便说："原、被告代理人都是执业律师，看来相互间也都熟悉，那我就不再背诵法律条文了，直接进入诉前调解程序，原告的起诉材料之前已发给被告，被告没有递交书面答辩状。双方能不能接受本法官主持调解呢？"

段韬和童宁都点头表示认可。

女法官继续道："本案的事实并不复杂，原告购买了房产保险，投保人意外去世，从而丧失了支付能力，现原告要求被告按照保险合同的约定代为偿付部分房款。本案争议的焦点是保险公司应当承担多少房款。你们对我的归纳是否有异议？"

段韬和童宁都摇摇头。

"没有异议，那就围绕焦点进行讨论。被告可以先说。"女法官主持道。

童宁说："在本案中，投保人虽已去世，但投保人的妻子没有残疾，甚至还很年轻，完全可以找工作赚钱，还是有支付能力的。再说，据我了解，投保人意外遇难，保险公司和航运公司都曾给予一笔数目不小的经济补偿费，应该是有能力支付银行按揭房款的。"

段韬辩解道："被告律师说得没错，即在投保人遇难后，是得到过航运公司和保险公司的关怀，拿到了足额的理赔款和公司补偿款，两项合计 180 多万元。不过，按照继承法规定，类似补偿款属于遗产，原告须与投保人的父母共同继承。经过协商，他们在当地公证处签订遗产分割协议，原告为了照顾在农村生活的公婆及其他子女，分出 100 万元，只留下 80 万元作为抚养孩子和自己生活的费用。原告现在一家宠物店当营业员，每月仅 3000 多元的收入。我们都知道城市的各项生活成本较高，尤其是孩子的教育投入更多。不过我的当事人很通情达理，表示自己愿意承担一部分房款。因此，原告的诉请是希望保险公司承担余下按揭贷款的 80%，她自己承担 20%。"

童宁微笑道:"我很同情原告的遭遇,也能理解原告律师的请求,但是按照房价上涨的总体趋势,原告留下的这套房产还会有一定的升值空间。这可是一笔很大的资产。所以,我们的意见是对半分摊,各自承担 50% 的剩余房贷。"

段韬依然不认同:"对只有一套自住房产的居民而言,即使房价再涨,再值钱,那也是纸上富贵,没有任何实际价值。可每天的吃喝拉撒、孩子的教育费用,却是实实在在的支出。"

女法官显然也有孩子,甚至还有第三代,很能理解一个女人拖儿带女的生活艰难。她微微点头道:"我听明白双方的意见了,在事实和法律上分歧不大,只是在承担比例上有些差距。我看双方都做些让步,以缩小差距,达成共识。我建议原告再适当增加 15% 的承担比例,而被告是家大企业,再提高 15% 的承担比例,应该能接受的。这样,对于这套系争房产的剩余房贷,原告承担 35%,被告承担 65%,两位代理律师以为如何?"

段韬提出:"鉴于原告刚找到工作,收入不高,还须抚养孩子,能否前 10 年的按揭款由保险公司支付,后 5 年的由原告支付,这样也便于结算。"

法官想了想,当即表示认可。

童宁笑道:"原告律师想得很周到啊。这虽然突破了我的底价,可看在法官主持调解的结果上,我请示一下委托人,尽量说服他们接受法院的这个调解方案。"

双方立即给自己的委托人打电话通报情况,并且都得到了委托人的确认。段韬暗暗松了口气,心想,到底是老法官出场,有丰富的调解和审判经验,简单明了就促成双方达成和解。童宁也迅速签完调解笔录，回头对段韬说："我还要去参加一起刑事案件的宣判，就先走一步了。"

段韬借机调侃道："一位合伙大律师，还用亲自去参加刑事案件的宣判，请助手拿个判决书不就完了。"

童宁纠正道："你不了解，那可是轰动全市的海难案件，是对沉船船长的宣判，各大媒体都在关注，今晚还要上电视新闻呢。"

哦，原来是件有社会影响的大案！段韬目送着童宁离去的背影，内心的确滋生出些许羡慕嫉妒恨。他很想跟上去再和她聊些什么，可眼下，他还须等待法官出具打印成文的调解书。

也是在这家区法院的刑事法庭上，审判长宣布："被告人欧华斌，系酷客号货船船长，在酷客号遇险时，因醉酒擅离职守，丧失指挥能力，造成酷客号沉没，两名船员遇难，遂构成重大责任事故罪。鉴于被告人主动投案，认罪认罚，可酌情从轻处罚。本院决定，判处被告人欧华斌有期徒刑三年六个月。如不服本判决，被告人可在收到判决书十日内上诉至中级人民法院。现在休庭，被告人还押。"

听闻法官宣判，被告人欧华斌和律师童宁都大吃一惊。童宁原以为可以判缓刑出狱，没想到还是判了实刑。

法庭外，童宁看着欧华斌被押上警车，再被送回看守所，心里也很不是滋味。

此时，段韬拿着调解书走出法院，恰好看见童宁站在台阶上，脸色灰暗，似有怒气，知道刑事判决的结果很不理想，便上前安慰道："童律师，你也别太认真了。刑事被告人都是罪犯，量刑只有轻一点和重一点的区别而已。"

"这个被告人是过失犯罪，又认罪认罚，为什么不能判个缓刑呢？"童宁似乎还未从刚才判决的场景中挣脱出来。

"咳，我参加过许多刑事案件的辩护，在 100 个案件里，有一两个案件的判决符合律师的预判，那就是奇迹了。律师的天空只有星星，不用太纠结。走，我们去打球，散散心，或者一起去喝点什么，你就会平复了。"

"今天不行，判决的结果出乎预料，我还须向委托人做必要的解释。"

双方于是告别，童宁上了自己的特斯拉离开法院，而段韬还是骑着那辆摩托车回办公室。

五

看守所里，铁窗外的天空有些灰暗，像刚下过雨，有更大的雨在等待着。船长欧华斌被看守人员送入会见室。

隔着玻璃，在纪委监委干部的陪同下，被告人所在单位蓝海航运公司党委书记兼董事长高伟达，向欧华斌宣布了公司党委的决定。

高伟达说："老欧，依据党纪规定，党员因犯罪被判实刑的，都要开除出党。经公司党委集体讨论，决定开除你的党籍，请在公司党委会的决议上签字。"

欧华斌的情绪瞬间激动起来："我不签！董事长，你们和律师事先不是都说好的，只要我认罪认罚，就可以判缓刑，不用开除党籍的吗？不行，绝对不行，我已上诉了！"

"老欧，你先冷静一下。判刑是由法院做出的，公司党组织无非是按章行事。你有权上诉，要不二审再争取一下吧。"高伟达也不忍心让欧华斌陷入如今的境遇，话一说完，便无奈地转身离去。

高伟达回到蓝海航运公司自己的办公室，长时间伫立于落地窗前，眺望江面上过往的船只，心里久久难以平静。欧华斌曾是自己的战友，沉船事故发生后，他听从自己的指令，主动投案自首，认罪认罚，结果还得蹲三年半的监狱，想想实在对不起他。"见鬼，这是什么辩护律师，也敢说认罪认罚可以判缓刑！"他在心里狠狠地说，把怨气都撒在律师身上。

这时，一位穿戴整齐戴着金丝边眼镜的男子敲门进来，他是酷客号船上的大副薛荣贵。

高伟达似乎余火未消，冲着薛荣贵便说："小薛，你来得正好，看来保险公司推荐的美女律师不怎么样，老欧对一审律师不满意，要上诉，你看是否应该换个律师？"

薛荣贵一脸阴郁地解释道："老板，事先我们都做了许多工作，你见过法院领导，我也找了下面的法官，结果还是未能判缓刑。其实律师发挥不了多大作用，换不换都一样。"

"你还不如说有没有律师的辩护都一样，那还要花钱请律师做什么？现在欧华斌已上诉，我们总还得想想办法，尽己所能，尽量帮助他摆脱牢狱之苦。"

秘书送来一份保险公司的公函，高伟达打开一看，函件上称，根据法院判决，欧华斌对沉船负有直接责任，船长是蓝海航运公司管理的员工，航运公司负有不可推卸的连带责任。为此，我们将依法向贵公司追偿对酷客号船东的保险理赔款，请贵公司做好准备，云云。

高伟达顿时气不打一处来，将函件甩给薛荣贵："你看看，保险公司想干什么？我们配合他们完成对船东的理赔，怎么倒过来再向我们追偿，开什么玩笑！这八九千万的理赔款，公司怎么赔？是要被他们逼到破产吗？"

薛荣贵的脸上不经意地露出一抹讥笑："这应该是他们工作上的一个程序，说说罢了。每年沉船事故好多起，能有几家航运公司被保险公司追偿成功的。我去和保险公司沟通，明确告诉他们今后我们再租船，仍买他们的保险，否则就换人家；若是还不行的话，我们索性让正在营运的 20 条船都更换保险公司，想必他们也需要掂量掂量的。"

高伟达认为可以，同时指示道："此事对外须暂时保密，你力争说服保险公司，否则会影响我们的公司收购价。至于引入投资人的事项，你还是得抓紧和那家上市公司老板好好谈谈，让他们尽早支付股权预付款，保证股权交易的加速完成。只有让职工的投资款收回，还略有盈利，才算对得起当年参加改制的员工，了却我的心愿。那我就可以告老还乡了。"

"请老板放心，我会努力去做的。不过老板不能退休，你德高望重，有驾驭公司全局的雄才大略，我们还要跟着你一起奋斗下去呢。"

秘书再次敲门进来，说："董事长，今晚你有个八一战友聚会，时间差不多了，我已让小车司机在楼下等候。"

高伟达看了看手表，对薛荣贵说："刚才谈的事情就交给你了。关于你副总的任职，已在集团政治部过审，就要上报到集团党委，相信任命书很快会发布。"说完，带着秘书下楼去了。

傍晚时分，夕阳温柔地洒在武警会堂的院子里，将石子小道涂抹上一层金色的光辉。顺着小道走入餐厅，靠东窗的那一排摆放着几张圆桌，每张桌上都有几瓶陈年老酒和几盘热气腾腾的家常菜，空气中弥漫着熟悉而又亲切的气息。每年的建军节，这里都是军人们聚会的理想场所，往往需要提前一两个月预订。

今晚是武警二支队一大队几十位退伍老兵欢聚一堂，座席中，有的仍穿着过去留存下来的迷彩服，更多的是身着流行款的 T 恤或短袖衬衫，已没有了当兵时聚餐的整齐划一，而是色彩斑斓，各领风采。大家围坐在一起，谈笑风生。有人讲述退役后创业的艰辛与成就，有人分享家庭生活的温馨与甜蜜，可无论怎样不同，都会包含过往军营中点点滴滴的回忆，譬如一起训练、一起站岗，那些日子尽管艰苦，可彼此的陪伴更觉难忘。酒过三巡，气氛越发热烈。杯盏交错之间，还有条老规矩，教导员先敬战士，战士回敬教导员。高伟达是当年的教导员、部队首长，他先起身逐桌敬酒。

姚铁和段韬坐在一起，一见老教导员过来敬酒，立马站起来。姚铁当过教导员的文书，和高伟达很熟；段韬始终是个普通士兵，与高伟达相对陌生。三人碰杯，一饮而尽。

高伟达盯着段韬问姚铁："小姚，这位是不是当年那个想法多多、不太守纪律的城市兵？"

姚铁笑着答道："是的，小段在机动分队，是个摩托车骑手，既受过处分，也立过功。"

"我想起来了，应该是我要转业那年武警举行全军比武，他代表支队参赛，还拿过冠军，荣立了三等功……"高伟达说完，才开始询问段韬，"你怎么也转到政法战线？"

段韬立即行个军礼："报告教导员，我复员后上了法学院，考了律师证，现在是名律师，自由职业者。"

姚铁在一旁补充道："小段在本市一家顶级律师事务所执业，师从著名刑辩大律师，这两年办了多起刑事案件，已小有名气。"

"律师可不是个体户，而是法律工作者。"高伟达拍了下段韬的肩膀说，"好样的，从军人转变为律师，不容易。对了，我那里有点法律上的事，你明天能来我公司聊一下吗？"

"是！"段韬还想行军礼致谢，正好有几位邻桌的老战友笑嘻嘻地走过来，拉着教导员去那里喝酒了。

姚铁和段韬放下酒杯，重新坐下。段韬夹了块牛肉放在姚铁的盘子里，半开玩笑半真诚地说："你真会吹喇叭、抬轿子呀。"

"这叫敲边鼓，替你做广告。"姚铁更正道，接着说，"教导员从武警转业到港务局，目前是港务集团下辖的蓝海航运公司党委书记兼董事长。假如你们明天聊好了，说不定还有意外之喜等着你，譬如聘你当法律顾问什么的。不过你也别太受用，教导员可是个认真细致的人，不吃名气，只注重实效。我一会儿就把他的名片发送给你。"

"国有企业聘请法律顾问都须招投标的。我想明天最多是个法律咨询，不过先咨询，后入库，再聘用。只要有可能，我都不会放弃的，更何况是教导员的召唤，义不容辞。"

"这就对了，机会总是青睐有准备的人。"

两个人又碰了下杯，一饮而尽。

暮色降临，星光闪烁。聚会接近尾声，但战友的情谊就像桌上的陈年老酒一样，越品越醇厚。大家相互道别，约定明年再相聚。

离武警会堂不远处的江边支流旁，有一片老式洋房改造而成的高档餐饮区域，眼下已成为本市高消费的聚集地，那里灯红酒绿、歌舞升平，引各路成功人士纷至沓来，热闹非凡。

在另一家餐厅的豪华包房内，餐桌上摆放着镶金边的餐盘和银制筷子，所有菜品都有一个靓丽的名字，这里的人均消费都在千元以上。

薛荣贵坐在次宾位上，今晚款待海天保险公司的两位大佬，即理赔部的裴总监和法务部的章总监。不过，他是为代理酷客号船东保险理赔事务的马威老板张罗的。

两位贵宾刚一坐定，马威就各递上一张银行卡，同时满脸堆笑道："谢谢两位老总，船东已顺利拿到第一笔理赔款，公司也收到第一笔服务费，大家一起分享，今后还要请两位多多关照哦。"

裴、章两个总监会心地收下银行卡，塞进自己的手提包里。

"马老板客气了，都是应该的嘛。"裴总监喝了口酒，又转向薛荣贵询问道，"薛大副，那个船长认罪认罚，怎么没有判缓刑？他会上诉吗？"

没等薛荣贵回答，章总监抢先道："裴总，我和薛大副都曾找过审判法官，法官说，事故重大，影响恶劣，上面发话要严肃处理。这样，即便他上诉，二审改判的概率几乎为零。"

"是吗？"裴总监遂转向章总监。

"你若不信，一会儿船长的辩护人童律师要来的，她会做出解释。"仍是章总监抢先答道，"那位童律师也是我们公司的法律顾问，还是我推荐给薛大副作为船长的辩护律师。哪知她是羊入虎口，薛大副名为替船长请律师，实际上是看中了这位美女律师，不知道他采取了什么手段，竟然攻下了这座奶头山。"

裴总监接道："哦，是童律师，我在开会时见过，确实楚楚动人，也很性感，好像已当了几年的公司法律顾问，公司内好多极品男人都没能得手，却被外来户捷足先登，薛大副你蛮有腔调的，实在让人有点嫉妒啊。"

薛荣贵似乎见多了这样的场合，从容地应对道："我算是孤家寡人碰巧遇上大龄剩女，谈不上有什么手段和腔调，就是顺手牵羊而已。"

章总监不认同："看你得意的！"

裴总监跟道："还而已呢。"

只有马威一本正经，不苟言笑，像在思考下一步再去哪里挖个大金矿之类的重大问题。

这时，包房门被推开，童宁身披一袭深红色的晚礼服，款款地走进来。她原本肤色洁白，今晚再配上凸现优美曲线的礼服，显得尤其性感，像一下子点燃了整个包房，吸引着所有男人的目光。薛荣贵忙上前挽起她的手，小心地将她引到自己的身边坐下。

章总监似乎还沉浸在刚才的戏言里不能自拔："真得说曹操，曹操才到。一分钟前我还在担心童大律师可能来不了，这样今天的晚宴可就开不了席喽。"

童宁赶紧打招呼："真是抱歉，临时有点事耽搁了，要不我自罚一杯吧。"

裴总监连忙圆场："怎么能罚美女呢？要罚也得罚薛大副，谁让他服务不到位，没有亲自开车去迎接童大律师。"

"言之有理，是我错了。"薛荣贵也爽快，站起来一连自罚了三杯。

晚宴正式开始。大家碰过酒杯后，章总监转入正题，询问童宁道："你是酷客号沉船案一审的辩护律师，裴总监想咨询个法律问题——船长没有被判缓刑，如果上诉，二审法院会不会改判？"

童宁回道："酷客号在孟加拉湾沉没，两名船员遇难，属于重大事故，虽经所在国海事部门调查，认定沉船是气象因素所致的海难事故，但由于沉船当天，船长因醉酒擅离职守，其行为已构成重大责任事故罪。一审查明的事实，证据确凿充分。我和公司动员船长主动接受审查，认罪认罚，做了大量从轻处罚的工作，争取让船长判处缓刑，不过法院依然判处实刑。在法院一审判决后，我去了解过了，合议庭认为醉酒离岗的行为情节严重，应予重罚。尽管我不能接受，可坦率讲，一审法院的判决没错，此后如果找不出新的证据，二审应该很难改判。"

裴总监松了一口气："童大律师，你的解释和你人一样清晰可信，避免了不必要的悬念。"

"谢谢你的夸奖。"童宁也笑笑道。

章总监问："你还会继续代理二审吗？"

童宁答："一审判决后，我去见过船长，他对我不是很满意，客观上存在后续更换律师的可能性。"

薛荣贵插道："其实我们老板也问过我，我说这个案件换任何律师结果都一样。无论如何，对于童律师的工作，我们公司领导层还是满意的。"

马威顺水推舟道："童大律师，你的工作很辛苦，与薛大副配合得很默契，这是你的辛苦费，我的一点小心意。"说完，他恭恭敬敬地用双手呈上一个大红包。

童律师有点不好意思，环顾了一下桌子上的其他三人。

章总监说："童律师为这个案件付出太多，做出了超过常人的专业努力，理应奖赏。"

薛荣贵举着酒杯站起身来说："既然是马老板的盛情，那我就代童律师收下了。谢谢大家的关照，我再敬各位一杯！"

裴总监不禁笑起来："哈哈，薛大副，还没有求过婚，就开始当家做主了。"

章总监也趁机说："今天是个好日子，何不这样，薛大副趁热打铁，现在就求婚，也让我们共同见证这一幸福时刻，一起为你们祝福如何？"

薛荣贵忙说："我今天除了一颗心，什么礼物都没准备，要不等我下次举办求婚仪式时，再请大家到场见证。"

裴总监说："一言为定。"

薛荣贵正人君子般回应道："我薛某人岂敢言而无信。"

六

　　十里沿江大道历经多年修整，目前已风景如画，声名鹊起，成为外地人来这里旅游的网红打卡之地。特别是大道中间的这一段，两三公里长，一幢幢高楼大厦拔地而起，云集着大大小小数十家中外航运企业、货代公司。关键还在于航运交所的入驻，更使这里形成了航运业的集聚区。一眼望过去，这里最亮眼的当数海洋宾馆，那高耸入云的顶层旋转餐厅曾红极一时，风光无限。

　　蓝海航运公司就租驻在鹏程大厦内。这是一幢相对陈旧的办公大楼，至少不够气派，尤其与一旁的海洋宾馆和新建的航运中心大厦放在一起，实在是相形见绌。当然，它的优点是紧靠江岸，除了底楼，随便站在哪一层上，皆可将江面上的波澜和来往船只尽收眼底。

　　段韬第一次上门没骑摩托车，打的更方便，只要一扬招或者在手机上一下单，出租车便直接将他送到大厦的入口处。他走进鹏程大厦，按照底楼大堂内的指示牌指示，直接上到三楼蓝海航运公司，迎面所见的是公司墙报，通栏大标题是"临危不惧，舍己救人"，下面还配发了几张照片。走近了细一看，才知道墙报介绍的正是酷客号大副薛荣贵的先进事迹，说他在货轮遇险时，如何挺身而出、指挥抢险、救护船长的事迹。这种以墙报形式宣传优秀员工，是国有企业的传统与特色，也是树立典型、鼓舞士气、共渡难关的有效形式。段韬昨夜已通过互联网查阅了该公司的概况，了解到半年前公司有一艘万吨货轮在孟加拉湾意外沉没的事，联想起前些日子童宁出庭酷客号船长宣判、目送船长还押的场景，不由得自问：既然事故处理已告段落，船长也判了，那么教导员还会有什么事和我聊呢？他当时想不明白，自然就不愿去多想。

此刻，从一旁的办公室里走出来一个人，他身高一米八左右，西装笔挺，头发有点卷，还戴着一副精致的眼镜，一看便知是个极具修养的男人。对方倒像个律师，而自己这个律师，一身休闲打扮，却更像是送快递的。段韬想上前询问董事长的办公室在哪里，再一细看，此人不就是墙报上宣传的那位优秀员工薛荣贵嘛，于是凑近了招呼道："你就是薛大副呀？"

薛荣贵略感奇怪地看了看对方："你认识我？"

"哦，我是刚从你们公司的墙报上认识你的，大英雄嘛。"

"你是……"

"我是小律师段韬，你不会认识的。我来是找你们高董事长。"

"律师？"薛荣贵盯着对方看了会儿，似乎在寻找什么破绽，"你找我们董事长有什么事吗？对了，公司已有好几位正在服务的律师了，好像没听说存在人手不足的问题。"

"哦，你误会了。我过去是高董事长手下的兵，昨晚他和我们聚会时，特意邀我过来坐坐，再陪他聊聊天。"

薛荣贵的脸上立即浮起了笑容："原来是老板的客人，那我带你过去。"

薛荣贵带着段韬穿过走廊，敲开走廊底部的一间办公室，稍有些谦卑地往里说："老板，你有客人来访。"

董事长高伟达的办公室十分简朴，就一张办公桌、一对沙发，旁边还有小型会议桌和六把椅子。闻听招呼声，高伟达放下手里的电话，摘掉老花眼镜，见是段韬，也就随意地问道："小段，怎么小姚没有陪你来呀？"

"他在刑队当探长，很少有空，我自己能找到的。"段韬回道。

薛荣贵让内勤送来一杯茶水，自己想转身离开。

"小薛，你留一下。"高伟达及时喊住薛荣贵，然后对他说，"小段过去是我的兵，现在是个律师，听说在刑辩邵大律师的手下当过助手，应该是有点刑事方面的专长，你介绍一下酷客号船长的案件，听听他的意见，也给我们出出主意。"

薛荣贵只得走到会议桌旁，拉出一把椅子让段韬坐下，自己坐到桌子对面，中间的座位当然是留给董事长的。

段韬问："教导员，你说的是不是酷客号船长重大责任事故判刑的事？"

"正是。"

"网上好像已有很多文字介绍了，我也了解了一些。"

"那就简单了，可以直接进入正题。"高伟达接着吩咐道，"小薛，你把我桌上的判决书拿过来。"

段韬接过判决书，仔细阅读起来。

高伟达说："一审判决后，船长欧华斌坚持要上诉。"

段韬问："被告人认为判决有问题？"

薛荣贵答："船长应该是认为判三年半实刑太重了。我们也觉得一审法院判得偏重，都以为是过失犯罪，又认罪认罚，应该判个缓刑的。"

段韬看过上百份判决书，知道重点是"本院认为"部分，可迅速了解法官对于查明本案事实的评判。"一审判决没错，船长欧华斌在工作时间有醉酒行为，是个加重判罚的情节，不给缓刑也合理。从判决书上看出你们做过法官的工作，审判长还是很同情船长的。"看完后，他稍加斟酌地说。

"是的，我和老板几次去法院，反映船长以往工作一贯认真负责，曾多次被评为先进工作者、优秀共产党员，是位经验丰富的老船长，此次醉酒纯属偶然，又意外遭遇极端天气，才铸成大错，恳请他们网开一面，手下留情。"薛荣贵介绍道。

段韬说："可你们只与法官沟通，忽略了与主诉检察官的交流，没能很好地说服他。"

高伟达不解地问："案件不都是法官判决，由他们一锤定音的？"

段韬解释道："现在司法改革，加强检察机关行使刑事审判监督权，检察官的量刑建议非常重要。你们看判决书上有这么一段表述：本院认为检察院量刑建议不当，并告知调整量刑建议，但是在庭审结束前，检察机关未进行调整……"

薛荣贵连忙接道："你说得对，我们确实未重视检察官的意见，都认为法官掌握着判刑的关键。"

高伟达不禁审视起眼前这位年轻的律师，那么多人看过判决书，自己也看过许多遍，就是没看出问题，可这小子只看一眼，就一语道破，直击要害，法律功底不错，像个非常专业的刑事律师，少顷便说："那你看欧华斌的上诉有希望吗？我曾答应给船长争取一个缓刑，免受牢狱之苦。他也是军人，我的老战友。"

"可一艘货轮沉没，加上两名船员遇难，导致人员和财产的重大损失，一审无错，二审通常就是八个大字：驳回上诉，维持原判。"段韬明确地说，也不去顾及教导员的感受。

高伟达立即感觉到段韬有些与众不同。自沉船事故发生以来，公司接触过太多的律师，大多先夸下海口，再大包大揽，把案件当生意做，而段韬倒是有一说一，实事求是，让高伟达对他产生了战友以外的好感。

薛荣贵在一旁附和道："段律师的分析和一审律师差不多，都认为二审只是走个程序，不可能有实际意义。"

然而对于类似的说法，高伟达就是听不得薛荣贵一再重复，心里骂道，荒唐，难不成只能眼睁睁地看着欧华斌"坐以待毙"！不过想到这会儿毕竟有局外人在场，他多少得给未来的副总留些面子，才缓了缓口气说："我看事在人为嘛，即使二审的结果不尽如人意，公司方面也应该在后续事宜中多想点办法。"

薛荣贵说："是的，我已经找到监狱方面的朋友，让老船长早点下放到劳改大队，安排他干点轻松的活，争取减刑，尽量让他提前出狱。"

段韬也说："判决后对船长的安排的确很重要。据我所知，犯人在监狱要靠劳动赚取工分，积累业绩，达到标准才能减刑。船长年纪大了，干体力活肯定比不过年轻人，减刑的难度较大。根据他的年龄，我觉得在二审时争取减刑，要比他到监狱服刑后再去争取的可能性相对大一些。"

薛荣贵接道："你最后的提示倒也是个思路。之前我们都朝缓刑上去力争的，如果能在二审时做到适当减刑，起码对老船长有利。就是不知道可能性有多大。"

"上诉是当事人的权利，既然船长已上诉，我们应该尊重他的选择。二审律师尽可能重新寻找从轻处罚的证据，再努力一次。"

段韬说着，又转向高伟达问道，"教导员，我知道你是上过战场的军人，那么想当年，船长应该也和你共过生死吧？"

高伟达瞬间有些兴奋，像看到了希望："对，30多年前，我入伍时和欧华斌都在野战军服役，分在同一个连队，一同参加攻打老山的战斗。当时，炮兵打头阵，连长带着我们冲向山顶。那场战斗整整拉锯了两天两夜，连队减员近半，我和欧华斌也随时有'光荣'的可能。战斗结束后，我们连荣立过集体二等功……不过这都是过去的事了，还有用吗？"

段韬说："历史上有将功折罪之说。如果船长有在以往战场上立功的证据，或许能减少刑期。你们在一审时有没有向法院提供过船长荣立战功的资料？"

高伟达回道："只提交了欧华斌获公司先进奖的材料，可律师说这不是法定的从轻减轻条件，就是没想到他立战功的事。"

薛荣贵说："段律师真是具有散发性思维，富有想象力，可新中国成立后直到现在，有将军因为种种违法行为而落马，有的被判重刑，也没见有将功折罪之例。我不学法律，但知道自古王子犯法与庶民同罪，现在是依法治国，好像更强调法律面前人人平等的基本原则。"

段韬说："你说得不错，不过具体案件有具体情况，实事求是地对待每一起案件，正确量刑，才能真正让公民感受到法律的公平正义。"

高伟达越发欣赏这位昔日的小兵，说道："小段你很有创造性思维，想法多，办法多，你是否愿意当欧华斌的二审辩护律师？"

段韬立刻点头答应："既然是教导员下的命令，我愿意再为此努力争取一下。"

高伟达似乎看到了希望，进而道："不是争取，而是要极尽所能有所改变。这不仅是为了欧华斌，也为了公司。要知道酷客号是公司租来经营的，船沉没后，保险公司向船东做了理赔。原以为这事完了，可海天保险近日致函本公司，认为根据法院判决，船长是酷客号沉没的直接责任人，公司应承担连带责任，要向我们追偿保险理赔的近亿元损失。如果二审维持原判，一旦判决生效，保险公司就可能起诉我们，我们现在哪有钱赔偿，到时候恐怕会由于资不抵债而关门停业。我自己下岗也就算了，还会连累全公司百余名员工一起被就地遣散，想想都有些可怕。"

薛荣贵也在一旁补充道："当初国有企业改制时，许多员工都跟着老板投资入股航运公司，经过这几年的努力，总算可以分红了，有点回报。刚摆平这次沉船事故，公司已伤筋动骨，如果再被保险公司追偿，公司真得破产。所有员工的投资也会跟着砸进去，血本无归。"

段韬紧锁眉头，心想，欧华斌的二审是个简单案件，可被保险公司追诉却是个复杂的大案。他忽然明白了教导员欲在二审时有所改变的另一目的。"教导员，我是否可理解为公司未来的重点在于如何应对保险公司可能的追偿？"他问。

高伟达肯定道："你很聪明，一点就通。后续你需要着力研究如何摆脱保险公司的追偿。这个涉及公司的前途和员工的生计，关系更重大。"

段韬说："问题是保险公司的追偿于法有据，还有法院的判决书为证，可以说是事实清楚，证据充分，要完全避免难度很大。"

"我知道，我也学过法，有点法律常识。追偿案确是个难攻的暗堡，是冲锋路上最大的危险。你必须开动脑筋，想尽办法，像真正的战士一样给我拿下。"高伟达说，"对了，我听小姚介绍，你会脑洞大开，突发奇想，说是你曾经手过一桩盗窃杀人的死案子，幸亏由于你发现了一条小狗，使得案情反转，最终撤销了嫌犯人的杀人重罪。"

"教导员，那是个普通的刑事案件，不是我有多大本事，是运气好。可眼下是一起海难事故，我又是个旱鸭子，处理陆上交通事故还有点经验，对航海却是擀面杖吹火 —— 一窍不通啊。"

"我从武警转业到海运公司时，一样是什么都不懂，只能下决心学，跟着同事上船下海，不也学会了看海图、标航向，还会把舵靠码头，成为一名合格的国际海员。俗话说，世上无难事，只怕有心人。我们都是军人出身，明白自己的使命。我相信只要不畏艰难、不怕牺牲，就没有攻克不了的阵地！"

段韬听着教导员的这番话，想起对方在当教导员时，每每执行任务时都要做战前动员，说得也是慷慨激昂，听得人热血沸腾。段韬不由得唰的一下站起来，向高伟达行了个标准的军礼："报告教导员，我会下定决心，排除万难，去争取胜利！"

高董事长也抬手还礼："这就对了嘛。我相信我的兵，此事就交给你了。"

段韬拿起一审判决书说："那我就从二审入手，先了解情况，收集信息，必要时再做些火力侦察，力争找到突破口。"

董事长点头，然后指着薛荣贵说："你没有航海经历，这方面可以向薛大副请教。他可是航海专家，有丰富的航海经验和知识，现在是我的特别助理，全权负责这起沉船事故的处置事务。小薛，你要为小段提供全方位支持。记得一审时的那位童律师也是什么都不懂，是你手把手教她的，让她快成为半个国际海员了。相信你也能带好小段的。另外我想，公司会对减免公司追偿数额、挽救公司的有功人员，给予一定的奖励。毕竟，市场经济是要用经济手段调动人的积极性嘛。"

段韬一听，似乎有些隐隐的意外与激动。谁知他面部掠过的极其细微的表情，还是被薛荣贵及时捕捉到了，看来这也是个贪财的人。"请老板放心，我一定全力配合好段律师工作。"薛荣贵当即表态，接着又问，"我只想了解一下，段律师接手二审后，一审的律师如何处理？"

段韬率先接道："你说的是童宁律师吧？我们是大学同学，关系不错。她熟悉案情，最好请她继续参与二审。我当然会尊重她，充分听取她的意见。"

高伟达说："童律师毕竟是一审的辩护律师，能请她与你合作，应该对二审争取缓刑更有利。我们一起努力，争取二审缓刑这个因，避免保险追偿这个果，以确保公司渡过当下的难关。"

董事长桌子上的电话铃声忽然响起，薛荣贵见状说："老板你忙，那我就带段律师到我办公室，向他普及一下航海知识，再详细介绍沉船的情况。"

高伟达边向办公桌移步，边冲着薛荣贵说："去吧，二审手续我会让家属办的，至于二审律师费照规定支付，由我个人承担。关于欧华斌的立功材料，我设法请原先的部队出具，将来即便派不上用场，二审没有改判，我也算尽力了，不留遗憾。"

段韬跟着薛荣贵来到他的办公室。薛荣贵拿出一摞航海知识的书和船体学教材，递给对方："你先看一下这些，等你有了初步的航海知识后，我们再来讨论酷客号沉没的原因。"

段韬隐约感觉薛荣贵的面部表情里有一丝怪异，说不清是因为什么，不过他还是笑着回应："谢谢！有你的悉心指导，我一定会好好学习，天天向上，不负重托，不辱使命。"说完，带着书离开。

薛荣贵倒是想送客下楼的，可段韬没让，说是以后要常来常往的，真不必客气。薛荣贵就在办公室门口和段韬作别，然后合上门，望向窗外的江流，看几只贪嘴的海鸟飞来飞去，盯着水中可能浮现的食物，看罢，收回目光，两边的嘴角竟不自觉地往上翘了翘，似乎在嘲笑着什么。

段韬在律师事务所里见到欧华斌的妻子，拿到了二审委托手续，并于第一时间赶到拘留所会见老船长。

拘留所律师会见室的后门打开，欧华斌步履蹒跚地走进来，一个不到六十的人，由于精神上的重压，看上去已显得很苍老。

欧华斌见对方是个年轻律师，忽然脸一沉，说道："上次来的是姑娘律师，现在又来个小伙子，都是嘴上没毛的，说话不靠谱。"

段韬见过太多的上诉人，多半上来就抱怨一审判决不公，或者沉默着，不愿与律师交流案情，但像这样纯属对律师进行人身诋毁的，还真少见。"我还没开口，你怎么知道我说话不靠谱呢？"他不乐意地应对道。

"不是吗？那个女律师长得不错，就是傻姑娘唱大戏——太离谱，说我认罪认罚，能判缓刑。结果呢，我还是坐在里面。要知道这里的一天24小时，要一分一秒地数着过的，太难受了。"

"我看过你的判决书，你上诉是认为一审查明的事实有错。那天酷客号遇险时，你醉酒不醒，不在岗位上有错吗？因为你的失误，导致万吨轮沉没，两位船员失踪遇难，造成那么大的损失，你难道不应该承担责任吗？"

欧华斌瞪大眼睛惊讶地看着小律师，没有想到他不加掩饰地单刀直入。

"律师根据这个事实，要你认罪认罚，为你争取法定的从轻减轻处罚的条件，女律师向法庭提供你过去的优异表现，在法庭上竭尽全力为你从轻辩护，尽一切可能为你争取缓刑。她做了吗？"

"她形式上是做到了，可结果还是判了我实刑。你说，法院判得没错，律师也没错，都是我的错，那要你还来干什么呢？"

"我知道你是高董事长的老战友，一起上过前线。也曾是个军人，我是高董事长到武警后的手下小兵。高董事长要我转告你，尽管你已身陷囹圄，可比起你们当年蹲猫耳洞的条件要好多了吧？他相信你能熬过这段日子，等三年后你出狱了，他会安排好你今后的生活，二审的律师费还是他自己掏腰包的。"

一提起老领导的关心，欧华斌的态度立刻有所转变："你既然也当过兵，就应该知道对首长的命令必须执行。我该做的都做了，该扛的都扛了，如果现在要我撤回上诉，也可以考虑。服从命令，不再给公司添麻烦。"

段韬说："这倒不必，上诉不加刑，何况上诉也是你应有的权利。"

"我只会开船，不懂法律，董事长还需要我做什么，你尽管吩咐。"

"高董事长知道你情绪低落，他不希望你在里面把身体搞垮。你应该放下心理负担，增强体能锻炼，将十多平方米的监舍视作人生的又一战场。那样的话，有朝一日你从这里走出去，才能开始新的生活。"

船长笑了："这话确实像董事长说出来的。"

段韬也跟着笑："后半段是我说的。"

"你说得有理。既然董事长推荐了你，都曾是军人，我信你。请转告董事长，我能坚持住，会健健康康地出去的。"

"好，一言为定，等我阅读完你的案卷材料再来见你。再看到你希望是个精神抖擞的老战士。"

段韬来时，天空中阴云密布，想不到离开看守所的那一刻，却见阳光刺破云层流泻下来。段韬跨上摩托车，前去约见童宁，以便调取一审的案卷材料。只听得耳边风声呼呼作响，他的脑海里忽然闪过一个念头，船长的案件会有转机吗？他不清楚，就是在心里盼望出现，被告人也是个军人，就比以往办理任何一个案件都更强烈祈盼。

童宁所在的同源律师事务所，坐落在市中心一幢高端商务大厦的 25 楼，是家很现代派的事务所。虽然没有国华律师事务所规模大、人员多，却在金融保险法律服务领域内大名鼎鼎。

童宁在门口迎接段韬，带他参观事务所。这里律师办公室的布置都差别不大，中间是宽敞明亮的大办公室，有二十几位律师助理的工位，四周是合伙人的办公室。事务所乔主任的办公室居中，是一间 30 多平方米的大办公室，落地门窗非常通透，最为独特的是一个很高档的红木茶几，上面摆放着各式茶具，具有浓郁的南方特色，专供客人喝茶聊天，书架上还陈列一帧全家福。可惜乔主任今天不在。

童宁再带段韬步入自己的办公室。只见窗台上有一精美而小巧的多肉植物盆景，几株形态各异的多肉植物簇拥在一起，如同微缩的绿洲，给繁忙的律师工作带来一抹清新与自然。办公桌上除了电脑，还有一只造型独特的斑点狗笔筒静静地站在那里，小狗的神情憨态可掬，皮椅上半躺着毛茸茸小狗造型的靠垫。这一切仿佛都在提示主人：再忙也别忘了放松哦。

段韬自觉地像个当事人坐在童宁的对面。

童宁亲自给段韬沏上茶说："知道你爱喝茶，特地从主任那里拿了包金骏眉。我一般不让外人进我办公室的。"

段韬说："是的，女性办公室也是隐私的一部分。我的办公室相对简单得多。"

"怎么样，对我们事务所是否有兴趣？虽说你们所名声大，人才多，但竞争激烈，你从业都快10年了，还办过响当当的案件，至今未晋升为合伙人，有点亏呀。我们事务所的主要客户都是有背景、有实力的金融保险公司，案源多，标的也大，就是缺办刑事案件辩护的律师，如果你愿意加盟，专业办刑事业务，乔主任是求之不得的，也许还会晋升你为合伙人。乔主任是我们当年的学长，很注重培养年轻律师，自己参评一级大律师，推荐我参加二级律师的评选。有了二级律师的职称，就是名正言顺的高级律师了。你如果来我们这里，上升机会肯定会很多的。"

段韬喝口水，笑笑说："谢谢你的好意，我至今是个无级律师，拿到执业证后，从未参加过任何职级考试和评选。在我看来，有张律师执业牌就可以了。律师没有高低之分，只有当事人的口碑之别。国外律师是没有级别的，英美法系分为出庭律师，称为大律师，事务性律师称为普通律师，只是专业分工不同而已。可国内习惯套用行政级别，一级为局级律师，二级为处级律师。我们是体制外的人，退休时都是按普通员工领取养老金的。"

"可我听说，有级别的律师在退休后，可享有高级职称补贴。"

"我们事务所的老律师是说过，一级的享有800元，二级的享有 500 元,是政府配套的优惠制度。但是一个律师做到退休还要靠政府补贴安度晚年,说明他年轻力壮时能力有限,没有赚足养老的钱,有点悲催。童大律师你现在是有房有车有存款一族,还在乎那点养老补贴吗?何况你名花有主,还是个有钱的主。可以放松一下。我和你有很大的差距,我是要赚钱买房,有了房才能摘朵玫瑰养在家里。"

"那你更应该加盟同源,这里美女如云,条件优渥,挑选的余地很大。"

"我刚才参观时扫视过一遍了,好像没有哪个超越你的颜值;再说我已拜邵老师为师,他是大律师,有口碑,有水平,请他办案件的人排成长队。我与他相比差距太远,还是想跟着他好好学,踏踏实实地再熬几年,等水到渠成了,该给你的终究会给你,也就不用担忧养老钱的问题了。"

"我了解你是个重情重义的人,不舍得离开自己的恩师。不说这些了。怎么,你来找我,不会只是为感谢上次那起保险案件达成和解协议吧?你悟性高,准备充分,我拿到起诉书就知道要输给你,只好说服我的当事人和解为妙。"

"案件调解了就不存在输赢。不过那起保险案件还得好好感谢你,让我学到了不少保险知识。我今天来,主要是我承接了酷客号船长的上诉案件,想邀请你一起担任该案二审的辩护律师,可能你已经听说了。"

"我没听说。"童宁稍有些吃惊,"是家属请你出马的?"

"不是,是航运公司找到我的。公司董事长是我在武警部队服役时的教导员,我不好不接。"段韬回道。

"酷客号案件我清楚,一审认定事实清楚,证据充分,适用法律正确，二审就应该没有可松动的余地，就是走个过场。"

"我看过判决书，也见过船长，大体同意你的意见。可这个案件还涉及蓝海航运的未来，海天保险已向他们公司发出追偿理赔款的函件，认为根据法院判决，酷客号沉没是船长的人为因素所致，公司负有连带责任，须追偿给船东理赔的损失；一旦追偿成功，蓝海航运就岌岌可危了，弄不好还可能倒闭。"

童宁越发惊讶："保险公司这么快就开始追偿了？那一定是宋小甘干的活，他在公司法务部专门负责追偿事务的。我知道他们的奖金与业绩挂钩，那也不必如此着急。一审才完，还有二审嘛。下次打球时，我来教育他，不该为了奖金而忘却了程序。"

"追偿是保险法的规定。对蓝海航运而言，也是早晚会发生的事。高董事长请我介入这起案件，希望与你合作一起担任船长二审律师。还可以向你请教请教保险的专业知识。"

"谢谢高董事长的看重。不过我最近手头上的案件很多，这个二审程序你独当一面，应该没什么难度的。"

"高董事长给我的任务是通过船长的一审了解和梳理酷客号沉没的前后情况，寻找应对保险公司追偿诉讼的抗辩理由，他不仅是为了船长的案件，更是为了公司的生存与发展，力求减免理赔款的数额。"

"你说海天保险的追偿案，因为我是他们公司的法律顾问，有利益冲突，法庭还可能是对手，只能回避了。"

"你原本是一审的辩护人，继续担任二审辩护人顺理成章。那个追偿案件尚未实际发生，谈不上形成利益冲突。重要的是你曾对欧华斌承诺过力争帮他判缓刑，可一审没能兑现，你不能就这样临阵退却嘛。"

"我是提前回避，省得日后麻烦。"

"即使不得已必须回避，也是将来的事。"段韬说，"告诉你，我发现一个重要线索，或许对二审改判有帮助。"

"什么线索？不可能呀。"

"高董事长告诉我，欧华斌参加过老山战役，所在连队荣立集体二等功。如果在部队有一张冒生命危险换来的奖状，或许能抵过半年的刑期吧。"

想不到童宁嘿嘿一笑，说："我当是什么法定从轻的线索呢。你不知道吗，法律上是功不抵过的。不是有一个自卫反击战的著名英雄也被判了刑吗？"

"那都是故意犯罪，犯的滔天大罪。欧华斌犯的是过失罪，高董事长已设法向部队调取证据，届时你只要讲好英雄的故事，说不定就能兑现你对欧华斌的诺言。欧华斌二审一旦改判缓刑，你就成为所里的刑辩大律师，也可了却你们主任的一个心病。"

"兵大叔，真没想到你还会做细致的思想工作，迫使我无法拒绝。"

"哪里哪里，我是投桃报李。你给过我保险案件的金点子，我还给你刑事案件的一个银勺子。二审开庭时，你是第一辩护人，我排在第二，都可以不挂名。"

"我会挤出时间和你合作办案，跟你学习刑事辩护。"

"那我们就各取所长，各有所得，开启新的合作。"

童宁将案件材料交给段韬说："你先看看，过几天我们再一起研究辩护策略。"

段韬拿起手提包，目光再次停留在斑点狗笔筒上，他笑着问道："你也喜欢小狗？"

"小狗有灵气，人见人爱，只是我没有时间带，否则哪天去朋友家领养一条。"

　　段韬有同感："宠物狗的嗅觉很灵，能辨别好人与坏人，保护主人……"

七

段韬回到出租屋，开始阅读船长一审的卷宗材料，法院一审判决认定船长欧华斌因醉酒擅离岗位、丧失指挥权的犯罪事实，有欧华斌自己的供述、船员证言及船长身上的伤痕鉴定，可谓铁证如山。对于沉船原因，一审法院采信沉船海域所在国的海难调查报告的结论，认定酷客号航行至孟加拉湾，遭遇恶劣天气，使得大量海水涌入船舱，导致货轮沉没，属于自然灾害的意外事故。可有几位船员说法不同，有人说那天天气是不好，不过船体好像被什么东西撞击过。说得最具体的是轮机长岳宝胜，他在证言里说"听见一声巨响，接着海水就涌进机舱了"，他认为不完全是天气的因素，甚至有可能是两船相撞的海上交通事故。最有趣的是有位年轻的船员调皮地说道："假如我没睡着，应该是能看见发生过什么事的，可惜我睡觉了。"船员们虽有异议，却未提供任何有效线索或证据，只能说是一些猜想和直觉，有帮船长开脱罪责之嫌，自然不会被一审法官所采信。不过段韬还是把这些船员的证词摘录到自己的笔记本上，虽说对欧华斌案的定性量刑没有太大的意义，可能对完成教导员设定的"减免追偿金额，最好一文不赔"的民事案件的目标，也许有一定的价值。究竟有什么作用不清楚，他清楚地意识到，律师费越高，案件难度越大，天上不会掉馅饼，财运不会轻易砸在自己脑袋上的。

时间已过10点，他有严格的作息习惯，放下工作，去完成100个俯卧撑，然后洗澡睡觉。

夜阑如水，可他躺在床上，脑子清醒得如同白昼，一时竟睡不着，似乎还在为偶遇船长的二审案件而有点小兴奋，一次战友聚会接到个刑事案件，还连带着一个经济大案，竟然还说服童宁与自己联合办案。今年是什么运程，怎么好事连连，竟有如此意外的收获！遥想当年，童宁可是一朵班花，在众人眼里漂亮、单纯，碰到点委屈就会流眼泪的那种。她被大家呵护，曾有多少男生追逐，包括自己也有过奢望，走近她，和她谈一场轰轰烈烈的恋爱，可到头来，相互间却连个手指都未碰过。一晃和自己一样，年过三十依旧单着，圣女变成了剩女。想不到时光流逝，竟有机会与她在工作上携手共进，这或许也是老天给他些许补偿吧。

不过，既然过了彼此最容易产生化学反应的青葱岁月，这会儿的段韬倒反而没了当年的冲动，即使再度面对曾经心仪的女神，更何况她已名花有主。他这会儿的想法极其简单，唯有祝愿她恋爱甜蜜，将来的婚姻生活幸福；当然，还包括他们接下来的合作顺畅，争取共同的结果。

段韬这样想着想着，便进入了梦乡。奇怪的是梦中没有出现童宁的影子，却出现了一张曾见到过的小红军的照片，是小兵兵，小兵兵灿烂的笑脸突然变得严肃起来，段韬吃惊地问道："怎么啦，是不是有人欺负你了？"男孩瞪大眼睛看着他，没有回答。段韬又问："那就是有人欺负你妈妈了？"男孩依然不回答，只是脸上的表情越发严肃。段韬很想再说些什么，男孩瞬间消失得无影无踪，以至于早上醒来，脑海里仍残存着昨夜的梦影，挥之不去。

"该不会母子俩有什么事，在提示我去关心一下。"段韬心想，于是到办公室处理完手上的事，便骑着摩托车火急火燎地赶去宠物生活馆看望小满。他是个想到什么就要去做的人，不喜欢犹犹豫豫、拖泥带水。

宠物店已装饰一新，好像一个充满活力的动物乐园。整个店堂被柔和的灯光铺陈着，营造出一种既温馨又舒适的氛围。空气中弥漫着一丝丝不易察觉的奶香味，让人不由自主地放慢了脚步，心情也随之变得轻松愉快。店铺的布局巧妙而有序，各个区域通过精致的隔断或绿植巧妙地划分开来，既保证空间的私密性，又让整体看起来和谐统一。进入店堂，是一个小型的接待区，几张简易的沙发及茶几摆放得恰到好处，旁边还设有宠物杂志架，专供等候的来客翻阅，平添了几分休闲的气息。

段韬见小满正耐心地给一条小狗洗澡，动作非常熟练。"小满，你在这里干得怎么样，还适应吗？"他关切地问。

再次见到段韬，小满高兴地答道："我很喜欢这里的工作，老板娘也待我很好。"

"你要实话实说，不要看在我的面子上都说好哦。"

"是真的，我不会说假话。这个店刚开张，生意还不忙，目前上门的基本是老板娘的老客户。老板娘教我们如何接待客人，要求我们微笑，要从内心发出，表现出足够的爱心，让宠物主人感觉到这里很温馨，宠物放在这里很放心。只有这样，客人才会越来越多。"

"这个要求不低啊。"

"可老板娘说，这是最基本的要求。我和几位店员相处得很好，与小动物打交道很开心，天天乐呵呵的。老板娘曾表扬我，说我的笑容最真诚，客户一定喜欢；还说留住一个客户，就可以提成奖励。"

"看得出来，你心情真不错，说明你喜欢这里，那就好好干，相信军嫂会干出好业绩的。"

"谢谢鼓励！"

"你家小兵兵近来还好吗？"

"还行吧，就是越大越调皮了，昨天在幼儿园里和小朋友打架，老师告状，被我揍了一顿。"

"男孩小时候打打闹闹是正常的，别太严厉，批评教育一下就可以了。"

"家里的老人们讲，不打不成器，棍棒底下出孝子。"

"我小时候也时常与人发生冲突，被老师叫到办公室罚站，也被父母打过，可现代教育不是打出来的。你还是老脑筋，怪不得昨夜兵兵托梦给我，大概是想让我来劝说一下你，今后不可动辄就打他，好好给他讲道理。欺负人不行，也不能被人欺负，要学会尊重他，以理服人。你家兵兵是个聪明的孩子，样样都懂，将来会有出息的。"

小满有些吃惊："这孩子还会托梦给你？"

段韬笑道："我和他是心有灵犀一点通嘛。"

"段律师，今天怎么有空来小店，是有宠物要寄养吗？"

"我自己都没有安顿好，哪还敢养小狗小猫呀。"段韬回道。

正说着，秋羽走进店里，见来了贵客心情大好，带他在休闲区坐下，小满给他们端上茶水。等小满离开，秋羽说："这位军嫂虽来自农村，却聪明伶俐，热情周到，笑脸真诚，很招人喜欢，我的几位养宠物的朋友就是冲着她来的，没事也会到店里坐坐，说她的微笑和人养宠物一样有异曲同工之妙，都很治愈。"

"她能适应这里的工作，让你和客人满意，我也就放心了。"

"你对她这么关心，除了将她推荐到我这里，还主动上门嘘寒问暖，是不是买房不成，想着先把人也收了，到时候来个人房两全？"

段韬被问乐了："如果我有意向娶妻，第一选择当然是你，有财有貌，还能少奋斗 10 年。"

"你就知道嘴巴上冒泡，没有一点实际行动。我不图财，也不图貌，只求对方是个有心人。"

"我的大小姐，放下你的身段，嫁给我们这种粗俗的下里巴人，那可是一大片森林随便找；如果寻觅预设好的偶像，是凤毛麟角，难以挖掘。小心过了这个村没那个店哦。"

"什么村啊店的，这里环境很好呀。"刘浩鹏抱着丑丑忽然走进来。

段韬见到丑丑，立马上前抱过来，亲热地和它玩耍起来。

秋羽迎道："浩鹏叔，现在怎么有空过来，你家离这里可有点远呀。"

刘浩鹏说："我明天要出差，只能将丑丑送来寄养两天。都说你找了个和蔼可亲的美女店员，也想来饱饱眼福，感受一下，爱美之心，人皆有之嘛。"

秋羽说："那是段律师推荐的，就看他愿不愿意。"

段韬转身道："不是看我，是要看丑丑愿不愿意。"

小满恰好经过，段韬把丑丑递给小满，丑丑居然愿意接受，一点也不陌生。

刘浩鹏见丑丑很乖巧地趴在小满的怀里，感觉丑丑和小满还真有点缘分，便开始端详起小满来。

　　段韬笑道："浩鹏，丑丑被你调教得也这么爱美啊。"

　　刘浩鹏觉察出话里有话，说："去你的。"

　　小满被弄得有点不好意思，赶紧去清洁房替丑丑洗澡。

　　段韬调侃道："浩鹏，别老盯着手底下的美女，生活是实实在在的，找到一个能伺候你的女人，才是修来的福分。"

　　秋羽接道："段律师原来将男欢女爱之道研究得那么透彻，不如改行当情感问题专家，那个兴许更赚钱，更容易出名。"

　　刘浩鹏帮着段韬说："不会吧，段律师可是有追求的人，将来会成为大律师，我坚信。"

　　段韬说："两位都没说全。当律师的未必通晓所有法律条文，研究情感问题的人，很可能越找不到老婆。我的辩证法是，对工作有理想，对生活要现实。"

　　刘浩鹏关心地问："说起工作，你最近在忙什么？"

　　段韬答："遇到一个知识盲区上的案件，未来需要恶补这方面的专业知识。"见刘浩鹏两眼瞪圆，似乎期待他说得详细些，于是他便将自己接手酷客号沉船案的情况介绍了一下。

　　"你没有上过船、出过海，对航海知识茫然无知，我觉得还是不接为妙。"秋羽抬头看了看天象，她有点迷信某种神秘的存在。

　　"你说的是那起孟加拉湾海难事故，之前我在网上看到过报道，影响不小，想不到你会接手此案。只要全力以赴，寻找到突破口，你再次一战成名完全可能！"

　　小满进来给他们续水，听见他们在议论酷客号沉船案，顺口说道："那个案件不是已调查结束，船长判了，保险也赔了。"

段韬说："你不懂，那是一审判决，还有二审，刑事判决书尚未生效，不像民事调解书那样，只要签字就生效。"

小满问："那二审会不会改判，船长能不能回家？"

段韬笑笑："看来这位船长人缘很好，都希望他早点出来。难怪有船员想帮他开脱责任，说沉船不是极端天气所致，而是遭遇碰撞的交通事故。"

刘浩鹏接道："要想帮忙也不能瞎说，海洋那么大、那么宽，即便想故意撞上也不容易，说是遇到冰山，碰上暗礁，那还有可能。"

小满转向刘浩鹏，扯开话题说："刘先生，你的丑丑已安顿好，你就放心出差吧。"说完，便默默地离去。

段韬轻声对刘浩鹏介绍说："小满的丈夫就是那起沉船事故中的遇难船员之一。酷客号沉船事故只有两名船员失踪遇难，偏偏其中就有她的丈夫，唉！"

刘浩鹏长也长叹一声："原来她也和我一样，都遇上人世间最痛苦的事，失去了最亲的人。"

秋羽说："世间万物皆有因果，悲喜往往在人的一念之间。如今小满业已放下，留住善念，善缘自来，遇到段律师，来到这里，善言善行，感化他人。"

段韬说："浩鹏，你还有什么可牵挂的？据我所知，那位李雅后来随老外远走他乡，算是如愿以偿。你太太也已去世多时，若继续执着于一念，则痛苦无穷，不如放下执念，随遇而安，找个会过日子的女人，开启新的人生。"

秋羽一喜："哟，段律师也在修禅宗呀。禅宗的要义是无念无往，你怎么还在红尘中争强好斗呢？"

"没办法，职责所在，生活所迫，还须奋斗一下。"段韬说，"有朝一日，真到了有房有娘子的地步，才会歇一歇，考虑放下。"

"在人世间争强好胜，要当心背后有小人作祟。"秋羽跟道。

段韬哈哈一笑："在我眼里没有大人小人，只有好人坏人，自然一目了然。"

刘浩鹏笑笑说："段韬律师往往把案件看得很复杂，把人看得过于简单。这年头，黄鼠狼给鸡拜年，人心叵测。"

"这次任务相对简单，目标明确，没有真相可查，更没有罪犯要追。只不过我有短板，不懂航海，不懂不能装懂，只能重回学生时代，去海事大学重新上课。"段韬站起来把杯中的茶喝干净，然后出了店门，骑着摩托车直接赶往海事大学。

八

海事大学虽然不在大学城里，学生们一样自由进出，图书馆免费开放。段韬凭着保留的法学院学生证，走进海事大学，找到航海系大一教室，旁听老师讲解航海基础知识、经度和纬度意义、航向和航程的计算方式。这是最便捷的求知方式，迅速具备航海常识，他到学校图书馆借阅所需的海图资料，并根据刚学到的航海知识，从调查报告确定的方位，找到酷客号沉没的位置，只不过不能完全理解海难调查报告表述的所有内容。

段韬曾几次打电话给薛荣贵，他总说没空。几天上课查资料有点名目了，段韬这天下午直接来到蓝海航运公司，走进薛荣贵的办公室，见到薛荣贵便说："薛副总，请教一下，这份海难报告很专业，实在读不懂，请你帮我解读一下。"他抱着虔诚的态度，向薛荣贵请教。

"别瞎叫，任命还没下，还是叫我老薛或薛大副吧。"薛荣贵故作谦逊地说，"你没经过专业培训，看不懂是正常的。可我还是佩服你的勇气，从未做过海商案件，也敢接下老船长二审和保险追偿案，胆子很大呀。"

"我以为处理事故的法律原理是一样的，根据因果关系确定责任大小，分担损害赔偿。人家法官也是法律人，并没读过航海专业，不是也在审理海事案件？高董事长说得好，航海专业上的事就得向你请教。专业事有专业人解答。"

薛荣贵本想嘲笑他，没想到对方用老板压他，很不爽，心想，那你就慢慢等吧，会让你吃不了兜着走。"段律师你见过老船长了，他的状态怎么样？"他于是转换话题问道。

"不是很好，情绪低落，牢骚满腹。"

薛荣贵又问："老船长对判决有什么说法？"

"他对案件事实没说什么，认为法院没错，是自己的错。"

"还是认罪认罚。"薛荣贵轻吸了一口气，放松许多，"既然这样，不如早点下到监狱，劳动劳动，晒晒太阳，有利于健康。我已疏通好了，监狱会给他最好的照顾。如果进入二审，又要拖上三个月，一点意义都没有的。拘留所里，每间牢房十多平方米，关十来个人，条件远不如监狱，何苦！"

"薛大副，我有件事要请教你，我从案卷上看到，有船员认为沉船不仅是天气原因，还有其他因素；还有的人说是碰撞过其他物体了。那是怎么回事呢？"

薛荣贵朝段韬正视了会儿，斟酌道："你没有上过船，出过海，也没学过船体结构，不清楚船员的各自岗位及所在位置。在海难事故调查时，反映最强烈的是轮机长，他和船长亲如兄弟，应该是他在煽动一些船员这样说的，可他的岗位在机舱里，他的位置是看不到海面上发生的事。这些船员提出异议，又拿不出任何依据。这份海难调查报告得到保险公司和事故处理小组的一致认可，老板决定就事论事，统一思想，不许再有异议，以便尽快获得保险理赔，安抚遇难船员家属，补偿其他船员的损失。可他依旧牢骚满腹，还把当时的情况描述得有声有色。老板曾严肃批评他，说你虽是船长的老搭档，想帮船长减轻责任，出发点是好的，可方法不对，效果不好，搞得谣言四起，人心浮动。老板还撤销了他原先担任的酷客号党支部书记的职务……"

段韬仔细听着，想了一下又问："那我再请教一下，这份海难调查报告为什么是由国外的海事部门制作的？"

"这就涉及航海上的一个知识点，即按照国际海事规则，海难事故是由沉船海域所在国的海事机构负责调查，再经过相关方如船东、保险公司的核实确认。应该说海难调查结论是具有国际权威性的，同样在法律上也构成最有效的证据，当然会被中国的司法机关所采纳。这就叫专业问题专业解释。"

"一审法院审理船长案件，就是依据这个结论认定沉船事实和沉船原因的？"

"法院判决只是司法处理，更为关键的是保险公司认可，依据调查结论做出理赔，拿出真金白银处理善后事宜。这样，船东获赔，船员得以补偿；如果没有保险理赔，海运公司的麻烦更大，老板的日子更不好过。"

段韬微笑着恭维道："你原是酷客号的大副，在货轮沉没过程中临危不惧，及时指挥船员撤离，实在是功不可没。此番又是公司董事长沉船事故处理的特别助理，即将被重用，作为未来的公司副总，那你认为我们该如何应对保险追偿事宜呢？"

"我也是第一次遇到类似的事，没有经验。既然老板将此案交给你办，你也当面做出了承诺，那么就由你全权负责处理，我只是配合。放心吧，届时公司给予的奖励都归你，我分文不取。"说话间，薛荣贵的手机有信息弹出，"不好意思，老板在召唤，今天就到这里吧。"

段韬不便再多问什么，只能灰溜溜地离开。

一直到下了楼，来到江边，段韬仍在回想着薛荣贵刚才说过的每一句话实属不阴不阳、不卑不亢，似乎潜藏着什么，又不愿让人触摸到。也许是这个小律师突然冒出来，影响到他和其他律师的合作。

与航运集聚区隔江相望的是金融服务区，都是几十层楼的摩天大厦，那是本市最有钱的地方。其中，保险公司大厦高耸入云，最有气派，成为本市地标性建筑之一。过去都说银行有钱，可银行的钱是储户的，每月还要计付利息；贷款放出去，有的还收不回来，变成坏账。其实最富有的是保险公司，卖的是意外和未来保障，只有进钱收保费，很少支取，即便是需要理赔，也得等到猴年马月。虽有意外发生，也是小概率的事。保险钱多得没地方花，又不敢投股市，大都投在房地产上。这些年房价连续上涨，资产规模越做越大，关键是随着人们保险意识的增强，保险产品也越卖越好了。

段韬见时间尚早，便联系了童宁相约一起去见宋小甘。很快，段韬过了江，来到这片金融服务区中的保险公司大厦楼下。三个人在底楼的品牌咖啡店里坐下，都是老同学，省略了不必要的客套，段韬向宋小甘出示了海天保险公司发给蓝海航运的公函，直截了当地说："你们保险公司业务繁忙，资产雄厚，怎么区区一点理赔款也不放过？人家航运公司是靠租来的十几条船跑运输，赚点跑腿钱，就不能网开一面吗？即使是银行，也有坏账处理机制的嘛。"

"如果你是为了这事过来，那你找错人了。"宋小甘一脸委屈地解释道，"如果我是保险公司老板，看在老同学的面子上，大笔一挥，销账。可我仅是保险公司的小小法务，有毛笔没墨水，签不了字。请你们喝杯咖啡，还不能报销，得我自己花钱买单。我的职责是追偿理赔款，挽回保险公司的损失。法务总监曾告诉我们，国外烟民起诉烟草公司侵害赔偿案件，因为保险公司赔付的医疗费太多，就请律师找理由，代理烟民起诉烟草公司并得到赔偿，追回了部分理赔款。总监说过，这是国际同行的经典案例，要我们好好学习。我是有组织有领导的，不像你们律师是自由职业，想怎么干就怎么干。"

童宁也帮着段韬说："小甘，我能理解你的位置和处境，可欧华斌的二审还没有开始，也不用那么着急发催款函吧。"

宋小甘解释道："法院一审判决后，理赔部就支付第一笔理赔款，说是这家船东公司规模很大，有好多船，如果理赔及时，关系搞好了，以后还能接到更多的保单。法务部觉得没有问题，就签发了。等二审判下来，再支付另一半理赔款，估计下个月就可赔付完毕。我只能先礼后兵，一旦付清，须按公司规定起诉追偿。"

段韬急了，说道："可一审判决还没生效，二审尚未开庭，能不能等到终审判决后再赔付呢？"

"理赔款支付是由理赔总监负责，法务总监只是合规审核，一般就是签字画押。我负责的是追偿业务，追回理赔款是我的责任。在我们上市公司混，是要靠实实在在的业绩才能升职加薪，就像你们律师创收提成一样，只是奖金比例小得可怜，但对我非常重要。养家糊口靠工资，还清房贷就指望奖金了。"宋小甘说。

"你小子在学校时还是很有理想抱负的，怎么现在变得这么世俗了？"段韬似乎有些想不明白。

宋小甘辩解道："我的兵大叔，读书是浪漫的，现实是残酷的。我不知道你办理欧华斌的二审还能掀起多大浪花，能改变什么。童

宁代理过一审，你认为有可能吗？"

童宁回道："我又不擅长刑事案件，欧华斌的一审原本也不想接的，可公司法务总监推荐，我只能勉强上阵。我能提出的异议，早就提过了，还找了许多从轻的理由，法院都没有采纳，我已竭尽全力了。"

段韬说："坦率地讲，我们的重点并不在欧华斌本人的量刑，而是你们保险公司的追偿。"

宋小甘说："我猜也是。那你一定会在沉船原因上找瑕疵，可海难调查报告给出的结论清晰明了，且具有绝对的权威性。听说酷客号的船东是当地数一数二的大公司，那里的官员见到他们的老板，都当成财神大老爷，卑躬屈膝，点头哈腰。在调查中做顺水人情，也理所应当。"

段韬听出了他话里有话，或者说他是在给自己以某种提示。

宋小甘赶紧补充道："兵大叔，你就别胡思乱想了，我没有证据，瞎说说的，再说为了保障企业利益顺势而为，也理所应当。你也是查无实据，到头来白忙活一场，两头不讨好的。"

童宁说："我认为这个追偿案有讨价还价的空间。法院认定沉船是自然灾害所致，船长的作用其次，理赔也不能全算在人家航运公司身上吧。"

宋小甘笑道："童律师，你是保险公司的律师，追偿案件有可能请你代理原告，怎么帮上被告了呢？"

童宁说："现在只是在讨论欧华斌刑事案的二审，追偿案件还没有启动。再说你们保险公司签约好几家律师事务所，追偿案件也不一定轮得到我；再说提出责任分摊也是有法律原则的，今后被告律师在法庭上一定竭尽全力地争取减少赔偿金额。都是法律人，对诉讼结果都有个预判。开会讨论时，我也会提出调解的想法。"

宋小甘心想，童宁依然是伶牙俐齿、咄咄逼人，幸亏当年没追到手，否则，这小日子不好过的。"童律师，你是知道的，上市公司这么大标的的案件一旦起诉，是不会接受自行和解的，否则会无法向股东们解释，股东还以为我们下面的人在搞什么利益输送。我是不会干这种事的，还是交由法院判决，法院判多少拿多少，就看被告律师怎么说服法院了。"他说。

段韬说："小甘，我只求你给点时间。因为说服法官最关键的是证据，而我需要时间调查，争取找到新的证据，对事实有所突破才有可能。"

宋小甘乐了："这话听起来怎么有点卑微，不像你的风格嘛。海难调查结论不改变，我给你再多时间也没意义。据我所知，欧华斌二审的检察官是季箐。"

"怎么又是她呀？"段韬略感惊讶。

宋小甘说道："兵大叔，你不是已搞定过她了，就是那起著名的徐淮董事长贪腐大案，在起诉阶段就被释放，是她给出个缓刑建议，你才大获成功，声名鹊起。"

段韬申辩："这哪里是我的功劳，是我老师邵大律师的作用。"

宋小甘紧逼："那还不是邵大律师对症下药，把你派上场。你和她当年在一个剧社里，相互成就，情深谊长吧。"

段韬笑了："你们都管我叫大叔，拉开的不是情感，而是辈分，一条不可逾越的鸿沟。毕业后我们就各奔东西，更是八竿子打不着的，单凭她那张严肃的小脸，我哪敢想入非非。见鬼，不是冤家不聚头啊。"

宋小甘说："同行是星辰，冤家是乌云，竞争之下，光彩依旧。"

童宁在一旁听着可高兴了："你们是冤家，我们成闺密。过两天参加你们保险杯赛和她交流一下。"

段韬制止她："打球时你千万别说案件上的事，否则鸡飞蛋打，她连打球也不会参加，好不容易组建的混双就少一个。"

宋小甘说："还是兵大叔了解她，说得在理，玩是玩，工作是工作。这次保险杯公开赛，公司下了血本的，冠军奖金丰厚，你们就谦让一下，我必须拿到这个冠军。"

三个人击掌："决赛见。"

　　

段韬离开保险大厦，马不停蹄地回到自己的办公室，打开电脑搜索历史上海难事故的信息。显示屏上跳出来几年前在日本海东京湾曾发生的一起两船相撞的海上交通事故的文字及图片。段韬一喜，这海上还真发生过交通事故！这起事故最后由两家船东的保险公司协商，并达成共同承担事故理赔而宣告结束。这和陆地上交通事故的处理是一个原则，即根据事故方责任大小分担经济损失。他想起证人岳宝胜坚持说的酷客号可能发生过两船碰撞的情况。这么说来，酷客号的沉没不能完全排除极端天气以外的因素。他不由得站起身，拍了下桌子，叫了一声，有了，我就从这个沉船原因查起！他决定去走访岳宝胜，可电话怎么也联系不上，第二天询问蓝海航运公司，才知道等酷客号原船员都在利用新船未到的空隙，上了别的船出海赚外快去了。

这时童宁打来电话说："有人想见你，与欧华斌案有关。你不用骑摩托车，我开车去接你。"

"谁啊？"

"请允许我暂时保密。"

段韬答应，立即下楼迎候，一会儿，只见童宁驾驶着全进口的特斯拉，一脸笑容，似乎有点小兴奋。

段韬打趣道："我们这架势，不像是去会见当事人嘛。"

童宁笑着说："快上车，对方正等着呢。"

九

童宁的车驶入一条时尚小街，这是繁华都市里的一隅，如同喧嚣世界中的一片静谧绿洲。一些特色小店的店面都采用经典的欧式复古设计，米白色的外墙搭配着精致的雕花木门，看上去显得格外精致。

童宁带段韬走进一家名为"相约"的礼品店，门楣上悬挂着一盏有些复古的铜质风铃，每当顾客进入店堂，都会响起一串清脆悦耳的铃声，仿佛预示着一段舒适购物体验的开始。两人踏入店内，一股淡淡的薰衣草香氛悠然飘散，空气中弥漫着温馨而高雅的气息。店内布局错落有致，柔和的水晶吊灯为每一件陈列的商品镀上一层淡雅而神秘的光泽。

再往里走几步，就见薛荣贵站在那里。

段韬不由得一愣，转脸冲童宁说："原来是薛大副要见我呀。"

薛荣贵同时迎上来握住段韬的手："是我让童律师约见你的，不好意思，只知道你是老板的兵，不知道还是童律师的大学同学、混双搭档。薛某原先的态度有些冷漠，多有得罪，见谅见谅。"

段韬转身见童宁笑嘻嘻地看着自己，有点意思，忙说："薛大副言重了，应该是我不好意思，误入了船长的案件，等于半路抢劫了童律师的生意，影响你们的合作。"

童宁赶紧说："哪有的事，我不擅长刑事案件，应该早点邀请你加入，也许会有不一样的结果。"

薛荣贵转向童宁说："现在你和段律师合作也不晚呀，相信我们三人的合作一定会很愉快。也许能分享大奖。来来，请到茶坊喝茶。"

在店堂后面有一间十多平方米的小茶室，茶几上放着精美的英式茶杯、茶盘，与墙上的油画相呼应，是个典型的西式茶吧。

薛荣贵说："段律师是喝咖啡还是茶？这里有越南的猫屎咖啡、斯里兰卡的红茶，童律师是喜欢咖啡的。"

"我喜欢喝茶，不管哪里的茶。"段韬说，"好像茶都是从中国传出去的。我去过云南的景迈山，那里有条历史悠久的茶马古道，上千年前就开始向国外输送茶叶，并由此得名。"

"你说得不错，茶叶的确是从中国传出去的，可国内沿袭传统的炒茶制茶方法，上等茶叶已成为名人雅士的调味品乃至奢侈品，成为身份的象征；而国外引入茶叶后，按照工业产品加工处理，给茶客带来极为便捷的品茶体验，成为大众消费品，从而有力地推动了茶饮料的发展，促进茶文化的交流。"薛荣贵进一步发挥道。

段韬夸道："没想到你对茶的历史很有研究啊。"

童宁也说："薛大副不仅对茶文化有研究，对咖啡、红酒也很了解，都能讲出许多背后的故事。"

段韬品尝着斯里兰卡的红茶："薛大副是周游列国见多识广，看来你对国际礼品同样熟悉，这个店是你开的？"

"是朋友开的。"薛荣贵摇了摇头，解释说，"由于新船还没租下来，有的船员去别的船赚外快，我呢，在海上漂了十来年，已经厌倦了，闲暇时就到这里帮个忙，赚点茶水钱。来，我带你去看看这里经营的进口礼品。"

段韬跟在薛荣贵后面，细看着货架与展示台上陈列的来自世界各地的精美礼品，有北欧简约风的陶瓷杯碟、中东地区纯手工编织的古朴地毯、非洲部落风格的木雕艺术品……似乎每一件作品都蕴含着匠人的心血与故事，它们不仅是装饰品，更是文化的传递者，让人在欣赏之余，感受不同文化的无穷魅力。薛荣贵从货架上取出一块琥珀递给段韬："这是波罗的海的琥珀，你看里面还有颗小贝壳化石，说明它在海底沉睡了上千年。"

段韬看了下，赶紧还给薛荣贵："这个价格一定不菲吧？"

薛荣贵说："其实不然。琥珀的数量虽不多，就像国内的玉石一样，但国外的爱好者只是将它当作装饰品玩。记得小时候读莫泊桑的小说《项链》，里面描述的好像就是此类琥珀项链。琥珀只是玩物而已，唯有其中的精品才具备收藏价值，就像这块琥珀里有个小贝壳，有的是小鱼小虾，最值钱的当是留存着万年古树的叶片，完好地保留一些生物信息，具有极高的历史研究价值。可惜目前没人炒作，价格并不高。不像国人对待玉石，动辄成千上万元，价格只升不降。这块琥珀就送给你，算我赔罪的礼物。"

段韬有些不好意思："我不懂琥珀，也不玩收藏，放在我这里意义不大。"

薛荣贵说："我知道你不玩收藏，那就送给女朋友吧，还是可以唬唬人的。"

童宁插道："女孩子大都喜欢这类精致的小礼物。"

段韬笑道："还是先存在店里，等什么时候童大律师给我介绍个漂亮的女助理，我再来取也不迟呀。"

看完，三人回到茶室，坐下来继续喝茶。

段韬闻了下红茶，说："斯里兰卡的红茶确实香气扑鼻。"

童宁再给他斟上："俗话说酒倒满，茶过半，你慢慢品味。"

"薛大副，我倒真有件事想向你请教。"段韬忽然想起什么，放下茶杯说，"我从网上查到几年前在东京湾发生过一起两船相撞的海上交通事故，可能不只是我会觉得奇怪，那么辽阔的海面上怎么会发生交通事故，那应该是怎么回事呢？"

薛荣贵想了想说："这是航海界一起罕见的海难事故，具体情况我也是从网上看到的，是发生在海湾里，不是在大海上航行时相撞的。如果是在大海上航行的，货轮各有各的航道，都是按导航设定的航向行驶在商业航道上，一般不可能发生两船碰撞的事故。"

"可酷客号沉没前同样驶入一个海湾，叫孟加拉湾，会不会是步了东京湾海难事故的后尘呢？"段韬继续问道。

薛荣贵一听，镜片后的小眼珠迅速转动，然后将手中的杯子轻轻放下，说："段律师，你进步神速，能根据经度和纬度在海图上找到沉船的位置了。"

段韬说："我去海事大学旁听求学，立马活学活用，学以致用。在网上看到东京湾海难事故，我便想起案卷中那位岳宝胜和一些船员对酷客号沉没原因提出过的异议，我想去见岳宝胜，了解具体情况，可他出海了，不知道何时才能回来。"

"岳宝胜的话你别太信，此人缺乏担当，还有点自私自利。他是船长的老弟兄，那天就是他提议喝酒，为老船长庆生，自己也喝得酩酊大醉。事故调查组原本也要追究他的刑事责任，老板知道船长是保不住了，不想再有人因此进监房，才力保他躲过一劫。可岳宝胜不识好人心，他在轮机房什么都没有看见，却捕风捉影，煽动船员到处瞎说，又拿不出证据，事实上是给老板出难题。如果沉船的原因迟迟定不下来，保险公司就无法理赔，对公司更不利。老板警告过他，可他不听，老板曾明令此人不可信、不能用。"薛荣贵说。

童宁说："这些证人证言我研究过，也想从中找到破绽，帮船长脱罪，可就是查无实据，属于道听途说或者想当然。我也和检察官、法官都交流过，他们认为依据沉船前欧华斌的行为及其严重后果，足以对他定罪量刑。沉船原因究竟是什么，已不是关键了。"

段韬说："我知道沉船原因不是刑事审判的决定因素，但对保险的追偿和公司能否争取减免却至关重要。假设酷客号也像东京湾海难事故那样，沉船不单是气象原因，还有两船碰撞的因素，那就回到我的专长，查找新的肇事者，确定责任大小，追加第三方共同分担海天保险的理赔损失。"

"如果找不到肇事船只呢？"童宁问。

段韬说："如果肇事船逃逸，按交通法规其应承担全部责任，航运公司就无须担责，不用赔付分文。海天保险可直接向肇事者追偿。那我就完成任务，说不定还真能拿到奖金买房子了。"

"不是说不定，是一定。段律师真是个幻想家，极富有想象力，难怪老板会欣赏你。我其实也曾往这方面思考过，就是没你想得那么乐观。现实是连肇事船的影子也没有，什么证据都没有，所有的一切都是我们为安慰自己而凭空杜撰出来的。只有那份海难调查报告是按照国际海事规则制作的，是真实的存在，绝对权威，不可更改。"薛荣贵说这话时，好像越说越沮丧，似乎他也很愿意看到段韬推测的情况出现。

段韬说："我在学校时，最大的喜好就是挑战权威，打破砂锅问到底。这点童律师是知道的。"

童宁笑道："其实法律是国家意志的表现，没有那么多为什么。可他不断地问这问那，刨根问底，免不了让老师们难堪。"

薛荣贵还是提醒道："你想要挑战那份调查报告，一般人不可想象，那需要足够的证据哟。"

童宁附和说："对的，船员们的议论顶多提供了一种可供启发的解题方向，目前情况下，却构不成法律意义上的证据。"

段韬说："船员们提供不了证据很正常，但不能因此推断这些议论就是空穴来风。我们律师的职责之一是寻找证据，只要有条缝，我会钻进去看看的。我在海图上查到距离沉船位置最近的海岛叫巴朗岛，那里是我训练潜海时的岛屿，也是当地海事机构的办公所在地，我想去看看他们调查报告的工作底稿和档案，也许有什么疏漏会被我发现。当然，这要看我的运气了。"

"你真要去那里？"童宁问。

段韬反问："我什么时候说过空话了，何况我们是在谈论一个严肃的话题。"

"当时事故调查组派了不少专家和官员上岛调查，保险公司也派出核查员和公司领导进行过反复核查，确认调查报告真实可靠，调查结论准确无误。那次去当地核查，本来我也要跟去的，可后来因为开庭没去成。听去过的人说，巴朗岛上的阳光、沙滩和海浪十分诱人，我到现在都有点后悔。"童宁说着，似乎来了兴趣，"薛大副，你曾周游世界，对那里一定很了解，要不陪我们走一趟，权当一次度假旅行如何？"

"要说海岛风光，还是马尔代夫最好。巴朗岛的旅游业一般般，那里是造船修船的基地和船东公司总部。去那里玩玩还可以，如果真去调查，一旦被船东知道会引起猜疑和不满。你想呀，船东刚拿到一半的保险理赔款，钱还没捂热，又有人来调查沉船的原因，一定会反感的，搞不好要影响我们公司后续的租船谈判。"薛荣贵似乎在为公司考虑，怕惹出不必要的麻烦，"酷客号的船东叫赫尼亚公司，是东南亚数一数二的船王，这家公司不仅有上百艘万吨级以上的货轮，还拥有酒店、度假村等其他产业，可以说是真正的岛主。这年头，商场上流行一个潜规则，店大欺客，客大欺店。你知道商业街上十几万平方米的大商场，对于他们定下的规则，一般在里面经营的餐饮、百货等小商家而言，是必须坚决执行的；可要是碰到一线品牌的大商家，你要怎么改就可以怎么改，一切须满足他们的需要。"

段韬愣神地注视着薛荣贵，似乎在思索这里面的奥秘。

薛荣贵注意到段韬的表情，继续道："你们作为公司新聘的律师有疑问，想上岛核实一下，也是职责所在，我支持你们。不过我作为船长案件的重要证人，不方便与你们同行。我可以委托巴朗岛的朋友接待你们。"

童宁冲薛荣贵撒娇道："你不陪我就不去，因为我和段韬万一在那里发生观点不同，会缺个调解人。记得在学校时，我们有分歧就会没完没了地争执。他是从来不肯让我的。"

"我知道你们律师调查取证，一般需要两个人同行才算合法有效，更何况一旦弄好了还有奖金分享。我相信即使不是看在钱的分上，段律师也愿意谦让。开个玩笑，开个玩笑。"薛荣贵笑嘻嘻地接道。

段韬也跟着笑："呵呵，薛大副很懂法律嘛。"

薛荣贵谦虚地说："也不是啦。经历过老船长的案件，童律师既从我这里了解了点航海知识，也教会我许多法律常识，我们相互帮助，取长补短。"

段韬似有所感地看了他们俩一眼："总之，请薛大副放心，由我这位大叔陪着，一定能照顾好小学妹的。"

童宁说："我还用你陪吗？我的英语比你好，在那里还有朋友陪我逛街玩的。"

一会儿，薛荣贵接到电话，说有熟客会来店里找他。段韬和童宁就此撤离，但两人似乎意犹未尽，又拐入不远处一家咖啡店。店里的客人不多，他们选了个安静的角落，面对面地坐下来。

"老同学，看来你和薛大副的关系已非同一般了。"段韬装作开玩笑地说，见童宁垂下眼帘，笑而不答，继续道，"律师界有流传女律师办完离婚案自己上位的故事，可没听说过律师与证人发生绯闻八卦。我感觉到季箐说的你已名花有主，应该就是他吧。想必这世间还真有一见钟情的传说。"

童宁甜甜一笑地说："先不说主不主的，还是谈谈你对这位大副的印象吧。"

"薛大副知识渊博，爱好广泛，有才气，有情趣，是个值得交往的主。不过有件事我不明白，他都快四十的人，怎么还单身呢？"

"这有什么可奇怪的，你段律师也三十大几了，不也单着嘛。"

"我不一样，你懂的。"

"我认为差不多。人家大学毕业后，在海上漂了十多年。都说海员虽有钱，但老婆难找，就这么给耽误了。"

"如此优秀，却一直没成家，那我是不是可以这么理解，这应该是老天给某人准备的礼物，是不是？"

童宁沉默了少顷，幽幽地说："你知道的，在那个充满幻想的年代，我的确交过几个男朋友，包括小甘，只是都没有走远。踏上社会后，我也试着让自己面对现实，可遇到的男人比我还要现实，谈的都是房子、票子、孩子，还有篮子，没有一点生活情趣，自然也没能走下去。"

"是啊，像你这样的圣女，往往会在心中为自己精心预设一个伴侣，既要有钱，又要有爱；既要潇洒，还能顾家；既要可以依附对方，还须保持自己独立的事业……那其实都是幻觉，只有未来的机器人，经过定制才会变成现实。"段韬发挥道。

童宁完全沉浸在幸福的海洋里："当我遇到他时，才产生了完全不同的感觉。他会和我谈天论道，样样知晓；他还愿意陪我逛街，善解人意。即便他那双孙红雷般的小眼睛，也炯炯有神，能穿透人的心灵。"

可能是出于对老同学的一丝丝担心，怕对方稍有不慎，进入迄今为止唯一"爱情脑"的状态，就像一台老式计算机有 N 个毛病，从而无法精准运行，会出错。"看来你遇上如意郎君了，最美味的总是最后上的，也为你高兴。"不过明面上，他还是愿意祝福她的。

"不对，当下你应该先祝我碰到一位工作上完美的合作伙伴。"

"倒也是。"

其实刚才走进礼品店茶室的，是保险代理公司的老板马威。薛荣贵赶紧招呼对方坐下，两人一边喝红酒，一边聊天。马老板说："船东收到第一笔钱算是摆平了，我们该收的钱也收到了。"

"告诉你，过两天船长案件的两位律师要上巴朗岛，再去核查一下海难调查报告。"薛荣贵有些担忧地说。

"保险已经理赔，船长都判了，律师还要去干什么，不是脱裤子放屁，多此一举嘛。"

"船长上诉了，还有二审，公司老板重新请律师，新官上任三把火，总是要掀起浪花，搞出新花样的，说去调查工作底稿，就是看调查的原始记录。其中的男律师叫段韬，是只旱鸭子，什么海事案件都没经手过，却偏要逞能。真是屎壳郎爬卧轨——假充大铆钉。"

"不就是找个理由出国玩一玩，我接待得多了，老规矩，包他们吃好、玩好，搞定。"

"对这个小律师大可不必花钱投资，将来没多大用处。他是我们老板过去的兵，就会耍点小聪明，惹不出什么大动静的，你只要帮我照顾好那位童律师就行。"

"你刚泡上的美女律师也去呀，怎么舍得让她和男律师同行？这孤男寡女的小心在岛上擦枪走火哦。"

"女人嘛，红酥手黄滕酒，满屋春色弓上流。"

"你们有文化的人，就是酸不溜秋的。不过你放心，在我的地盘上，他占不到便宜，掀不起风浪的。我来是告诉你一个好消息，我们因祸得福，现在奇货可居了，就像国内房价天天见涨，那批货居然可以赚点钱的。"

"那就好，关键时刻可别再出什么乱子。"

"放心，钱是有得赚的。"

两人举杯庆贺。

十

姚铁得悉段韬要去巴朗岛出差，便在发小开的港式茶餐厅里专门请高伟达与段韬聚一下。

段韬向高伟达介绍了发生在东京湾的那起两船相撞案例，说是假如酷客号的沉没也是类似的海上交通事故，那么蓝海公司便有希望躲过一劫，不用赔偿了，所以他拟去巴朗岛实地调查。

高伟达听完介绍，沉吟道："酷客号航行时有自己的航道，常态下不可能与其他船只相撞。这个突破口好像没找准呀。"

"根据调查报告上标注的酷客号位置，当时船已驶入孟加拉湾。"

"在海上遇到风暴，货轮为了避险都会驶向海岸线，驶入海湾也很正常。"

"这么说，其他货船也会驶入海湾，进港避险，那会不会一不小心恰巧相互撞上了呢？"

"你有想象力，很快就学到了不少航海知识，做足了功课。虽然东京湾海难是极为偶然的事件，不太可能重复发生，但是你的认真精神和探索勇气值得赞许。"

一直在旁边作陪的姚铁说："我们公安做刑事侦查时，通常根据线索大胆设想，初步排出嫌疑人，再去寻找证据，锁定罪犯，最终破案。对于民事案件，我虽不太了解，但要想有所突破，恐怕一样得敢想敢为，才有希望。"

段韬说："我不懂航海，就没有条条框框的约束，才敢大胆想象。俗话说，无知者无畏。教导员你曾教导我们耳听为虚，眼见为实。我这次去巴朗岛，就是因为那里距沉船海域不足200海里，或许会有什么证物漂浮到岸边。有条件的话，我还想下海去看看。"

高伟达喝下杯中酒，说道："嗯，小薛之前给我写了申请，说你和童律师准备去一趟巴朗岛，我已经批了。在酷客号沉没后，我也都是听汇报，看材料，去巴朗岛主要与船东讨论租船的事，没有实地去看过。说句实话，我从未怀疑过那份海难调查报告专业而权威的结论，现在看来多推敲推敲总没有错，万一呢，是吧？你和童律师代表公司再辛苦一趟也好，即便此去一无所获，终归是尽到责任了。"

姚铁为高伟达续上酒，段韬说："教导员，我想向你多了解一些船东赫尼亚公司的情况。"

"赫尼亚公司的情况你可以通过网络或对方网站进行了解，那上面介绍得很详尽，几乎应有尽有。"高伟达说，"我主要接触的是他们的老板，一位七十来岁的老华侨，会说中文，看上去挺和气的，总标榜自己是和气生财，骨子里却很精明。他知道我上次去见他主要是洽谈后续租船的事，而且很急迫，所以在新船的租金上一再抬价，咬死了不给任何回旋的余地。没办法，我要让船员有船上岗，解决他们的生计，同时完成集团下达的利润指标，实在不行的话，也只能按对方开出的租金去签约了。不过届时请他们接待你们，给你们行些方便，还是没问题的。"

"那就不用了。我在网上预订酒店，不用接待。就算客户招待，羊毛也是出在羊身上的，没必要。"

"友情提醒一下，听说巴朗岛上治安状况较差，要小心点哦。"姚铁插道。

段韬颇有信心地说："这你放心，我好歹当过兵，还怕那里的小毛贼？"

姚铁说："那可是在异国他乡，再说身边还有位美女需要保护。"

段韬来劲了："这么不信任我，要不你也跟着去，替我们当保镖？"

"要不是工作脱不了身，我还真愿意呢。"姚铁趁机接道。

轮到高伟达发话了："可这多出来的费用得你们自理了。"

"没问题。只要对调查有实质性帮助，这都是小事。"段韬点头道。

三个人都笑起来。服务员上热菜，他们喝尽杯中酒，开始吃主食。

当夜，段韬因为喝了酒，躺在床上很快进入了梦乡。这次浮现出来的仍是兵兵的笑容，还给他三个点赞。这个梦境很真切，像发生在白天一样。段韬一喜，心想，兵兵应该是满意自己为他妈妈牵线搭桥找工作的事，这小家伙也是蛮可怜的，小小年纪失去了父亲，别人可以袖手旁观，我不可以不出手相助啊……要不是楼上租户有什么重物突然掉在地上，发出一声巨响，他可能会一觉睡到大天亮。他回想着刚才的那个梦，感觉既清晰又模糊。他最不明白的是自己和兵兵素昧平生，怎么会连续出现在他梦中，这是否预示着什么？这么想着，他逐渐变得睡意全无，一看时间没过 12 点，就给刘浩鹏发个微信，询问对方是否已出差归来。

刘浩鹏立即回电说："我还有两天就回来。"

"都快五天了，不知丑丑怎么样。"

"我联系过了，丑丑在宠物店由小满照顾得很好，小满有时还发视频给我看。"

"好奇怪，丑丑原本见陌生人很紧张，怎么见到小满就格外放松，是不是有点缘分啊？"

"别瞎扯，丑丑只有嗅觉，没有缘分。"

"那好吧，我明天去巴朗岛出差，也要一周左右的时间，等我回来再和你及丑丑聚一下。"

"行。回见。"

"回见。"

十一

巴朗岛是印度洋上一个很大的岛屿，面积不比我国的海南岛小多少。那里有山有水有城镇，面向本土的海边，云集着大大小小的码头和造船厂、修船厂，是当地的工业基地；面朝印度洋的海边，则是旅游度假区域，有星罗棋布的酒店、度假村。海岛中部是隆起的死火山，传说几百年前曾喷发过一次，现在早已绿树成荫，植被丰茂。山脚下有座十几万人口居住的小城，城内的建筑以低矮而简陋的平房为主，只有市中心的商业街区矗立着寥寥无几的现代化商业办公大楼，其中最醒目的当数赫尼亚大厦，30多层高，蓝色玻璃幕墙在阳光下显得格外耀眼，是当地的标志性建筑之一。更多的是三四层高的商场和十来层高的酒店宾馆。城中一条狭长的历史老街横贯南北，沿街还开着些饮食店和售卖旅游纪念品的小商铺。这里是岛上的政治、经济、文化中心。

段韬和童宁找到地处市中心的海事署，这是一幢三层楼的老建筑，感觉上有点歪了，似乎已呈现出某种奇怪的败象。童宁先给对方工作人员看律师证和海难调查报告的复印件，然后用英文说："我们是中国的律师，想调阅酷客号沉船调查报告的原始档案。"

接待人员似乎很了解这起案件，就像昨天发生的一样："你们官方机构、保险公司已来过好几回了，该看的都看过了。律师来过也不止一批，你们还有什么可看的？"

"我们不是一家事务所的，各有各的任务。"童宁试图用最简洁的话语说服对方。

"对不起，没有上司的批准，我无法给你们查阅。我的上司正在休假，不知何时回来。请回吧。下次再来，请先去你们的使领馆办理认证手续；否则手续不齐全，我也不能接待。"

"没有变通余地了吗？"

对方显然领会变通的意思，仍现出很守规矩的样子说："我们这里一是一，二是二，没有上司的批准就是不行。"

两人碰了一鼻子灰，只得离开，灰溜溜地走到大街上。

段韬气呼呼地说："这么热的天，我们大老远来，竟然连杯水都不给，简直冷若冰霜！"

童宁说："这还不简单吗？我们只是律师，来自民间组织，此行又缺乏官方或强力部门的背书，他们能提个醒，让我们把手续办齐了再来，就已经很不错了。"

"可律师是国际通行的法律服务机构呀。"

"我们的执照在国内可以畅行无阻，但在这里不具备法律效力，没人会理睬中国的小律师。"她指着赫尼亚公司大厦说，"你看看这幢最高的楼是谁的，就是这家船东公司的。宋小甘说过，这家公司是岛上的顶流企业，有足够实力影响这里的官场。国际上的腐败排名榜，这里可是名列前茅的。"

段韬疑惑地注视着那幢大厦说："我不理解，船沉了，钱赔了，船东公司没有损失，他们还有什么可担心的？"

"你没有处理过海事保险案件，不懂吧？海难调查报告对船东

十一

81

非常重要，决定怎么赔、赔多少及何时赔，所以各家船东对此都很重视。酷客号的这份调查报告出得如此干脆利落，估计船东花了不少工夫，也可能有一些当地官员趁机迎合，并从中牟利。"

"海难调查也能作假？"

"这么大的企业倒是没必要作假，可图个省事、行个方便是完全可能的。你看他们推三阻四，找种种理由不让我们调阅报告的原始档案，就在情理之中了。律师的权力有限，只能顺其自然，过两天再来试试看吧。"

段韬觉得童宁的分析是基于她多年服务保险公司、承办过许多起保险案件的经验，而自己毕竟是第一次接触类似案件，只能点头道："你是合伙人，头衔比我高，在这里当然是你说了算。"

两人回到下榻处。这是家面朝大洋的度假式酒店，周围椰子树相伴，三角梅随风飘荡，呈现着浓郁的南洋风情。整个酒店铺陈得非常开，拥有一条长长的海滩，客房大都是两三层的小楼，散落在好几个区域里。

童宁一回到自己的房间，就接到薛荣贵的问候电话，童宁也介绍了今天碰壁的情况。

薛荣贵说："不着急嘛，再等一等，多玩两天。那位马老板说了，他想见见你们，好好招待一下。你觉得要不要带上段律师？"

"我去逛街，他又不懂，他说下午要去什么俱乐部练习潜海，不用带他去了。"

"我想他也没有逛街的耐心，那就各玩各的好了。马总是我好朋友，也算你的朋友，你有什么需求可以对他说，他会派人陪好你。"

两人各自洗漱完毕，一起到餐厅用餐。

　　童宁告诉段韬："下午有位朋友陪我去逛街，你想一起去吗？"

　　"你知道我不爱逛街，也不懂什么名牌。我觉得很奇怪，女人老喜欢牌子，那块小小的牌子能卖个几千几万元，而标牌厂的制作成本充其量也就几元钱一个，一点也不值得。"

　　"这你就不懂了。奢侈品牌既是一种实力的象征，更是一种文化的积淀与认同。大牌厂家为塑造品牌形象，树立商业信誉，不知道要投放多少财力、推广多少年，才会赢得人心。"

　　"你说的我理解，可我没兴趣追逐。对了，陪你逛街的朋友可靠吗？保持电话畅通哦，最好晚上到俱乐部来一起吃饭，那里有正宗的当地风味。"

　　"放心，早就认识的，天黑前与你会合。"

　　不一会儿，服务员走过来告诉童宁，说外面有车在等她。童宁于是草草地吃完饭，先行离开。

十二

　　巴朗岛上所谓的潜海俱乐部，和国内人们的认知根本不是一个概念。国内同类俱乐部都有豪华的建筑和完备的设施，可这里仅是在海边圈块地，搭建一排简易的更衣室，同时在椰子树下支起帐篷，放两张桌子、几把椅子；有个卖饮料的地摊，就算是休闲区了。最值钱的设备应是海边的那条快艇。俱乐部大多是家庭作坊式的，教练算是半个老板，老婆就是服务员。当然也有非常豪华的俱乐部，可价格昂贵，普通游客消费不起。段韬选择在这里训练，主要是潜水教练人品不错，技术过硬，还会说中文，是华侨后裔，两人一拍即合，算是有缘。当然，最重要的是学费便宜。

　　段韬走进潜海俱乐部，望见教练猜颂正在海里带一名学员练习浮潜，便直接走进更衣室，换上泳裤下海，以适应一下海水的温度，然后游到猜颂身边。

　　猜颂是个皮肤黑得发亮、体形健硕、肌肉发达的小个子男人，他见到段韬，便向他介绍一旁新带的学员："这位叫希格尔，是地陪导游，也是中国人，算你的师妹。"

　　两人互致问候，希格尔果然操着一口流利的国语。异国遇老乡，格外亲切，导游又具有自来熟的特点，两人一见如故，师哥师妹地相互称呼，然后一起前往海里练习游泳。仿佛命运的安排，一个不经意的海浪将希格尔推向了段韬的方向。她惊呼一声，却又不失优雅地稳住了身形，两人随即相视一笑，那份默契与惊喜瞬间穿越。他们开始在水中追逐浪花，时而并肩游弋，时而相互泼水，欢笑声与海浪声交织在一起，构成了一幅赏心悦目的夏日图景。

游了一段时间，他们一起上岸来到休闲吧。段韬要了瓶可乐，希格尔说："这里的凉茶甜丝丝的，很有特色，你可以试试看。"她让摊主拿出凉茶，接过来递给段韬。"印度洋的海水温度低，光着膀子下海游泳容易着凉。凉茶能解暑驱寒，比可乐要健康多了。"

段韬喝了一口："不错，有点甘草的香味。小师妹动作熟练，相当专业嘛。"

"导游服务，端茶倒水是技术，笑脸相迎是功夫，满足需求是职责。"

段韬没想到她说得这么直白，也直截了当地加了一句："最终目的是小费。"

希格尔笑了："师哥倒是一针见血。我上有老母要赡养，下有弟妹要供给，当然是为了赚钱。过去在国内当导游接待老外，现在国内有钱人多起来了，都喜欢出国旅游。这里的旅行社急招中文导游，薪酬高，小费分成多，打工人自然往钱多的地方走。"

"你这么聪明伶俐，书读得一定不错，何不趁年纪轻轻，再去美国、法国深造一下，将来也许能赚大钱，不用那么辛苦当导游了。"

"这年头读书有用吗？我的一些同学从 211、985 毕业，也有的出国留学，读硕士、博士的，那又如何？还不是一样沦为打工仔，多数专业不对口，只能蝇营狗苟地活着，书都白读了。当下是英雄

不问学问，就看能赚多少钱。"

"这应该不是全部，甚至多数学生还是学有所用的，有的后来做出了很大贡献。当然，也不是所有人读了书都能改变自己，关键是找好自己的定位，定好人生目标，而赚钱肯定不是生活的全部。"

"哈哈，看来师哥还是有点小情怀的。"

忽然传来猜颂的叫喊声，是要他们去换潜水服，可以下海练习潜海了。他们穿上潜水服，上了小快艇，跟着教练下海练潜海。

晚上，在那片被夕阳的余晖温柔拥抱的海边，山坡上错落有致地展开着一排排充满烟火气的大排档。这些大排档仿佛是海边夜生活的守护者，每当夜幕降临便逐渐苏醒，散发出诱人的香气与欢声笑语。大排档都由简朴而结实的木质结构搭建而成，屋顶覆盖着防水的帆布，既能遮风挡雨，又可让海风自由穿梭。摊位之间，五彩斑斓的灯笼高高挂起，将暮色中的山坡装点得既温馨又热闹。货架上铺着新鲜捕捞的鱼虾蟹和扇贝，厨师正手法娴熟地在铁锅里翻炒着这些海产品，油花四溅，香气四溢，不禁让人垂涎欲滴。食客们在这里释放着白日的疲惫与压力，享受着这份难得的轻松与自在。大排档不仅是一处品尝美食的地方，更是人们心灵得以休憩与放松的港湾。

段韬和猜颂带着希格尔一起走进大排档，找了座位坐下。

猜颂抢先说："今晚我请客。"

"为什么？"段韬一本正经地问。

希格尔也帮腔道："对啊，是抢银行了还是挖金矿了？"

"都不是，只不过得了点意外之财，而且不光是我一个人。"猜颂解释道，"潜海人在海底意外发现了一条沉船，周围散落了许多纺织品、工艺品和一些工业器件等，就像一个水下大仓库，潜海人都赶去打捞，再到集市上售卖，发点小财补贴家用。"

段韬一听来了精神："那艘船的船名叫什么，大概是什么时候沉没的？"

猜颂答："这些我都不清楚，也没有人关心。打捞的人只管多捞，整理整理卖出去，无本之利嘛。还有人专门收购散落的玩具枪，出价还不低，可惜我没捞着，只得了些便宜货。"

"教练，你能带我去看看吗？"

"段律师，那里距离海岸有一两百海里，而且海况复杂，就你的潜海水平，还欠点火候，会有危险的。"

"我这次来巴朗岛，是接到一起沉船船长的二审案件，沉船的位置就在巴朗岛附近。说不定你说的那艘沉船就是我要找的。"

一直静静地在边上品尝美味的希格尔，突然十分惊讶地看向段韬，插话道："师哥，原来你是律师呀。律师不就是在法庭上辩护辩护，说说而已的嘛。"

"那都是电视上看的吧，以为律师在法庭上动动嘴巴就可以了，其实更重要的是法庭外的调查取证，俗话说，台上一分钟，台下十年功。我是这艘沉船上船长的辩护律师，是不是应当下海去实地看看呢？"段韬说。

希格尔若有所思地点头。

猜颂抬头看了看夜空，说："既然你是工作，那明天就抓紧出海，再过两天台风一来就没得去了，如果要去，我那艘小快艇是不行的，得去租条游艇才行。"

希格尔一把抓住段韬的胳膊，兴奋地叫道："师哥，我们一起去。"

段韬说："我没问题，只要教练同意。"

恰巧这时，根据段韬所发定位赶过来吃饭的童宁，远远望见有个女人在与段韬做着小亲密的动作，脸上神采飞扬，不由得叫一声："段律师！"

所有人都转过脸去，段韬马上站起来介绍道："这是我的同事，合伙人童宁大律师。"

希格尔率先向童宁点头致意，自我介绍说："我是这里的导游，很高兴认识师哥的同行大律师。"说着，就想伸出手去与对方相握。

却不料童宁并未响应，甚至有些不屑一顾地回应道："我们好像还不需要导游嘛。"

猜颂马上接道："童宁大律师来得正好。这里的排档条件虽差，但所有食材确保新鲜，都是当天捕捞的，味道不错，你就赏光随便吃一点。"

童宁就坐在段韬的边上，忽然盯着希格尔细看道："这位导游好像有点脸熟呀，在哪儿见过的。"

"这不奇怪，可能是我这张脸长得太大众了，曾有好多游客都像你这么说过。"希格尔说着，渐渐收起笑容，"童大律师，明天教练带我们乘游轮出海，你也一起去吧。我可以陪你去海钓，蛮有趣味的。"

童宁不喜欢过于热情的女导游，或许有同性相斥的缘故。"容我考虑一下。"她淡淡地说，完了又扫了眼桌上的菜，见没有自己最爱的皮皮虾，遂转向段韬，"我今天逛街有点累，就先回酒店休息了。"

段韬了解童宁的食性，可又觉得她今天略有点怪异，特别是面对希格尔时，那种不咸不淡、似乎夹杂一丝醋意的表情让人意外。"也行，那你稍歇会儿，我吃几口就陪你一起回去。"说完，他又叮嘱希格尔，"师妹，你是导游熟悉情况，租船的事交给你了。"

"没问题。"希格尔说，"童大律师，明天出海得多涂点防晒霜，海上阳光很厉害的。"

其实只吃了一半，段韬就丢下两人和童宁一起回酒店了。路上，段韬小心翼翼地问："你晚上没吃东西，不会饿吗？"

童宁没回答，而是反问道："你没觉得我刚才忽然没了胃口？"

"怎么啦？人家是导游，正好碰上。"

"有点巧哦。你没见她满脸虚情假意，没个正形，你怎么会跟这种女人混在一起？"

"老同学，请注意用词。想必她也为了生存而工作，就像我们一样，有业务来了能不接吗？你是合伙人还可以挑肥拣瘦，看对方是不是有正形！"

童宁扫了他一眼："那好吧，明天你们出海观光，我就不去凑热闹了。"

"不行，你得和我们在一起。我不是去观光，是调查取证。而我要到沉船海域下海看看那船现在的模样。"段韬严肃地说。

"是这样啊。"童宁只能点头表示同意。

第二天一早，趁着早餐的时间，段韬又和童宁聊了出海后需要注意的事项。童宁频频点头，末了说："段律师，别忘了我也是律师，有丰富的职场经验，尽管我还不敢像你一样去潜海，怕被大鲨鱼一口闷了。"

他们一起到码头与教练、导游会合一起登上一艘游艇。在蔚蓝色的印度洋上，一艘乳白色游轮如同银色的巨鲸破浪前行，留下一串串闪耀着光斑的浪花，拉出一条洁白的绸带。甲板上，童宁穿着红色泳衣，站在驾驶员身旁，兴奋地挥舞着纱巾。希格尔则身着蓝色比基尼泳衣，陪着童宁身边。船舱内，猜颂一边指挥段韬穿戴潜水服，一边向他讲解潜海的注意事项，把一些防身工具插在他身上。"千万记住，看到沉船只能在周围观察，不准上船，更不许进入船舱。如果遇到其他潜海者，不要近距离接触，感觉情况不妙须赶紧撤离。"猜颂再三告诫道。

段韬表示自己都记住了，一定会坚决执行。

希格尔走进来，教练对她吩咐道："你在船上待命，没有我的通知不准下去。我只能管他一个人，兼顾不了你，一会儿到了有珊瑚的地方，再带你下去看看。"

游艇抵达沉船海域，周围已漂着几条船，显示正有人下海打捞。

段韬挂好氧气瓶，跟着猜颂一起跳入大海，向沉船的方向下潜。

甲板上，希格尔主动教授童宁海钓的常识。童宁已冰释了昨晚与对方的嫌隙，毕竟要一同在海上漂，海天一色的景致又如此美丽，事实上任何情绪都是容易消解的。她也开始有一搭没一搭地和对方闲聊，聊了没多久，她又回到昨晚的话题："希格尔，我是真觉得我们好像在哪里遇见过，就是想不起来。"

希格尔笑笑："那就别想了呗。为这事害你这大律师绞尽脑汁，不值得。"

"你是这里土生土长的？"

"不是。我前两年为了谋生，从国内来这里打工。我的履历极其简单，就像一张白纸，没描过几笔。"

"怪不得你的中文讲得那么好。"

"你是想研究我？"

"也许。对有缘人我都不乏兴趣，这算是一种职业习惯吧，或者说是毛病。"

"我是听说在司法人士眼里，这里面包括警察、检察官和法官，一般有污点的人都可能是嫌犯，除非有确凿证据证明他不是；唯有律师的工作刚好相反，首先将污点者定位为正常公民，然后替他们辩护，帮助他们摆脱身上的嫌疑。"

"你后半部分的理解至少大差不差。看来你对国内包括司法方面的情况很了解。"

"听说，听说的。我是导游嘛，接待国内的游客比较多，容易听说。"

"那你还听说什么？"

"你指哪方面的？"

"譬如……你的师哥。"

"你是说段律师？咳，那是逢场作戏，随便叫叫的，就像你说的有缘人嘛。"希格尔忽然意识到自己差点被对方带到了沟里，瞬间有些脸红，"对了，我和他也只认识不久，没有你想象的那么熟悉。"

童宁沉吟道："那就是说……"

渔竿开始抖动，有鱼上钩，两人开始收鱼线，就见鱼线抖动得厉害，越来越厉害，结果钓上来一条不大的彩色海鱼，活蹦乱跳着。

太阳光照亮海水，透视着海底。段韬跟着教练一直下潜，慢慢抵达海底。沉船影子渐渐出现，酷客号倾斜地搁在海底之上，有一截掩埋在沙土里。段韬游到船体边，双手摸着船舷仔细查看。他发现船舷上有条裂缝，有部分被泥沙淹没了。他想挖去泥沙看看裂缝有多长，但海底的泥沙是流沙，随着海水的流动会很快聚集过来，无法准确测量出这条裂缝到底有多长。他挥手招呼猜颂过来。猜颂到达后拿出工具，从豁口处铲下一些油漆的碎末，装进塑料袋交给段韬。段韬向他竖起大拇指，表示赞扬。他很想进入船舱从里面观察，可被猜颂阻止了。

两人开始往上浮游，突然，一股不寻常的水流打破了周围的平静。只见不远处有两个身影正向他迅速逼近，似带着不寻常的敌意。尽管事先猜颂已有告诫，但段韬的心跳还是瞬间加速，一种不祥的预感涌入脑海。继续观察，对方显然不像普通潜水爱好者，动作迅速且有力，似乎在有意挑衅。他试图用手势示意友好，可对方仍置若罔闻，反而更加逼近，手中的潜水刀在冒着气泡的光线中闪烁着寒光，加快了攻击的速度。面对这突如其来的袭击，段韬意识到情况不妙，迅速做出反应，以躲避对方的攻击，同时发出求救信号。此时，不远处的猜颂也赶过来，拦截那两个潜海者。可对方依旧三不罢四不休，一人纠缠住猜颂，另一人继续追击段韬。

正在这时，一只好奇的海龟从深海中游过来，似乎被这场突如其来的"人类对峙"所吸引。它的出现仿佛给这里紧张的气氛带来了一丝缓和。段韬用力跟着海龟一起游，躲开攻击。不一会儿，希格尔也赶到了。海底世界多一个人，力量对比发生了改变，那两个潜海袭击者连忙做着手势撤离了，那意思好像是认错了人。段韬他们才松了口气，缓缓上浮，返回游艇。

段韬先翻身上船，然后伸手将希格尔拉上船。"教练不是不让你下去的吗？"他抹了把脸，说道。

"是因为我接到了教练发出的求救信号呀。"希格尔说。

"最初应该是我发出的。"

"你还说呢。幸亏我及时赶到，在海底人多更有优势。"

"你怎么水性这么好，都只穿着潜水服，没带氧气瓶就下来了。"

"我是长年在岛上的导游，要是不识水性，不说丢饭碗，恐怕连小命都保不住。"

船舷的另一边，童宁和驾驶员合伙钓着一条大苏眉，兴奋地喊道："快看，多大的鱼！"引得刚在船舱内卸下潜海装备的段韬跑过去，和她击掌庆贺，再一起把大鱼拽上来。

"今晚可以美美地大吃一顿啦。"闻声过来的童宁说。

大概是渴了，段韬坐在甲板上，拿起冰镇的啤酒咕咚咕咚地喝起来。他边喝，边对童宁小声说："你在船上钓到苏眉，我在海底看到酷客号，还发现船舷上有一条缝，好像是被什么东西撞裂的，一下子没法判断它是撞上了别的船只还是其他物体。"

童宁大为震惊地问："船上怎么可能有条裂缝？难道那些海难调查人员都没有看见？"

猜颂说："调查人员看不见是有可能的。海底能见度有限，流沙又多，流沙会随着潮水流动，有时甚至能遮挡住裂缝，也就发现不了。"

童宁说："你这个发现确实有助于我们对酷客号沉没真相的进一步了解，只是从法律上讲，这仅仅是条线索，不是证据，最好请专业打捞公司将沉船打捞出水，才可能知道究竟发生了什么。"

猜颂插话说："打捞这类沉船的可能性不大，因为成本太高。你想呀，像这样沉没在大海里的普通货船每年有多起，如果不是历史沉船，基本没有打捞的价值。花这些钱，还不如买条新船，只能让它永远留在海底。"

童宁问："那就没办法揭开真相了？"

段韬说："也未必吧。我从裂缝处采集到一些油漆碎末，可以送专业机构去鉴定。一旦鉴定结果出来，也许就能真相大白了。"

童宁向他伸出大拇指表示点赞："这是个好兆头，今天是该庆贺一下；这条大苏眉也来得太及时，晚上一起好好分享美味！"

希格尔站在驾驶员身边，似乎没听见他们在说什么，一直遥望大海，享受迎面吹来的风。

十三

段韬和童宁来到市中心，按照导航给出的方向，在一个十字路口停下。看见马路对面是导航给出的鉴定机构位置，两人站着等绿灯过马路，突然，一辆摩托车飞驰而来，后座男子侧身一把夺走段韬夹在腋下的手提包，段韬也被拽倒在地。段韬吓一跳连忙翻身跃起，大声呼喊抓强盗，欲追上去，可那辆摩托车很快消失在老街的小巷子里，无影无踪。就在束手无策时看到附近有家警署，他们赶紧跑去报案。童宁用英语对警官说："我们遭人抢劫了。"

警察抬头瞟了眼，见是华人来报案，好像见怪不怪，慢吞吞地拿出登记簿说："你们慢慢陈述，我登记一下。"

段韬急切地吼道："你们能不能赶紧调阅监控，查一下那辆摩托车的去向？"

童宁立即用英文翻译，但声音平和了许多，并且补充道："希望你们别耽误时间。"

警官不急不躁地说："对不起，这里经常发生游客被抢劫的事。这些歹徒专抢你们华人，因为你们身上有现金。你们说的我已记录在案，等人抓到了，会通知你们过来认领。回去等着吧。"

"什么，你们现在不查吗？我刚才被抢走的包里可是有非常重要的物品！"段韬仍是高八度的声音。

　　"不就是抢走了几个钱，还有比生命更重要的？回去吧，等通知，"警官又继续看手机，好像在翻看美女图片，头也不抬地补充道，"提醒一句，包要放在自己的胸前，放到后面或者边上就是别人的了。"

　　这里不是国内，段韬意识到再这么待下去只能自讨没趣，便和童宁无奈地离开了警署，回到酒店。

　　当段韬推开自己的房门，接踵而来的一幕着实令他惊呆了，只见房间里一片狼藉，刚被洗劫过，放在旅行箱的油漆样本不见了，藏于床上枕头底下的现金也不翼而飞，他立刻跑到童宁房间，童宁的房间也被小偷进入，翻查过。好在现金随身携带不放在房间里，损失不大。两个人立即来到酒店大堂报案。大堂经理带他们去监控室调看监控录像，果然发现有两个蒙面大盗是撬开窗户进入房间的，几分钟后又翻窗出来，沿墙而行，最后消失在监控中。

　　大堂经理忙赔礼道歉："不好意思，发生这样的事肯定是我们管理的疏忽，也由于酒店的范围太大，实在管不过来。我立即报警。"

　　短时间内一连遭遇两次意外，段韬彻底怒了："报警有用吗？我们刚从警署回来，报抢劫案都能不了了之！"

　　"你们是不是在逛街时露过财，被人盯上了？"大堂经理也头上冒汗，小心地问道。

　　童宁生气回道："盗贼窃钱，这不奇怪，把我们所有的值钱东西都洗劫一空，也太可恶的吧。"

　　"你别着急，本酒店上过保险的，一会儿通知保险公司的人过来，你们先登记一下损失的钱财及物品。经核对后他们一定会理赔的。"大堂经理说，"当然，保险理赔是要打折扣的，你们可以多申报一点，酒店给你们做证明，尽量弥补损失。"

"真见鬼了，感觉误入了黑社会，简直无法无天！"段韬似乎还不解气，同时做了个欲猛踢大堂服务台的动作，可终究是没有真踢。

"两位消消气，先慢慢把这份表格填好。我这就给保险公司打电话通知他们。"大堂经理说着，递上酒店自制的被盗财物登记表。

童宁见状，只得拉着段韬到一边的大堂咖啡吧坐下。少顷，有服务小姐送上两杯咖啡，说："这是本店的一点歉意，请慢用。"段韬怒吼道："我不喝咖啡，要可乐。"吓得服务员赶紧送上半箱可乐。

童宁坐下喝了口咖啡准备填表。段韬却坐在沙发上一动不动，似乎仍没从愤怒中缓过来。过了良久，他对童宁说："我怎么觉得前后两次遭劫不像是偶发的，它们之间有内在联系。看来事情真不简单。"

童宁点点头说："这是明摆着的，我们被人盯上了。"

"可能是谁干的？为什么？"

"关键是我们在这里人地两生，谁也不认识，更谈不上有什么仇家。"

"问题恰恰在这里。"

两人陷入沉思。一会儿，童宁突然想起来说："你还记得吗，小甘曾说过，这家船东是真正的岛主。薛大副也提醒过，我们的调查会引起船东的不满。这前后两次的行为是不是有人要阻止我们调查？"

段韬说："很可能，不然连油漆样本也被盗走就变得不好

解释了。"

童宁继续道:"在我以前经手过的保险理赔案件中,不乏船东勾结事故调查机构和鉴定机构放大损失的例子。刚才大堂经理让我们多报点被盗财物以弥补损失,也是同样的道理。甚至还有将破旧老船故意搞沉,进而申请理赔,俗称诈保的情况。当然,类似赫尼亚这样的大公司一般不会轻易弄虚作假进行诈保,可说不定也有例外呢?假设赫尼亚公司利用地域优势,通过搞定地方官员和相关机构,尽快做出简单明了调查结论,及时拿到理赔款,再购买新船投入运营。这仍属于保险理赔中的合理范围和正常运作。而我们现在抛开既定的官方结论,再行调查,甚至还发现酷克号存在因两船相撞而沉没的可能性。如果这一事实一旦确认,理赔款当然得停止发放,这就等于挡了人家的财路,还会严重损害企业的商业信誉,船东怎么肯放过我们,是不是?"

"你分析得很有道理,可他们怎么知道我们上岛调查了呢?"

"我们不是去过海事署?也许他们和船东是勾连在一起的,会第一时间告知对方,说不定还有赏钱。"

"这也不对呀,海事署不知道我下过海,收集到了油漆样本,正准备送专业机构鉴定。"

童宁笑道:"确切知道我们行踪的只有两个人,不是你,就是我向船东通报的。"

段韬摇摇头,想不明白,就咕咚咕咚喝下一罐可乐,说:"那又是谁?"

话音未落,就见希格尔带着一群游客走进大堂,办理酒店入住手续。童宁看见后悄声对段韬说:"对了,会不会是她,那个导游?"

段韬背靠服务台，没有看见师妹，想了想，反问道："你怎么会想到是她？"

"很简单，只有她和我们一起出海，并且知道你采集了油漆样本。除了导游，她是不是还有另一个身份？而且你们是初次相识，可据我观察，她似乎在有意接近你，热情过度，很不寻常。你不会以为是撞上了桃花运，难保她不是船东派来的线人哦。"

"怎么可能，别瞎猜疑。况且直接看到我采集油漆样本的还有潜水教练猜颂，他不是更有嫌疑？"

"猜颂自然有嫌疑，不过希格尔更有可能。你想呀，导游这一职业，大都没有固定收入，主要靠客人给小费维持生计。长期的行业浸淫容易使他们看得很开，只要有足够的利益，甚至可以出卖灵魂。她即使不是卧底，也可以成为向船东出售情报的人。"

段韬一愣说："怎么可能，一个国内来打工的小女生，别瞎猜疑。"

童宁讥笑他："你说她还是小女生，看人家在客人之间左右逢源、应对自如，是久经沙场的阿庆嫂。"

"你别用有色眼镜看待一个职业，导游也是一种生存方式。"段韬转过身来看到小师妹在为客人服务，嘴上虽这么说，心里也不得犯嘀咕，与这位小师妹邂逅确实有点蹊跷。他仔细观察小师妹的动作。

"嘿嘿，转过身看着我，别出神入化地盯着，"段韬转过身看着童宁说，"我在想有什么地方疏漏，能不能找到破绽。"

"你看她的模样是一往情深，还会想其他的。真没办法，你啊，男人的通病，一见美女就丧失了应有的警觉，智商瞬间归零。好了，言归正传，说点正事。我在想不管此人是谁，我们都没有必要再留下调查，这里异国他乡，人地生疏，警察不帮忙，无依无靠，风险太大，赶紧回家吧。"

段韬想了想，只有长叹口气说："现在是身无分文，提包被抢，连银行卡也掳走了，只能赶紧回国去银行挂失，不然损失更大。"

童宁说："好在你护照放在我这里，否则，还不知道怎么回去呢，你怎么把钱放在房间里，为什么不能放点在我包里，也不至于一扫而空呀。"

段韬很无语又拿了罐可乐，狠狠地打开，猛喝两口消消气，让自己冷静下来。怎么没带个水下相机拍段影像，现在只看到船上一条缝，却口说无凭，一切只是幻影。总不能空手而归。他对童宁说："你去修改返程机票，越晚越好。我和教练商量一下再次出海，重新采集油漆样本，回去也算有个证明。"他立即给教练打个电话，可无意间又把目光停留在希格尔身上，怎么看也看不出她是个卧底。

童宁笑着说："再仔细看看，难得有让你心动的女人，就此一别，不再相见，倒也有点可惜呀。"

希格尔笑盈盈地为每一个游客办好入住手续，送他们去房间休息，似乎没有看见他们。

这时教练猜颂接到电话匆匆赶到，听完他们遭遇，只能安慰说："路人皆知中国游客有钱，盗贼怎能不惦记。"

段韬说："不光是钱没了，就连油漆样本也不见了，我想再下海去采集油漆样本。"

"不可能的，台风就到了，今晚全岛开始封港避险，谁也出不去，不知道这次台风有多大，会影响几天。只有等到台风过后风平浪静才能出海打捞，这样吧，我下次出海取货时，顺便帮你取个样，邮寄给你。台风要来了，我回俱乐部安顿一下。"说完也匆匆走了。

希格尔安排好游客回到大堂，看见段律师他们，立即上来打招呼。

童宁起身说："你们聊一会儿吧，我回房间办理返程机票手续，台风要来了，返程时间越早越好，否则飞机停航，谁都走不了。"

希格尔奇怪地看着段韬："你们才来了两天就要返回，还有好几个景色优美的地方没去玩过。这里的悬崖酒吧是遐迩闻名的景观。"

段韬想了一下没有向她述说自己的遭遇，而是编个理由说："刚接到法院开庭通知，不得不赶回去准备开庭。"

"是船长的二审要开庭吗？"

段韬一惊："你怎么对船长的案件特别感兴趣？"

"师哥，不是你说的吗，童律师是船长一审律师，你们是船长的二审律师。还说过律师不仅是在法庭上说说，还要看法庭下的功夫，你对律师的解释很有新意，我会记在心中。"

"谢谢你的鼓励。我能说也会做。不过这次不是船长开庭，船长的二审还要等一两个月。也许我还会再来的。下次来就找你安排，请你当导游。"他知道自己在吹牛撒谎。实在不好意思，便和小师妹挥手告别，回自己的房间收拾行李准备返回。

十四

段韬和童宁赶在台风来临之前，乘坐红眼航班返回国内。在飞机上竟然没有睡着，他一直在想这个小师妹会不会是船东的卧底。

段韬回到家，没睡几小时，中午就赶到银行注销了银行卡，接着到户籍所在的派出所补办身份证，下午才回事务所报到。

他将同事汤汤叫到自己的办公室，递给她一些巴朗岛的特产："请帮我把这些特色食品放到茶歇区，让大家尝尝。"这是事务所的传统，但凡有律师出差回来，都会带些特产与大家分享，以增进同事间的友谊。

汤汤接过礼物，略有些意外地说："就这么一点点小东西的啊，可不像你段律师的做派呀。"

"我一不小心把包丢了，几乎身无分文，这还是借别人的钱买的。"段韬小声地解释道，又说，"请你再帮我补办一张律师证，谢谢！"

汤汤笑了："怪不得出国没几天就回来了，是不是损失惨重？昨天邵老师还问起你和欧华斌二审案的事，说你能接下这起有影响的刑事案件，说明你业务上提升不小呀。"

"是吗？我正好有问题要请教他。"段韬说。

　　大律师邵普元的办公室依然是那样豪气，各种法律书塞满了书架，其中最显眼的当数他撰写并正式出版的十余部法律专著，看上去都很厚重，且清一色的精装封面，似乎与他在法律界的身份、地位极其相衬。自从徐董事长被判了缓刑后，邵普元对段韬刮目相看，尤其是对社会关注度较高的欧华斌二审案件，他自己虽未有参与，却听了不少传闻，知道二审似乎没有改判的可能，可段韬坚持去沉船海域调查，为二审改判寻找证据，真是后生可畏，未来可期。

　　邵普元请段韬坐到办公室接待区域的沙发上，微笑着说："你近来成绩和进步有目共睹，前途光明。律师协会的刑事辩护业务委员会要增补委员，里面都是刑事辩护的大咖，我想为你争取一下，如果入选，那你在刑事辩护领域就有一席地位了。"

　　"惭愧惭愧，这都是有邵老师的精心栽培，感谢感谢！"段韬客套道，却也有真心感谢之意。

　　"怎么样，这次出国走马观花，有什么收获？"

　　段韬不喜欢诉苦，更不愿意在老师面前流露自己的失误。"这次虽有发现，却因职权所限，什么也没得到。邵老师，我们去当地的海事署查阅沉船调查的工作底稿，他们却推三阻四就是不给看。要向老师请教，这是为什么？"他表情平和地说道。

　　邵普元哈哈一笑："我们和对方的国家之间没有司法协定，律师执业不被相互认可，是可以不给你看的。他们清楚中国律师在岛上待不了几天，就让你耐心等待，一周、一月，甚至一年，慢慢等，等于给你软钉子，实际是不想让你看，免得留下把柄。如果一定要看，只有通过使领馆，由官方出面，就必须给你看了。"

　　"除了你前面所说的司法协定的原因不给看，是否还因为在调查报告背后藏有什么猫儿腻吧？"

"海难调查成员大体由海事专家学者、地方官员等组成，出现一点瑕疵是可能的，但大毛病不会有。再说中方调查组还包括保险公司，他们一定会去审核好几遍，才最后确认结论。你就别想入非非了。"

"可我这次下海，意外看到酷客号的船舷上有条裂缝，同时想调阅调查报告的工作底稿，也许会有重大发现。"

"看来你坚持想挑战一下权威，办法当然是有的，可以找当地律师合作。当地律师想必会起一定的作用。前些日子，律师协会与东盟国家的律师公会举办过一个座谈会，讨论'一带一路'的法律服务衔接的问题。我也应邀参加，在会上见到一位在巴朗岛执业的冯大律师，他是个海事法律专家。可你要知道国外律师都是按小时收费的，每小时三五百美元，如果找他合作至少需要两三万美元哟。不过我认为，沉船原因对船长的量刑影响不大，这钱基本上白花了。"

段韬吓一跳，心想，欧华斌二审案所里才收了两万人民币的律师费，还要与童宁分享。现在蓝海航运公司很困难，是不可能再投十几万元请国外律师配合的，而我自己刚损失一大笔钱，还没能力填补这个窟窿，除了说服家属掏钱，这事只能半途而废了。问题是怎么向家属开这个口呢？二审打赢了还好，若打不赢又如何向他们交代？

手机响了一下，是童宁发来微信：薛大副请我们一起吃晚饭。还配有饭店的定位。段韬回复 OK，再看看时间，对邵普元说："谢谢邵老师，以后有事再向你请教。"

段韬回到自己的办公室，打开电脑查看巴朗岛的天气，那里果然有台风侵袭，岛上风雨交加，海上巨浪滔天。

薛荣贵请客的饭店位于一条隐秘而优雅的街道上，其实是一家私人会所，外观呈现经典的欧式建筑风格，辅以现代简约的设计元素，外墙呈米白色，大门两侧矗立着两尊雕刻精细的石狮子，既彰显尊贵，又不失低调。段韬进入会所，迎面而来的是一盏大水晶吊灯悬挂在大堂中央，造型独特，看上去晶莹剔透；地面上铺设着顶级大理石，纹理自然流畅，脚踩其上，仿佛每一步都踏在了艺术的殿堂里。

薛荣贵在这里设宴招待段韬和童宁，显然是有考虑的。他开启一瓶法国红酒，亲自为他们斟满。"我都听说了，该向你们赔罪，如果我和你们同去的话，就不会发生那些破事，让你们受惊了。"他满是歉意地说着，同时拿出一个红包递给段韬，"你知道我们公司有难处，没钱补偿你，这点小钱就算我个人的一点小意思，请务必收下。"

段韬接过红包，一看里面都是百元面额的美元，约有 3000 美元的样子，便放在桌上，说："谢谢薛大副的心意，但这个钱我不能接受。"

薛荣贵不解地问道："是嫌少？"

段韬答："好在学费付了。丢失财物也没这个多。"

薛荣贵继续问："那是因为什么，我和你又不是甲方、乙方的关系，不存在利益交换。"

段韬又答："我接这个红包，是出于对你的尊重；我放下这个红包，也是为了尊重你。再说我的部分损失，已在那里的酒店做过登记，酒店上过保险，会有理赔的。"

薛荣贵笑了，笑得很浅："那里的办事效率很低，没有三个月半年，是看不到分文的。保险公司在推销产品时，往往吹得天花乱坠，可真到理赔时，常常找足理由加以拒绝，实在不行就拖到你没脾气。"

童宁补充道："保险公司想找拒绝理赔的理由还不方便，就说你带的美元没有申报，违反所在国出入境规定，纵然你登记再多，依法赔给你的顶多小一半，且合理合法。"

薛荣贵笑道："商界有句谚语，要钱的能快则快，付钱的能慢则慢。你知道世界上最长的路在哪里？就是他口袋的钱，跑到你的口袋。"

段韬仔细一想说："薛大副，你说得很有道理，有时为了追讨律师费要跑好几趟，甚至还得请客吃饭。你真是博闻多知，学富五车呀。正好我还有个航海专业方面的问题需要向你请教，就是我这次下海查看酷客号，意外发现船舷上有条不短的裂缝，我不懂商船在航行中大体能触碰到什么样的物体，从而导致这样的情况？"

"这个嘛，我已听童律师说起过，你可以再描述一下当时所见的详情吗？"

"海底的淤泥较多，海水也有点混浊，好像蛮长的，有一截是埋在淤泥里的。"

"在货轮通行的商业航道上一般不会有暗礁，况且印度洋海水温暖，不存在浮冰，再说船上都装有雷达，不会发生两船相撞的情况。应该是那天风大浪高，酷客号准备进港避险，于是偏离了商业航道，驶向海岸。根据我的经验判断，当时很有可能是风浪卷起的海底沉积物打在船舷上。须知酷客号是一艘有 20 多年船龄的散装货轮，船体的焊接处出现老化现象，如果再受到类似大树桩的撞击，船舷就有可能出现裂缝。海浪的力量是无限的，你知道好望角吗？那里被海员称为百慕大死亡之角，时常有各种船只莫名其妙地被海浪吞噬，然后无影无踪……当然这是我个人的推测，没有什么依据。"

"可在事故调查报告中，好像没有提及酷客号被撞击产生裂缝的表述，这是为什么呢？"

"最大的可能是当时没看清，或者根本没发现。"

"我都能看见，更专业的人看不见？"

"你不了解大海，海底的流沙极其活跃，会随着涨潮落潮不断移动。也许调查人员在下海时，这一细节正好被流沙淹没或掩盖，导致忽略；而你下海后的运气特别好，刚巧赶上流沙随潮水退去，这才被你发现。"

"不会那么巧吧，我不太相信运气之类的事，事物总有一定的内在逻辑。"

"当然，调查报告是人写的，场景表述会带有一定的主观倾向，极端情况下的确会产生误导。譬如船东想尽快拿到理赔款，需要一个简洁明了的调查结论，是会利用自己的资源左右调查进展，包括请客送礼，以便影响调查人员的心情，这是再正常不过的事。当然，大的误差绝对不会有，就好比货轮明明还在正常航行，调查报告却说它已躺在海底。所以船沉了，保险当赔，船东只是为了加快理赔速度而已。按照你们法律人来说，就是犯罪事实清楚，须依法从重从快，即便程序上有点瑕疵，也是合情合理的。段律师，你说是不是这个道理？"

段韬若有所思地点了点头，接着又问："可有一件事我还是不明白，童律师应该和你讲过，我们在巴朗岛连遭抢劫和盗窃，看起来不像是偶然发生的，其中大概率存在着必然的联系。既然船东没有造假，又何必这样精心设计，阻碍我们的调查呢？”

"出现这种情况，或许是船东有意所为。因为你发现一条裂缝，不管是什么撞的或者碰的，都可能对调查报告的权威性产生怀疑，以致影响船东的利益，尤其是损害他们的商业信誉。现在还只是给你一个警告，如果你再纠缠不休，坚持下去，那风险肯定更大。要知道在那里让一个游客消失，方法太多了，当地警方不会太当回事的。"薛荣贵平静地答道。

段韬不由得倒吸了一口凉气，一时语塞。

薛荣贵端起酒杯说："不过还是要祝贺你们有所发现，不容易啊！我们是不是该向老板汇报一下？"

段韬说："我只是看到裂缝，还两手空空，而且被你这么一解释，更像是海底捞月，白费工夫。我认为暂时没必要向高董事长汇报，等后续收到油漆样本，有了鉴定结果时再说吧。"

薛荣贵似有变色，但很快笑容重新浮上脸庞："到底是老板的兵，想得周全。来，尝尝这波尔图的红酒！"

三个人刚碰完杯，姚铁突然打来电话问："你回来了？在哪里？我们比赛缺人手，赶快过来。"

没等段韬多说一句，姚铁已挂了电话。"实在不好意思，朋友约我去踢球。"他歉意地说，见童宁正一往情深地看着薛荣贵，不由得一笑，"我这个电灯泡先灭一下，把后面的宝贵时间留给你们。"

段韬一出饭店，拦了辆出租车。一上车，他就收到季箐的短信，说是根据市委政法委通报，姚铁在扫黑除恶的战役中荣立个人三等功。段韬回复了两个字：喜讯！

足球场在工人运动场内，球场边缘有一片生机勃勃的狗尾巴草随风轻舞。它们细长的茎秆挺立而坚韧，顶端簇拥着毛茸茸的穗状花序，宛如一条条小巧的狗尾，在微风显得生动而富有活力，发出沙沙的响声。

段韬顺手抓了一把草尖，奔进球场，见到姚铁恭敬地献上，说道："向打黑英雄致敬！"

姚铁笑道："我知道你是小气鬼。我冒着生命危险获得个大奖，你总该送瓶酒意思一下吧，就拔几根小草随便对付，像话吗？我还要告你破坏绿化，第一次警告，第二次罚款，第三次拘留。不过念你是初犯，就饶了你这一回，还是赶紧上场踢球吧。"

两人一起上场参加比赛。

今天球运特别好，全队配合默契，接球传球，射门进球，一气呵成，上下半场各进两球，算是大获全胜。

踢完球，段韬和姚铁来到一家比萨店，点了一大份比萨、两大杯可乐。段韬一边喝可乐，一边问："老姚，该说说你的英雄事迹了。"

"这纯属意外之喜。"姚铁说道，"去年国庆前开展扫黑除恶专项行动，我接到线报有两个黑帮团伙要火并，便带干警赶过去，没想到他们还有武器。我只能带头往上冲，抓获主犯并缴获枪支。后经鉴定，黑帮用的是进口仿真枪，经过改装威力不小，具有相当的杀伤力。此事立即引起市局的高度重视，还联合海关，从枪支的来源查起，破获一起走私贩私武器的重大案件，最后缴获上百支仿真枪，抓捕十多名嫌犯。通过缴获的枪支，侦破一起重大的案件，能不立大功吗？不过据说还有上百支仿真枪未入关，仍在境外。"

"你这小子见到枪，也敢向前冲啊？"

"我原以为是自制的土枪，吓唬人的，没料到是真家伙，想想的确有点后怕，可当时哪里顾得上呀。所以没有什么可值得炫耀的，只是巧遇，谁碰到都可能是英雄。"

"这次立功受奖，肯定为你创造了一个晋升的机会，说不定给个副队长干干呢。"

"哪有这等好事，我就是干活的命！只有那些整天在领导面前晃的人，才有机会提拔，而我跑外勤的基本是等待，熬资历，兴许等到快退休了，会给我提个半级，安排个虚职，算是安慰。记得小时候老唱着'我们是共产主义事业接班人'，长大后才知道何时能真正接班。"

"你现在已经是光荣的人民警察，担当起保卫人民生命与财产安全的重任，这就是接班嘛。难道只有当班长才算接班？"

"小班长算什么？我在武警时就当了三年班长，还代理过排长，现在依旧是探长，科员级。"姚铁喝下一大口可乐，抹着嘴说，"不谈这些了，还是说说你小子到那个花花世界有什么艳遇，别告诉我你是空手而归哦。"

"怎么讲呢，要说空手而归倒也不是。我的确发现了沉船上有条裂缝，应该是被什么物体撞击了，或者是撞到什么物体。"

"这是个重要线索，不简单嘛，抓紧拍个照，采集些撞击点上的物质，检验一下不就知道了吗？"

"事先没想到需要在水下拍照，没带防水相机下去，只在裂缝处采集到一些油漆碎末，想不到在去送鉴定的路上遭人抢劫；回到宾馆后，又发现存放在房间里的油漆样本被窃，连同大部分现金和证照什么的……"

"那说明有人盯上你了。"

"我也这么认为，可实在不明白究竟是什么人在盯着我。如果是全天候跟踪，我也不傻，早被我发现了。"

"那你遇到过什么可疑的人，或者走得比较近的人？"下面的询问似乎进入了姚铁最为擅长的范畴。

段韬也并不相瞒："倒是有一个女孩，是当地的华人导游，说一口很流利的国语，自称是前两年从国内去那里打工的。"

"你们是怎么认识的？"

"在岛上潜海俱乐部里认识的，她是我教练带的新学员，算我的师妹。童宁曾怀疑是她出卖了我们。但我觉得她只是个简单的女孩，不可能卷入一桩阴谋里。那天我下海，在海底遇到别人袭击，她还赶过来相助。如果真是她及她背后的人要害我，在海底就可了结我，大可不必挺身而出过来解围。"

"我倾向于童宁的推断，这可是欲擒故纵之计，先给你一点甜头，好让你上当受骗。这小女子长得怎么样？"

"不算漂亮，当然也不难看；线条很好，目光单纯，想法简单，打工赚钱，养家糊口……"

姚铁哈哈大笑起来："好了好了，后面的我来替你补充吧，她应该还说过自己上有父母要赡养，下有弟妹必须供给，这些都得她出来赚钱，从而博得了你的同情，争取了你的好感。其实都是些骗人的鬼话，我见得太多了。"

段韬很惊讶说："你怎么都知道？"

"那就八九不离十了，是她。那些话术都是夜总会妈妈桑设计的套路，你也信呀。我的大龄剩男，一个小女子的雕虫小技就让你上当受骗，你太过于天真了吧！"

"她倒是有意无意地关心过我正在办的欧华斌二审案件。难道她真是传说中的燕子？对了，她叫希格尔，英文原意就是海燕。可我还是没想通，不就是做个沉船核查，有必要调动这么多人力，对我大动干戈吗？难道沉船背后真有什么不为人知的故事？"

"为了掩盖一个不可告人的真相，往往需要无数个极端行为加以配合。这是我的直觉，可如果不是诈保，船东确实没必要采取这种方法进行阻止。"

"我看见一艘万吨货轮沉没在海底，不可能构得成诈骗行为，说不定在岛上发生的事都是巧合。只是公司花钱让我出国，我却未有预想中的收获，心里有愧，于是就怀疑这个，猜测那个。这或许就是在给自己找个搪塞理由。"

这时，比萨端上来，他们也饿了。姚铁说："吃吧，别想那么多，能安全回来就好。"

"老姚，在事情没搞清楚之前，暂时别告诉教导员，我不想给他添堵。眼下蓝海航运的生存问题够他烦心的，如果他们还是国有企业，可以找政府协调，但现在已改制成股份制公司，他是董事长，所有的事都只能自己扛，真不容易。"段韬说，"我会设法抓住那条缝，再深入查下去，争取找到新的证据，有所突破，那样才对得起教导员的信任。"

说完，两人开始埋头大吃起来。

十五

段韬在自己的办公室，快下班时，前台秘书送来一个国际快递。段韬一看是猜颂所发，打开来里面真是油漆样本，非常高兴地自语道："教练，你是好样的！"

这时童宁打来电话，说车已经到楼下，来接他一起去参加保险杯羽毛球赛。

段韬这才记起此事童宁曾和他预约过。"可我刚收到猜颂教练快递的油漆样本，准备赶紧送去鉴定。"他说。

童宁说："这场比赛事先和你约定好的，要送给宋小甘一个冠军奖杯，季箐也来了。要不我们赛后再一起讨论那个案件。"

段韬问："季箐也知道我们在承办欧华斌的二审案？"

"知道。"

"那她一定不会来参加比赛的。"

"下来吧。季箐既然答应来，就一定会来的。"

"好吧，那就明天送去做鉴定。"

段韬把样本放在自己的双肩包内，他已吸取教训，不敢再用手提包了，双肩包背在身上不容易发生意外。

段韬下了楼，上车说道："季箐这位老同学，你应该了解的，自当检察官以后，从不在外面与人讨论承办的案件，她那张严肃的小脸，公是公，私是私，泾渭分明。"

"不会吧，我和她是什么关系？闺密。是不是她没和你走到一起，你有点怨气？怎么说你对她都还应保留一点点情愫吧？"

"那都是什么年代的事了，现在人家是优秀公诉人，肯定有心上人了。"

说话间，童宁驾驶的特斯拉驶入了羽毛球馆。

看台的一侧悬挂着"海天保险杯羽毛球公开赛"字样的横幅，有实力企业赞助就是不一样，选在一个专业比赛的场馆。四周的灯光明亮而通透，高高的天花板下，数个羽毛球场地整齐排列，绿色的塑胶地面上，白色的线条清晰可见，勾勒出每个场地的界线，仿佛等待着即将上演的激烈对战。球场边摆放着长凳长椅，供上场的球员在比赛间隙休息交流、喝水补充体力。在这样一个充满活力与激情的羽毛球馆里，无论是专业运动员还是业余爱好者，都能找到属于自己的舞台，尽情挥洒汗水，享受运动带来的快乐与满足。由于保险杯奖金丰厚，各个项目比赛得如火如荼。

业余比赛最好看的是男女混双。随着比赛的深入，双方的比分交替上升，每一次得分都伴随着激烈的对抗和观众的喝彩。童宁、段韬和宋小甘、季箐搭档着会师决赛。他们已赛过四局，战成二比二，于是都到球场边喝水休整，以便重新上场，进行决胜局的拼杀。

此时，有两个身穿运动装、戴着墨镜的人来到场边的长凳旁，一个人站前遮挡，一个人隐在后面，伸手打开放在长凳上的一只双肩包，悄悄更换了包内的什么东西，然后迅速离开。

混双决赛进入白热化阶段，双方体力都有所下降，斗志却更加高昂。每一个球都仿佛承载着他们的全部信念和汗水，每一次挥拍都凝聚着对胜利的渴望。最终，在一次长达数十拍的拉锯战后，宋小甘和季箐赢得了决赛胜利。他们俩高举球拍，脸上洋溢着胜利的喜悦。童宁与段韬尽管败北，但仍向对手投去了敬佩的目光，并共同见证宋小甘上台领奖的激动场面。

宋小甘领到奖杯和奖金后高兴地说："今天的冠军奖，离不开大家的相助，聚一下，共同分享胜利成果。"

段韬愉快地说："今天是个好日子，铁公鸡也拔毛了。"背起自己的双肩包一起来到体育场旁的茶餐厅。

打球流了太多的汗，需要补充水量，他习惯性地要了一大杯可乐。宋小甘嘻嘻一笑："可乐太贵，来杯大麦茶，既解渴还是免费的。"

宋小甘拿起菜单看了又看，好像是因为这里的菜价出乎他预料地高，就是下不了手。

段韬说："看你这小气鬼，冠军的奖金是我们大家的，完全够吃一顿大餐，现在只是在茶餐厅里，你还要省，莫非你想把奖金全部带回家吗？要不就 AA 制，自己吃自己的。"段韬故意冲宋小甘逗道。

宋小甘看着段韬得意扬扬的表情，扯开话题说："听去过巴朗岛参加核查的同事说，那岛上景色宜人，阳光、沙滩，还有美女，想必你们一定玩得很开心。"

童宁接过话茬："我们的兵叔还真有艳遇，撞上个主动热情的美女导游。"

段韬纠正道："说美女倒谈不上，肯定没有你们两位漂亮，顶多是个质朴的女孩吧。"

季箐一愣说："那你的评价不低，会不会来个一见钟情？"

童宁抢先道："那是一定的。要不是我在一旁监管，还不知道会发生什么事呢。"

段韬说："童大律师言过了，如果我想有一夜情，你是管不住的。只可惜什么也没发生，我还是很自律的。"

宋小甘发挥道："看来你是想过的，没敢动手。"

段韬说："你们一个情系公务员，一个家有小娘子，剩下一个正在热恋，而我呢，兀自一人，还是个大叔级的，不能再错失良机吧。"

宋小甘说："律师大叔想娶媳妇，我们法务部有几个相当不错的姑娘，给你介绍一个试试。就是别找女导游呀，不知曾和多少人上过床，再说文化程度也多半不在一个层面上，到头来自讨苦吃。"

段韬叹口气说："我都这个年龄了，已没有了那种浪漫；更何况城里的女孩要求高，我是地无一垄，房无一间，只能找个乡村姑娘过日子，不会有太多要求，达到放心、安心、可心的三星级标准即可。"

童宁说："那也不能随便找个说不清道不明的女人吧？"

段韬叹说："那是自然的，我不是那种见一面就坠入爱河的男人，一定会睁大眼睛仔细观察的。"

季箐在一旁认真听着，没有插话，同时目睹段韬那神采飞扬的表情，恍若回到了当年他在剧社导演话剧时的情形，只可惜青春易逝，往事不可追悔。

一会儿，宋小甘又问起段韬和童宁在巴朗岛上其他收获时，段韬拍拍自己的双肩包说："目前虽有发现，但须看明天的鉴定结果，到时候你追偿保险理赔款的诉讼可能是个乌龙，而我们成为挽救蓝海航运的功臣，理所应当得到重奖。"

童宁说："或许还会影响酷客号船长的量刑。"

段韬立即制止："打住打住，有检察官在此。大家多吃菜，不讨论案件。"

季箐微微一笑。

第二天上午，段韬直接赶到曾为他做过鉴定的物证鉴定所，还是那位熟悉的资深鉴定师。鉴定师笑着问他："今天送来的是小狗还是小猫呀？"

"今天不是宠物，而是油漆碎末，请你鉴定一下是否属于同一种船用油漆。"段韬答。

"鉴定是否属于同种物质，还是不同，对我们来说是最简单的活。如果确定属于哪种物质，则相对难一些，收费也不一样。"

"我是从船上采集到的，不需要再鉴定是不是船用油漆，只要告诉我碎末上是不是同一品种的油漆，还是不一样的油漆。最好下午就有鉴定结果。"

"那你肯付加急费吗？如果肯付，争取今天下午就出结论，最迟明天上午。"

"可以，最好下午就给我结论。"

段韬付了钱，从背包里取出快递的包裹，放在桌上打开，拿出装有油漆样本的纸袋交给鉴定师，还特地用手机拍照对交接现场做了记录。

鉴定师笑笑："段律师还是那样认真，看来是接了个大案件。放心吧，我会尽快与你联络。"

十六

　　离开鉴定所时，天空开始阴沉起来。段韬觉得现在的气象预报越来越没准星了，早上还在报今天会多云转晴的。尤其对他这样的摩托一族，对气象预报的倚重是显而易见的，若出门在外，碰上大雨天可就麻烦了。

　　眼下已近中午，段韬索性骑上摩托车，去不远处一家老牌面馆吃面。等付账时，突然记起秋羽的宠物生活馆应该就在附近，就顺道去看看，想着万一鉴定结果及时出来了，也好方便再赶回去。到了宠物生活馆时，见小满正擦洗橱窗玻璃。他将车停在路边，走过去招呼了一声。

　　小满回头见是段韬，略有些不自在，但眼光发亮，似乎有种期盼的神态。她放下手上的活说："段律师好！秋羽姐还没有来，她一般下午才到，而且不是每天都来，她说俱乐部的事情太多了。"

　　段韬乐呵呵地说："你不叫老板娘改称姐，看来你们相处得很好呀。"

　　"秋羽姐对我很好，一算年龄，我比她小十多天，不让我叫她老板娘，说自己还不老，要被你们叫老的，那就改叫姐了。她说我们是同一个星座，还让我管店。段律师，秋羽姐真的很年轻、很漂亮，也有能力。"

"当了几天的小店长，也学会溜须拍马了。"

小满把段韬引进店里的茶歇区，为他沏茶倒水。店堂有两只出生不久的小泰迪在玩耍，看见段韬进来，慢慢上前嗅嗅他身上的气味，段韬伸手想抱抱，它们迅速溜到小满的身边。

小满说："这是一家犬舍送来寄卖的。"

段韬一边喝茶一边问："这小店的生意好吗？"

"还真不错，秋羽姐的宠物运动会积攒了很多人气，现在有十来个大品牌商家主动把宠物食品、用品送到店代销，还有些名犬也跟上来送来寄卖。宠物店营业额节节攀升，我的收入也越来越多。真的，我代兵兵感谢你们俩的关爱。"

"我是做个顺水人情，不用谢的。其实老板不需要员工甜言蜜语，只要努力工作。行动是最好的谢意，就能赢得老板的尊重。"

小满似懂非懂地点点头。

寄养处传来熟悉的狗叫声。"是丑丑的叫声吗，怎么还在这里？"段韬到寄养室抱起丑丑。丑丑看到段韬当然高兴，扑在他的怀里。

"那位刘先生好像特别忙，刚接回去没几天又送回来，说是临时需要参加一个重要会议得出差几天，昨天晚上突然打来电话，告诉我今晚会过来接它。唉，一个大男人真是细心，里里外外都要管，实在不易！"

"是啊，自他妻子意外去世后，他都是一个人过，身边只有丑丑陪着，视它为家庭中一个重要成员，跟自己的儿女差不多。"

"我一定会帮他照顾好丑丑的。"

"不过你要记住，见到他什么都别说，还要装成不知道的样子，依然还是像过去一样热情周到服务就好。"

小满点点头，表示理解。

"说到兵兵，很奇怪有一天夜里，我又梦见了他，他还给我点赞了。他现在怎么样啊，过得开心吧？"

"还算乖，就是常念叨你。"小满说，"也许是个男孩，天性里喜欢舞枪弄剑，上个周末轮机长出海回来，他们夫妇俩带他去水上游乐场，玩冲浪，打水枪，开心得不得了……"

"你说的是酷客号的轮机长岳宝胜？你和他很熟？"

"不太熟悉，不过我丈夫曾和他在同一艘军舰上当过兵。是老兵，早几年复员到酷客号上当轮机长。我丈夫复员后，也被他拉上了船。他们俩是战友，一直相处得不错。自我丈夫遇难起，他时常来关心我们孤儿寡母。"

"岳宝胜也当过兵，那就容易沟通了。若你再见到他，请转告我想去拜访他。"

"嗯，我记住了。"

手机里跳出了童宁发来的微信，通知他立即去检察院见季箐，意思是欧华斌的案件材料季箐已经看过，童宁想约她交流一下，季箐同意了。

童宁和段韬相约在市检察院分院的大门口会合，然后一起走进去，季箐的女书记员迎上来说："两位律师，很不好意思，季检察官被领导临时叫去开会，不能接待你们。季姐说，你们如有新证据或者书面辩护意见就通过我转交，她会认真阅读的。"

童宁说："原本是和季检察官当面交流的，新证据和书面意见过两天快递给她。"

书记员说："好的，法院已在征求欧华斌二审的开庭时间，估计很快会开庭审理。段律师，季姐要我问一下，你的样本鉴定结论出来了吗？如果有了，请第一时间发给她。"

段韬似有把握地说："请转告季检察官，最晚明天给她鉴定结论。"

两人从检察院分院出来，段韬对童宁说："欧华斌的二审开庭在即，我得回办公室边看材料边等鉴定结论，一有消息立即告诉你。"

段韬回办公室重新阅读欧华斌的案卷材料，更加关注那些对沉船原因提出异议的证言，尤其细致研究了岳宝胜的证言，心想，这些证言客观上为我发现新证据提供了帮助，只要油漆鉴定结论一出，就可能证明沉船不只是天气因素，还有其他原因，那就成功了一半。

下午3点多，鉴定师打来电话："经过化学检测和成分比较，结论是你送来的油漆样本属于同一种油漆。明天会将正式的书面鉴定报告快递给你的。"

"你确定？"

"这是个最简单的化学成分检测、同位素物质比较，请你相信我们的专业鉴定结果。"

段韬听到这个结论，宛如瞬间掉进了冰窟。这么长的裂缝，难道真像薛荣贵所说的是海浪拍打或者树桩撞击所致？难以想象，不应该啊！他独自坐在办公室里发呆，似乎一直没法从巨大落差的情绪中缓过神来。

手机响了好几次，是刘浩鹏打来的，段韬一时没心情留意，以为是骚扰电话，害得对方担心他出了什么事，急忙通过汤汤找到他。段韬一看手机，是刘浩鹏，这才回拨过去，原来是刘浩鹏出差回来了，想找他一聚，还约了秋羽参与。段韬心情不好，觉得自己话都说出去了，到头来竟变成了空话、大话，这个时候实在不合适见任何人，可这是之前自己发出的邀约，只能去兑现。

刘浩鹏定的地点在一条静谧而充满古韵的街道上，那里隐藏着一家日式料理小餐厅。餐厅的外观朴素而不失格调，木质的门扉上挂着一块简约的布幔招牌，上面用淡雅的墨水书写着"和风小筑"四个大字，随风轻轻摇曳，仿佛在低语着欢迎之词。推开门扉，一股淡淡的米香与木炭的温暖气息扑面而来，将人从喧嚣的外界拉入一个宁静的世界。店内的装饰以原木为主，搭配淡雅的米白与青竹色。墙上挂着几幅水墨画，描绘日本四季变换的美景，让人感受到一种淡淡的禅意与和谐。

刘浩鹏和秋羽已在店内等待了，见段韬进来时气色灰暗，似有愁容，就知道他心情不好。"段律师，很少见你一脸的苦相，怪不得电话不接，是遇到什么烦心事，还是被哪个女孩蹬了？"刘浩鹏故意开玩笑道。

"我还真不怕被女人甩了，"段韬说，"可惜不是。"

秋羽在一旁笑道："那一定是丢了面子，伤了自尊。俗话说，男人的面子，女人的装饰，一件都不能少。"

索性被秋羽点破，段韬的心情似乎稍稍平复了些。"老板娘真是开了天眼，一眼洞穿。我这次面子丢大了，难以启齿，还是聊点开心的事，驱驱晦气。"说着，他拿起桌上的青梅酒，自顾自地喝了一口，"服务员，拿去温一下，甜丝丝的更好喝。"

秋羽说："我喜欢冰镇的，喝起来更爽。"

刘浩鹏说："我无所谓，都可以。服务员，就按我们各自的喜好上酒。"

段韬问："浩鹏你这段频繁出差，一定是遇到什么好项目了！"

"这次确实逮着了一个不错的项目，是与一家卫星信息应用的民营企业进行合作。过去总认为卫星上天与我们的日常生活没有太大的关系，一接触才知道，当下卫星技术发展得很快，应用领域极其广泛，影响着我们生活的各个角落，甚至可通过数据模型分析未来可能发生的变化。"刘浩鹏说着，转向秋羽，"还记得你们俱乐部的狗舍吗？那个就是遥感卫星的作用，可以看到土地上的人和建筑情况。我决定投资这家公司，是认为将来可能成为独角兽。"

"如果陆地上能看见，那海上也应该可以监控到航船的动向？"段韬又问。

秋羽意识到段韬仍在纠结，便说："看来段律师还没有忘了丢面子的事。佛学上说，面子是魔，因为心存执念，执着于那个'我'，才有死要面子活受罪一说，不如试着学会放下，同时也放过自己。不如让我们举起小酒盅，你罚一口暖暖心，我罚一口透心凉。"

段韬一饮而尽，说："秋羽说得很有哲理，谢谢开导。我就是放不下自己这张黑不溜秋的脸，自以为了不起，有重大发现，没等拿到确凿的证据，就打肿脸充胖子说出去，活该受罚。"

刘浩鹏也陪了一盅，说："秋羽一直潜心研究佛学，遍寻各地禅宗祖庭，修得真经。"

"浩鹏叔，我只是对佛学有兴趣，谈不上研究。"秋羽纠正道，"读书养心是本，积德行善修来世，可没有开天眼之说哦。"

段韬笑道："记得小时候看过《西游记》，那里面有个二郎神三只眼，能洞穿孙悟空的七十二变。我觉得秋羽也有三只眼，今天看穿我的面子，上次说我身边有小人。要不你再帮我看一下，这小人是男的还是女的。"

秋羽说："人人身边都有小人，也有贵人，有男也有女。记住，万事皆有因，万事皆有果，无论酸甜苦辣，都是自己应有的，不在于他人如何，而在于自己的定力。"

十七

段韬约了童宁一起到蓝海航运公司，坐在董事长办公室的长桌前。欧华斌的二审即将开庭，他们需要向高伟达和薛荣贵汇报二审的辩护思路。

段韬说："我们这次去巴朗岛调查，本以为有重大发现，案件可能出现转机，结果油漆样本经鉴定，出乎预料，还是一无所获。"

高伟达心里不免失望，但脸上并未流露出来："你旱鸭子敢于下海，很不容易，这种精神值得肯定。原先的结论合乎事实，找不到新的证据加以推翻，这也是可以预见的。只是老船长二审一开庭，很快就会判下来，那么保险公司也将跟上。我这些天一直在求爷爷告奶奶地找关系，终于和海天保险的董事长见上面了，人家大老板说，上市公司要按制度办事，最多再给点时间，不过不能太久。给我判个缓刑，倒还不如拉出去枪毙来得痛快。我向集团领导汇报了，集团领导倒是很重视，毕竟是央企嘛，商量后拟请市政府出面协调一下。集团希望我们抓住当前运价上涨的机遇，尽快全面恢复运力，扩大生产规模，扭亏为盈。另外要求我们写份书面报告，找到请政府协调的理由。小薛，在处理沉船事故中，我们接受船东的建议简单处理，迅速理赔，配合得应该不错。后面你负责与船东沟通，希望他们在租船价格上再让一点，尽快确定租金，交付新船，好让船员早日上岗就位，公司争取实现盈利，落实集团下达的第一项任务。"

薛荣贵立马表态："请老板放心，保证完成任务。"

"至于那份书面报告怎么写，我看一方面要陈述公司的现状与困难，争取市领导的同情与支持；另一方面，也要反映保险公司在理赔支付中，赔付过快，向我们追索过于迅速，有点反常。当然，也可以提一下段律师发现的沉船上的一条裂缝，沉船调查报告却只字未提，是存在疏漏，还是有意隐瞒……"高伟达说。

段韬插话道："老教导员，这条裂缝的事已经有了鉴定结果，不存在两船相撞的事故，就不要说了。"

高伟达坚持道："这是反映情况，不是判决书须有确凿的证据，不必那么严谨。要发挥想象力，多增加点疑问，小薛把标题设计得更加醒目，反正领导只看标题不看内容。为了公司生存下去，我们不得不出此下策。段律师你也配合一下。"

童宁问："高董事长对欧华斌的二审还有什么指示吗？"

"关于老船长的立功材料，老部队已经寄来，请两位律师审查一下送法院，不管对二审有没有用。他为公司做出了牺牲，我们都希望他早点出来。如果能改判缓刑，只给党纪处分，可能保留党籍。"

童宁点点头："我和段律师会尽一切努力争取的。"

高伟达说："那就拜托两位了。"

翌日下午，那份样本的鉴定报告快递到了事务所，段韬横看竖看，结论还是昨天知晓的那样。他上午给猜颂打过国际长途，猜颂说我就是在那条裂缝处采集的样本，没有错呀。这样看来，也许原本就是同一种油漆，是自己先入为主，想当然了。尽管内心仍有疑惑和不甘，但在现实面前，只能认了。

汤汤敲门进来，告诉段韬有客人来访。

段韬起身走向接待室，见一位50多岁、饱经风霜的中年男子正坐在里面等候着。"我是段律师，你是……"他走进去，说道。

"段律师你好！我是原酷客号轮机长岳宝胜。"岳宝胜忙站起来，和段韬握了握手，"谢谢你不仅帮小满打赢了保险官司，还协助她找到工作，让她和孩子都有了安定的生活。"

段韬说："不客气，请坐吧。其实我也一直想去拜访你，就是没机会。"

"是小满告诉我的，说你在办理老船长的二审，想找我聊聊。"

"一审法院判得没错，二审就是一个程序，律师的作用很有限。好在高董事长找到了老船长参加老山战役立过功的材料，希望在二审判决中能发挥作用。"

"那就太好了。你找我就是为这事？"

"不是。我在证言中看到你对沉船的原因有异议，还说听到过哐当一声巨响。"

"我确实听到的，然后看见海水涌进机舱，我知道出大事了。"

"可你没看见甲板上发生的事吧？"

"我虽然人在机舱里，看不见海面上的情况，可我的感觉一定是船被什么物体撞击的。"

"薛大副说是各种可能性都存在，譬如海浪将海面上漂浮的树桩卷起，撞击到船舷上，从而撞开一条裂缝。"

"他的话你也信？我非常清楚他的为人，人前说人话，人后说鬼话的人……"岳宝胜贬损起薛荣贵，似乎与薛荣贵有什么过节。

段韬赶紧打断他说："薛大副的为人与案件无关。我认为他讲得有道理，而且在大风大浪来袭时，是他挺身而出，指挥船员进行抢险。他在驾驶台上看得最清楚，最明白海上发生什么事情。"

"可惜当晚船上值班的两名船员都遇难了，其中包括小满的丈夫，不然当时的情况他们最清楚……对了，你刚才说船舷上有条裂缝，这一情况薛大副可从来没有提起过。你是怎么知道的？"

"我去过巴朗岛，潜到海底亲眼见到的，也采集到了裂缝上的油漆碎末，可鉴定下来是一种油漆，至少没有被其他船只撞击的痕迹，我只能相信薛大副的分析。再说船长都认了海难事故调查报告的结论，属于天气原因的自然灾害，他还选择认罪认罚。沉船是自然灾害所致，这一事实和结论已不可更改。"

"船长的投案自首、认罪认罚，都是听令于高董事长。高董事长曾在船上当政委兼支部书记，和我们一起漂洋过海，同甘共苦，了解船员们的疾苦。海难事故发生后，他首先想到让船员尽快拿到补偿款和保险理赔款，包括船东的理赔款，然后再向船东租船，使船员们重新上岗稳定生活来源。他的想法很好，都是在为船员和公司着想，可他忽视了实事求是的原则。我曾多次提出，这起海难事故没那么简单，背后一定还有故事，他就是听不进不同意见。当领导的，坐办公室太久，看文件听汇报，高谈阔论，不了解实情，就很容易被薛大副等一帮溜须拍马之徒所忽悠，甚至还将薛大副树为典型，表扬他在海难发生时临危不惧指挥抢险，船沉前还背着船长一起撤离。船长不能正常履职时，大副不应该靠前指挥吗？这是他的职责。况且等到不得已弃船时，不要说船长，就是普通船员也必须带走。当时船长受了伤，所有船员看见了都会背他走。这也算是先进典型，岂不成了航海界的一大玩笑！"

段韬心想，这个倒是快人快语，比起薛荣贵似乎更接近真实一些。

"段律师，对沉船原因有不同想法的，不光我一个人，还有许多船员。那天夜里风浪确实很大，但还不足以掀翻一艘万吨货轮。那天夜里一定发生过什么事情，也一定有人看见过。"岳宝胜肯定道。

"我记得有位船员说过，如果我没有睡着，可能看见甲板上发生的事，可惜我睡着了。我觉他话里有话。"

"我知道他是谁，现在上别的船打临工出海了，等他回来，我一定要找他，问问清楚。段律师，你发现的这条裂缝真的很重要的。我最近不出海，你需要我做什么尽管说，能帮多少是多少。"

轮机长走后，段韬回到自己的办公室。他重新梳理与童宁一起在巴朗岛上的所有经历，再次翻阅酷客号沉船调查报告和欧华斌的案卷材料，总觉得在哪里出了错，一定遗漏了什么重要细节，可就是怎么也想不明白。窗外的风吹进来，掀动了窗帘。他突然想起刘浩鹏曾介绍过的卫星技术的应用。他自小喜欢语文和体育，对数理化基本不感兴趣；成年后除了当兵，一直在从事律师工作，面对当下不断涌现的科技成果，最多是了解点皮毛，看看热闹，从没有认真研究过。他立即给刘浩鹏发去信息，询问在哪里可以看到海上卫星图像资料。不一会儿，刘浩鹏回复，说是据卫星技术公司的老总介绍，可以去相关卫星站查阅海洋卫星的图像资料，不过查阅者须提供确切的时间和位置。刘浩鹏同时将卫星站的地址、联系人及联系电话发给了段韬。

于是段韬带上酷客号的海难调查报告，根据刘浩鹏发来的地址，骑着摩托车直奔卫星站。

这是一家体现高科技内涵的运营单位，坐落于郊外一片绿意盎然的园区之中，其建筑设计灵感源自宇宙星云的流转与卫星轨道的结合，外观采用流线型与几何切割的完美融合，表面覆盖着能够随日光变化而微妙变色的智能玻璃，仿佛一颗巨大而璀璨的未来之星。

刘浩鹏熟悉的秦主任已在门口迎接，带段韬进入卫星站参观，同时介绍站内的卫星设施及现代卫星遥感技术，说这里能够实时了解各地发生的重大事件，譬如市政交通管理，是通过安装无数个监控装置捕捉各种信息，再经过数据计算显示到屏幕上，能让控制中心看到任何路况；再譬如借助气象卫星监视云团和气流走势，可以预测风力和雨水的等级，分析可能形成的自然灾害，向各气象站发布气象预报……说话间，秦主任已将大屏幕切换到海洋卫星图像："当然，通过海洋卫星，我们也能够向海上航行的船只提供信息服务。"

段韬马上问道："是否还可以看到各条航船的动向？"

"原则上可以。"秦主任答道，"一般都由各航运公司购买信息数据的服务，我们提供客户需要的实时图像，以便他们及时了解自己货船的航行情况。段律师，你想查阅什么？如果有航船的相关信息，就能查到船舶当时的航迹。不过目前我们只保存历史航迹，没有图像。"

"我这里有海难事故的调查报告，上面有准确的方位记载。"

秦主任接过报告翻了一下。"海难发生的时间已久，我只能带你去档案资料馆，请信息分析师调取资料，做出解答。"他说。

到了资料馆，信息分析师根据报告上标注的经度和纬度，很快搜索到酷客号的信号；尽管只是一个物理标志，而非船型图片，但有酷客号在沉没之前的航迹。信息分析师判断道："酷客号子夜后离开商业航道，驶向孟加拉湾。那天夜里风浪很大，酷客号转向海岸应该是紧急避险。"

段韬好奇地问："为什么只能显示图标，而不是图像？"

信息分析师回道："因为现在每条航船都有卫星导航仪，既能接收卫星信号，卫星也能实时捕捉航船的位置信号，卫星站自动收储这些数据，所以还原的是航船的轨迹，而不是图像。只有航运公司购买了相关的信息服务，才能掌握航船的实际动态，一般是现时的，没有历史的图像。"

信息分析师在图像中注意到在酷客号身后还有艘船的信号，于是迅速搜索，根据那艘船的航迹显示，补充道："这艘船已尾随酷客号一整天。子夜过后，两船的航迹发生过交集，随后酷客号的信号忽然消失，而另一艘船行驶一段时间后也消失了。"

这是一个重要的发现，秦主任顺手打印出两艘船的航迹图，递给段韬说："这是根据保存数据自动生成的两船航迹图，仅供你参考。"

段韬看过图纸说："可惜只有航迹，没有图像，还是不知道那天夜里究竟了发生什么。"

信息分析师说："不要说这起沉船事故已发生 200 多天。几年前的马航 370 航班的空难事故，在坠机后仅十几小时内，世界各大卫星网站全力搜索，因没有接受马航的特定追踪服务，都是公共网的随机数据，所以只能绘制出该航班飞行的航迹，无法判定马航 370 究竟发生了什么事，包括具体的坠机地点。当代卫星遥感技术发展得很快，可以拍摄地球上厘米级的物体，也就是即时图像。如果你想了解当下某个海域某条船的状况，确实不难，就是成本太高。随着卫星技术的进一步发展和普及，保存影像资料或成为常态，那就可以为客户提供全方位服务了。"

"那我还有个问题需要请教，就是根据现有的航迹信息，你们能给我一个契合事实的判断吗？"段韬问。

信息分析师答："目前只是做个初步分析，还不能下结论。我个人认为，根据两船航迹的交集，是有可能发生过碰撞的。一艘沉没，信号自然消失；另一艘可能导航雷达受损或者关闭，行驶一段后才消失，估计也是伤得不轻。"

秦主任已事先知晓了段韬来这里的目的，接着信息分析师的话说："你想确定当时是否发生了两船相撞的交通事故，需要找到肇事船，拿到该船《航海日志》，才算有了客观依据。否则，刚才我同事的分析是不能作为出庭时的证据的。"

段韬点头道："嗯，我今天的收获很大，非常感谢你们！"

离开了卫星站，段韬想到该回家看望一下父母，毕竟出国回来后还没回过家，何况这里离家也就几公里路，骑个摩托车转眼便到。中间路过一家进口商品专卖店时，他特意停下来买了几样进口食品，权当出国带回礼物，意思一下，哄老人高兴。

确实，老两口一见到儿子，高兴得不得了。特别是母亲，拉着他坐下来看这儿看那儿，生怕儿子身上少了什么。

母亲说："韬儿，你最近黑了好多。"

"妈，我不是刚从海岛回来嘛。那里太阳晒，海水泡，怎么可能一点不黑呢？"

"你出国旅游花销不少吧，还是得省着点，将来还要买婚房。对了，你上次说去看房子，看上了吗？"

"看上了，不过没买。"

"为什么？是不是嫌贵？没事，我和你爸有点积蓄，可以帮你一起首付的。"

"妈，我上门看房，才知道那家里的男主人也是退伍军人，在远洋轮上当海员，不幸在海难中遇难，留下孤儿寡母的很可怜，因付不起按揭贷款，只能卖房回老家。不好意思下手买，却帮那位军嫂打赢了官司，让她留住了房子，不至于在这个城市中居无定所，也算顺便做了件好事。"

"老太婆，你儿子有同情心，像我。"父亲趁机在一旁自我标榜道。

"知道的，反正好事都跟你沾边。"母亲乜了父亲一眼，"这么一说，我想起来了，前几天有个姑娘开着车，给家里送来几只老母鸡和一篮子鸡蛋，说是给你补补身子。我们请她进来坐坐，她说是路过，这些都是自家养的，不值钱。你爸回来知道后，大惊小怪，认为替儿子收当事人的礼不好，还给我上了一堂廉洁教育课。"

段韬猜到是秋羽送来的，就说："她是我朋友，没事。"

母亲问："是不是那位军嫂，因为你帮她打赢了官司？"

"不是。"段韬解释道，"我朋友经营着一家宠物俱乐部，那里地方大，可以养鸡养鸭，拿来一起分享。这可是真正的土鸡，你们留着补补身体，市场上买不到的。"

老两口想留儿子一起吃晚饭，儿子说不了，刚才在卫星站有重要发现，需要赶紧向专家请教。母亲看着儿子离去的背影，摇头道："唉，总是这么来去匆匆，真不知啥时候能成个家，安定下来。"

段韬打算请教的对象自然是薛荣贵，想咨询他当时是否发现有艘船只尾随多时，并且在两船交集时可不可能发生碰撞。他立即联系童宁:"童大律师,今晚上有空吗?"

童宁说:"今晚我会和薛大副在一起,正好薛大副也说要和你讨论如何帮高董事长写那份报告的事。晚上我们一起吃饭,我定地方,他买单。"

"不行,已经蹭过他一顿大餐,今晚我请客。你问他,辣的能不能吃,如果可以,我来订一家川菜馆。"

"他一路走南闯北,什么都能吃。还是让他请,他比我们有钱。不吃白不吃。"

"你可以,他为感情付出;我不行,要礼尚往来,才能成为朋友。就这么定了,晚上见,告诉他有要事请教。"

段韬从"大众点评"上找到一家在大型商业广场内的川菜馆。第一次请薛大副吃饭,还是半个老师,不能太寒酸。可那里的包房最低消费要 2000 元,稍做犹豫后,也只能下单。为了防止超支,他还提前赶到自己点菜。

过了十来分钟,童宁和薛荣贵手挽手地走进包房。薛荣贵主动与段韬握手,同时调侃道:"一般都是当事人请律师吃饭,很少有律师请当事人吃饭的。"

段韬说:"你可不是我的当事人,算半个老师,专教航海知识。我是拜师学艺,更何况你还是老同学的心上人。给老师备下薄酒一杯,理所应当。"

一会儿菜上来了,酒也碰过了,薛荣贵开口道:"那我先向你请教一个问题,你们律师靠张嘴、靠支笔赚钱,一定能妙笔生花。你看老板上次布置的报告该怎么下笔,写什么内容才能骗过集团领导?"

"给领导写报告是白纸黑字,不可以编故事。我看还是把困难写大，决心表足，就能过关。"

"段律师一言道破天机，非常经典。"

"律师是靠脑袋瓜生存的，得察言观色，抓准时机，对症下药，方能求得真经。薛大副，今天经一位朋友介绍，我去卫星站查阅了一下海洋卫星资料。"

"现在货船上都装有卫星定位系统，国内的海洋卫星是提供导航服务，但国际海运一般使用美国的导航系统航行。"薛荣贵慢条斯理地说着，然后又问，"有什么收获吗？"

段韬说："据卫星站的专家介绍，北斗卫星组网后是可以收集到海上所有货船航行的信息。他们根据我提供的海难调查报告提供的沉船时间和位子，从历史存档中找到了酷客号的航迹图，可惜只有信号，没有图像。现在遥感技术能监控到每一片大海，就差那么一点，否则就能留下真实的即时图像了。"

薛荣贵想了想，讪笑道："段律师，你想到去卫星站查资料，说明你对油漆样本的鉴定结果还不死心，还想再折腾一下。"

段韬说："也许吧，你知道我心不甘情不愿的，不达目的心里会很难受。这也正是我要请教你的，因为从卫星航迹图像中，发现有一艘船在尾随酷客号，不知是碰巧了还是对方另有企图。"

"这很正常，海上天气变化了，都须进港避险，自然会朝着同一方向航行。"薛荣贵轻描淡写地说。

"你当时在驾驶舱内代替船长指挥酷客号，是否发现在沉船前有过两船信号交集？"

"那天夜里风高浪急，万吨轮在大海上就像个小舢板一样上下起伏、左右摇晃，过去遇险都是船长指挥的，那天是我第一次指挥抢险，只能全身心投入，生怕出错，哪还顾得上旁边是否有船只经过。两船信号交集可能是一掠而过，而且海上信号不稳定，会有一定的误差。天上相差一点，海上相差上千米。"

"可依据我看到沉船的裂缝，再结合酷客号的证言及现在的航迹图像，我认为有可能发生了两船碰撞的情况。"

"被你这么一排列组合与推断，好像有点符合逻辑。也许那艘尾随的船是在和酷客号同样进港避险的途中，因风浪大而不小心碰撞到了酷客号。尽管这种可能性或许仅有1%，却不能完全排除。"

"谢谢，由于你专业的解释，我越来越倾向于酷客号的沉没应是一起海上交通事故所致。"

童宁看着卫星图像，忽然问段韬："凭这些就能认定当时发生了海上交通事故？"

段韬说："当然不能，还需要找到那艘尾随的船只。因为根据航迹图，那艘肇事船只驶入孟加拉湾，不久信号便消失了，无法推断出它后来停靠在哪个港口。薛大副，你分析这艘肇事船是怎么回事，会去哪里？"

"根据卫星信号消失，我认为有可能是肇事船的船长关闭了导航系统，改用手动驾驶；也有可能是船上卫星定位系统临时发生故障，停止了工作。"薛荣贵说。

"这么说这艘船一定有问题。"段韬说，"船长关闭卫星导航，一定是躲避什么。如果是导航仪器临时损坏，那更说明这艘船伤得不轻，是跑不远的，应该是就近靠岸，进厂修理，而最近的就是巴朗岛。"

薛荣贵说："段律师分析得有一定道理，可你知道吗，那是个岛屿，有许多码头和成千上万艘各类船只。那里是以造船业和修船业为主，大大小小的修船厂少说也有上百家，你要找到一艘无名无号的船只是有很大难度的。"

童宁插道："要是能像好莱坞大片那样，在银幕上用手划拉，便能找到那间房，发现那个隐藏的人，就灵光了。"

段韬说："可惜现在回溯的，不是好莱坞科幻片，不然，马航370航班不会至今无人知晓到底躺在哪个海底。这海上还真有无数个未解之谜呢。"

这时服务员端上鱼片，再浇上一勺滚烫的熟油，瞬间一片沸腾，散发出奇特的香味。童宁夹起一块鱼片吃了一口："味道很香啊！服务员，你知道为什么要浇上这一勺熟油吗？"

服务员摇摇头说："不知道，只是按流程做的。"

"我曾在成都问过同样的问题，大厨说，泼上这勺高温油，是为激发辣椒和其他调料的香味，提升鱼肉的口感。那都是师傅传下来的，但从何时开始没人知道。我研究过了，早先都是当地人是用开水煮鱼，偶然一次有人浇上油炸出无尽香味，就此流传下来了。"薛荣贵夹起一大块鱼片送入嘴里，似乎话里有话地说，"还是美美地吃上一口，享受快感。若是追根溯源，会自寻烦恼，我向后厨询问就差点被人打一顿，被人以为是偷师学艺呢。"

服务员说："如果先生觉得这沸腾鱼好吃，本店还可用这些油，经过加工碾磨，特制出一瓶辣子油送给你们。"

段韬也夹了一块鱼片放进嘴里，吃完后说："这沸腾鱼片吃过无数回，薛大副注解其缘由，吃起来更有滋有味。我非常认同薛大副追根溯源的精神。追踪酷客号沉没的原因，争取认定海上交通事故，再按照交通法规要求逃逸者承担全部责任，那么航运公司就能免赔，我就能拿奖金买房了。"

"你的愿景不错，符合老板的想法。可是要认定海上交通事故，必须找到肇事船只，查明船名船籍，才能确定投保哪家保险公司。"薛荣贵说。

段韬说："对呀，还有船名船籍，薛大副提示得好！"

薛荣贵说："可是你想过吗，上次上岛只是调阅事故调查报告的工作底稿，船东公司就有所反应；这次再上岛寻找肇事船只，完全会直接刺激到船东，如果船东的动作再大些，你的运气兴许就没那么好了。我曾说过，在岛上死个华人，警方不会当回事的。你可得三思而后行呀！"

段韬说："我上次搞了个乌龙，好没面子。所以为挽回影响，这次我非得查下去。我知道自己有点倔的。"

薛荣贵笑道："理解，要是我遇上类似的事，可能也会这么倔，一条道走到黑。"

段韬立刻纠正："不对，薛大副，我相信我的终点一定是光明的。"

"不错，光明的，光明的。"被段韬这么一呛，薛荣贵略有些尴尬，"对了，过几天我也要上岛与船东公司谈租船的事，正好可以陪你好好玩一下。"

服务员又上菜了："本店招牌大菜金龙戏玉来了。"只见一只火红的龙虾卧在玉子豆腐上，真可谓色香味俱全。

童宁看得有点惊讶地说："这道菜太漂亮了，一定是店里最贵的。不过兵叔，人说天下一大傻就是点龙虾。"

"我是有点傻，开始时愣是没看出来你和薛大副的关系，后来才恍然大悟，原来名花有主的主人竟然是薛大副。"段韬举起酒杯说，"我借此寓意，先敬你们俩一杯，祝福你们！"

童宁露出满满的笑容，薛荣贵也拿着酒杯笑容满面，但他的笑容让人觉得多少有点不够纯粹。"薛大副，童大律师是我们的班花，许多人都仰慕已久，最终被你摘走，你可要精心呵护，不能让她受委屈哦。"段韬碰完酒又补上一句。

"这个请放心。我知道你们班上的同学遍及公检法，如我有差错，估计一个也饶不了我。"薛荣贵赶紧说。

段韬因喝过酒，饭后不能骑车，只得在街上散步，顺路回到事务所，见多数办公室依旧灯火通明，有许多律师在加班加点。他看见邵普元也在办公室里，便走进去向他请假。可对方的电话一直没断过，看样子又接到一个大案件。汤汤进来说："邵老师，律师们都到会议室等你布置任务。"

邵普元这才三言两语地结束通话，段韬立即插话道："邵老师，我要请几天假，再去一趟巴朗岛。"

邵大律师笑笑："我就知道你不会放弃的。要不是又接个富豪榜上的大老板的非法集资大案，我也想去那岛上，给自己放个大假。去吧，如果遇到重要问题与我联系，也可以找当地的冯大律师帮忙。"说完，便去会议室参加会议了。

十八

段韬再次登上巴朗岛，任务很明确，就是找到肇事船。他租了辆吉普车，请猜颂带路去一家家修船厂寻找正在修理的肇事船只。这相当于开盲盒，纯属碰运气。他们连续走了二十来家中小型修船厂，结果一无所获。

到了饭点，两人在街边的大排档边吃饭边聊天。猜颂说："看来要找到那艘无名无姓、情况不明的货轮，几乎没有可能。"

段韬点点头："我记得轮机长说过，他当时曾听见咣当一声巨响。教练，你也在船上生活过，你估计那条肇事船会是什么部位与酷客号发生碰撞的？"

"根据我的航海经验和所见的那条裂缝判断，要知道船上是没有刹车，只能倒车，那天风浪很大，有可能舵工没把好舵，一不小心冲上去，再转向倒车来不及，最有可能的是肇事船头部撞在了酷客号的船舷上。"

"那好，我们下面重点寻找船头损伤船只，这样目标集中，范围缩小，效率就高多了。"

"这个方法值得一试，可我陪不了你了，俱乐部那里还有好多事要处理，有两位游客会来潜海。"

"好的，你去忙吧。最后我还有个问题，就是台风过后，你是怎么采集油漆样本的？"

"哦，我是再次去沉船海域打捞东西，顺便按照你的方法，在那条裂缝处刮点油漆下来。记得那天我运气不错，还打捞到一把玩具枪，很快就被人收购了，价格比牛仔裤要高得多。"

"然后你是怎么寄给我的？"

"那天希格尔正好带客人来俱乐部，她懂中文，地址写得清楚，我就请她帮忙快递给你，我还保留部分油漆碎末的。"

段韬愣了下，感觉好巧，怎么会落到希格尔的手上，难道是她在油漆样本上做手脚，这么说小师妹还真是船东的卧底？他庆幸自己这次上岛没遇到她。"教练，你要再见到希格尔，先别告诉她我在岛上。"他叮嘱猜颂道。

两人吃完饭，剩下段韬一人继续走访。又花了两天多的时间，仍未在各修船厂里发现船头受损的船只，内心不免有些沮丧。他不止一次想起薛荣贵说的，岛上有上百家修船厂、上万艘船。眼下这样一条条地找过去，酷似在茫茫人海中寻觅红颜知己一样，有感觉却摸不着，纯属盲人推磨，瞎转悠。想到这里，他长长地叹了一口气。又过了一天，段韬只是象征性地转了两家修船厂，就像完成任务似的回到酒店，坐在大堂的咖啡吧里边喝饮料，边玩手游，可总是过不了关。他想等猜颂有空时再跑一遍，有就是有，没有也算尽力了。正玩在兴头上，身后忽然响起"师哥"的叫声，是个女的，声音温和而动听，不用回头，他就知道是希格尔。

"这么巧啊！"段韬心不在焉地说，不想见的人还是被撞见了。

希格尔说："是啊，这次旅游团人数不多，都是有钱人，点名要住在这家酒店，安排好他们，看到你在这里全神贯注。怎么啦，莫非专程飞到这里玩手游的？"

"哪能呢，我是来办事的，就是事办得不顺，有点累了，才坐下歇一会儿。"

"师哥，你有点不地道，到了也不打个电话给我，让我服务一下，做点小生意。"

"我来过一趟，就有点熟门熟路了。反正这个酒店是我上次住过的，很不错，就自己预订了。酒店方面安排我住海边排屋的套间。"

"那是很贵的海景房呀。"

"就是呀，我入住时，他们说没有标房了，只能住到那里。"

"你若找我，不仅可以按你的需要安排，还能给你最优惠的折扣价。你呀，被人砍一刀，还不会享受，待在这里消磨时间。今晚，我陪你坐在海边豪华房的露台上，喝喝小酒赏赏月色，教你如何享受这里周到的服务。"

段韬有点尴尬，不知道该不该答应，正犹豫着，就听希格尔说："就这么说定了，傍晚我过来。"

黄昏时分的海边，增添几分梦幻与浪漫。夕阳如一位老画家，将天际染成了橘红色。海边挺拔的椰子树仿佛是大自然的守护者，静静地矗立在金色的沙滩上；海风轻拂，椰子树的枝叶随风摇曳，发出沙沙的响声，仿佛在低语着海的故事。十几幢精心设计的海景联排别墅错落有致地排列着，其外立面以温暖的米白色或淡雅的海洋蓝为主色调，与周围的自然环境和谐共生，既彰显了现代审美，又不失温馨舒适的居住氛围。

段韬坐在露台的摇椅上，聆听海浪的低语，无疑是最美妙的享受。可他想着这位小师妹究竟是什么身份，怎么总是不期而遇；再回想起围绕油漆样本所发生的海底被袭、提包被抢和房间被盗，这些明显是有人在幕后精心策划，如此大动干戈，难道不是要掩盖什么？尽管后来油漆鉴定结果是一致的，但如果真发生过两船相撞的海上交通事故，唯一的解释就是猜颂采集的油漆样本在邮寄过程中被人调换过。希格尔是快递的直接经手人，能调包的人只有她，而且她的影子贯穿他上岛后的所有关键时间，莫非她真是船东派来的人？可她明亮的眼神、灿烂的笑容，看似一个很单纯的女孩，也不像呀……段韬陷入了矛盾之中，他更愿意相信那天在海底遭袭时，她是勇敢地冲过来保护自己，而非像姚铁所说的是她在耍三十六计中的欲擒故纵之计。

很快，夕阳落入大海，火烧云依然绚烂，一辆酒店的电动车驶来，希格尔身着当地粉色的无袖长裙，衬托出丰满而成熟的体型，在朦胧的夜色中款款走来。这对于一个单身男人而言可谓魅力无穷，段韬赶紧站起来迎上去。

"师哥，我把晚餐都带来了，你过来帮个忙拿一下。"希格尔端着一盘菜走上露台，交到他手上，跟过来的服务员上来铺上桌布，放好刀叉，又去端菜。希格尔从房间内熟门熟路地拿出酒杯和一瓶干白，布置好两人的位子，再从段韬手上取回菜盘放在桌子中间，服务员再送上三道菜后离开。不一会儿，晚餐布置好了。希格尔打开中间的盘子盖说："这是黑胡椒蟹，本地最著名的一道海鲜。你快坐下来尝尝。"

段韬坐下后伸手轻轻一掰，雪白的蟹肉露出来，咬一口，果然鲜美清甜，十分可口。"好吃，这家伙一定不便宜吧？"他说。

"当然，我可请不起的，是酒店招待导游的。"

"酒店会拿出这么高档的菜来慰问导游？"

"酒店对客人肯定能砍一刀是一刀，而对导游则能满足尽量满足，因为我们能给他们带来客源，带来赚钱的机会。"

"你工作的时间不长，门道倒已摸得清清楚楚，不简单啊。"

"这叫干一行学一行嘛，不搞清楚很容易被人骗的。"

"我怎么觉得你异常聪明，身手又好，当导游可惜了，完全可以找份来钱更快、赚得更多的事情做做。"段韬将话语导入他想要的那个方向。

"你是让我改行当保镖？"希格尔睁大眼睛看着对方。

"也不是。你一个女孩子家的，整天打打杀杀不合适。我是说你一定能找到轻松又赚钱的行当。"

希格尔的大眼睛忽然露出了凶光，段韬马上意识到自己说错话了，或者对方领会偏了，于是又补充道："你可以凭脑子吃饭的，不是吗？"

"师哥是律师，文化人，我要是真想有份体面的工作，还得像师哥一样懂得更多，视野更开阔。"

"你现在就懂得不少，视野很开阔呀。"

"你是说……"

"譬如你接触的客人多，他们身份各异，伴随的信息量大，你从这些客人或信息中筛选出一些对自己有用的，不就可以赚钱了吗？当今世界，人脉和信息就是金钱。"

"我还是有点不明白……"

"这么说吧，你可以将某位客人的身份及所打听到的信息，告诉一些需要的公司和个人，类似于充当半个包打听的角色，人家觉得有用，自然会给你钱啦。"

"哦，是这样啊，我倒从没想到过。"

段韬在说话间，仔细观察了希格尔的反应。可从她的表情中，他未得到自己想证实的东西，或者说他还是看不出对方和自己接触会另有所谋。他心里似乎安定了，想着怎么着都不可以冤枉一个无辜的女孩，何况她看上去那么纯洁，真的不像。

希格尔举起酒杯，敬酒道："师哥说的这些，我应该做不了，也不想做。不过我还是要谢谢你的开导，我先干为敬！"

两人碰了下杯，开始正式喝酒聊天，啃蟹钳，吃蟹肉，气氛融洽。其间，仗着酒劲，段韬装作不经意地问道："怎么没听你聊起过男朋友呢，他一定十分优秀吧？"

"优秀是必须的，只是还无缘碰上。"希格尔哈哈一笑，"你呢，嫂子肯定不错吧，会不会是同行？"

"我倒是很想找同行来着，有共同语言，可就是像你一样，也没机会碰上。"

"那你老大不小了，可得抓紧哟。"

"老大不小也没用，谁看得上我呀！"

"难说，也许睁大眼睛就碰上了呢。"

"是吗？"

"缘分这东西，其实很奇妙的。"

"那我一定睁大眼睛。"

"你会看到的，说不定已经看到了，只是自己没感觉到……"

夜幕降临，海岸上星星点点的灯火闪闪烁烁，与天上的繁星遥相呼应，营造出一种梦幻般的氛围。两人的酒喝了，菜也吃得差不多了，段韬问："你熟悉这里，听说过本地有个姓冯的大律师吗？"

"听说过，是华侨世家，会讲中文，开了家事务所。"希格尔回道，"你想找他？"

"我是慕名而来，有事向他请教。"

"据说要预约的，要不要我这个地陪导游一下？"

"那太好了，可我带的钱不多，付不了小费的。"

"没事，免费。"

夜幕低垂，万籁俱寂，海浪轻拍着沙滩，像编织着夜的序曲。海风带着微凉与咸香，轻轻拂过来，仿佛能吹散白日里所有的尘埃与烦恼。

十九

在海岛中心地带一条老街深处，有一栋三层楼的老房子。房子的外墙由斑驳的砖块砌成，历经风雨侵蚀，却仍显得坚韧不拔。屋顶覆盖着青瓦，部分瓦片间已长出青苔，为老房子平添了几分生机。冯氏律师事务所坐落在二楼。

下午2点，希格尔按约定，带着段韬来到事务所等候区。一会儿，冯律师迎出来，见到段韬客气地说："你就是段律师吧？邵大律师和我通了电话，说你可能会来的。"

"谢谢冯大律师能拨出时间接见我。"段韬客气地回应道。

冯律师将段韬引入自己的办公室，希格尔知趣地没有跟随，坐在外面等候。

冯律师的办公室不大，一张办公桌占据大部分面积，桌上推满案卷，段韬坐在他正对面。冯律师直截了当地问："我听邵律师说，你在调查酷客号沉船原因，那份海难调查报告是我方海事署的专业调查小组出具的，应该很权威的，难道你有什么新发现吗？"

段韬答："是这样的，我曾潜入海底见到了沉船，发现船舷上有条裂缝；又在海洋卫星站查到沉船的航迹图，还发现有艘尾随多时的船只，卫星监测信号显示曾发生过交集。所以我猜想酷客号的沉没不仅有气象原因，可能还存在其他因素。你认为有没有可能发生海上交通事故呢？"

冯律师仔细看了卫星站提供的酷客号航迹图，又翻阅了海难调查报告。"你的想法似乎有道理，但仅凭这些证据是无法推翻报告的权威结论的。"他接着说。

"正常情况下，我能看见的那条裂缝，报告中理应会提到，却没有提及，我去过海事署，想查阅调查报告的工作底稿和海底影像资料，海事署却拖延变相拒绝，让人产生疑虑。"

"酷客号的船东是本地的赫尼亚船务公司，承租方是中国的航运公司，投保又是中国的保险公司，沉船理赔事务都发生在中国。船东的保险理赔事务一般会委托给这里的海事律师处理。这次域外理赔，据我所知是委托给一家注册在香港、自称搞得定中国事务的咨询公司办理的。听说这家公司神通广大，不到半年就拿回一半的理赔款，船东自然非常满意。"

"这么说，船东公司并不一定直接参与事故调查。"

"是的。当然，这里的海事机构会顾忌船东的影响力，调查的过程简单一些，出现点瑕疵也属正常。既然你有异议，坚持想看工作底稿，这些资料都应当公开的，我可以帮助你，让你尽快看到原始档案。"

"那就太感谢了。需要我支付多少费用，请开个账单给我。"

冯大律师看看手表，笑着说："不到半小时，只能算你半小时的咨询费。朋友介绍，第一次还可打折。这样先挂在账上，等你看完调查报告的底稿，需要交流的话，再一起计算。"

段韬知道，与老外律师谈事，谈得越久费用越高。外面还有希格尔在等候，只能赶紧撤了。

两人离开事务所，行不多远，便是当地小摊小贩云集的一处大集市。摊位上商品琳琅满目，令人目不暇接。手工编织的篮子与地毯，色彩斑斓，图案各异，展现出当地工匠的精湛技艺；新鲜烘焙的面包散发着的麦香，烤肉串上孜然与肉汁交织的醇厚，还有热带水果特有的甘甜与清新，各种气味交融在一起，不禁让人馋涎欲滴。小贩们用各自的语言高声吆喝，热情地招揽顾客；孩子们则在人群中嬉戏打闹，偶尔被某个摊位上的玩具所吸引，硬拉着父母的手不肯离开。

集市一角，段韬忽然发现猜颂也在其中摆摊，叫卖着从海底打捞上来的牛仔衣裤和其他日用品。段韬当即凑上去，帮着吆喝几句。猜颂告诉段韬，集市上售卖这类东西的太多，卖不出好价钱。

段韬说："你是无本买卖，卖一件也是赚的，一折起售，保证迅速销售完毕。"

猜颂说："辛辛苦苦去捞上来，一折起售有点亏，等于没赚。比不得最先下海的人，捞到了玩具枪，现在的售价越来越高，有人会上门收购。"

段韬不解道："不就是玩具枪嘛，能值几个钱。如果在海底摸到把三八大盖，100年前的也算是文物，还值点钱。"

猜颂说："我哪里知道。可惜我当时在海底只捞到一把，不然真能发点小财了。"

这时，路过一位猜颂的朋友，他说："老兄啊，你在这里蹲上10年也发不了财的。"

"那怎么办，我又没有别的门道。"猜颂无奈地说。

"这世道，不是门道，而是运气。告诉你，我一开拆船厂的朋友，前一阵买进一条要拆解的破船，他有眼光，看这船虽有20多年船龄，仍有五成新，好像以往跑得不多，修修补补可以继续跑运输，就没有拆，偷偷地修补一番后，要当好船卖，少说也有百十来万，那才叫发大财呢。"那朋友说完，就丢下猜颂离开了。

真是说者无意，听者有心。段韬听进去了，心想，自己一直盯着修船厂找，忽略了拆船厂。他示意猜颂了解一下那家拆船厂的具体地址。猜颂立即追过去向朋友索要拆船厂的具体信息。

扭头之间，段韬意外发现希格尔不见了。少顷，猜颂折返回来，段韬连忙问猜颂是否见到过希格尔。猜颂回道："一定是客人有急事找赶去处理。导游要听命于客人，你不是她的客人，能陪你一些时间就不错了。"

"这么匆忙，招呼也不打一声，以为我真的不肯付小费似的。"段韬嘀咕道。

第二天下午，段韬和猜颂开着车找到那家拆船厂。哪里像工厂，就是沿着海边码头边围着篱笆墙和几间简易工棚，这天是休息日，没人看守，整个厂区悄无声息。段韬独自走进去，看见码头上停靠着一艘三四千吨的货轮。货轮上的油漆已被刮去一大半，船名也不见了。他靠前仔细查看，发现船头是由新钢板拼接上去的，应该是之前受过较严重的伤，这与想象中那艘肇事船有点像。他顺着舷梯登上货轮，沿甲板走到船头，没看出什么名堂，顺手从地上捡起一些陈旧的油漆碎末收藏起来；然后走进驾驶舱，打开橱柜和抽屉，没发现《航海日志》之类的书证。在驾驶舱后面隔出间小屋，估计是船长临时休息的地方，里面乱七八糟，角落里有废旧报纸、破旧的海图等其他杂物。段韬蹲下身，翻找了一下，发现有张破损的男人照片，从服装上判断，估计是船长或者大副一类的角色，便放进了口袋里。再就没有什么收获了，段韬准备走出驾驶舱，去其

他船舱看看。

突然，一只拳头带着风声划过来。段韬反应迅速，侧身一闪，避开了迎面一击，连忙退回驾驶舱准备反击。舱门外杀出两个男子，大概是厂里的保安，把他当成小偷了。段韬赶紧解释道："别误会，我只是随便进来看看的。"不知对方没有听懂他的话，还是故意不想听，其中一个继续挥舞拳头向他扑过来。段韬只得招架，拳来脚去的，似乎互不吃亏。那男人见状，攻势越发猛烈。段韬毕竟在武警服役时是受过专业训练的，抵挡这样的攻击基本游刃有余。站在边上的另一男子不禁大声叫着 DLS，段韬故意装糊涂，那人再用中文叫喊着美元、美元。段韬心想你们要钱就好办了，于是从口袋里拿出几张美元递过去。那男子刚想伸手接，段韬又飞起一脚将他撂倒，然后冲出驾驶舱，从舷梯的扶手上滑下，来到较为开阔的甲板上。两个男子也紧随其后，想来个前后夹击。甲板宽敞更利于施展武功，段韬几个回合下来，把那两个男子打趴在地上，痛苦地呻吟。段韬觉得有点过意不去，毕竟是自己擅闯人家领地，于是放下几张美元说："对不起，拿去买点补品疗疗伤。"

段韬正准备离开，一个变性人模样的家伙出现他面前，身后还站着两个打手。变性人拔出手枪对准段韬，用中文说："你好像很有钱啊，敢私闯工厂禁地，还打伤保安，给这几张就算了吗？把身上的钱都交出来，可放你一条生路。"段韬面对热兵器，知道武功不足以应对，立即站在原地一动不动。他观察四周的环境，寻找可以利用的掩体或障碍物，以减少自己暴露在枪口下的时间。也在评估对方的实力与心态，要在短暂的对峙中寻找破绽，迅速突围。这时，被打倒在地的一个保安摇摇晃晃地爬起来，大概是不服气，突然朝着段韬猛扑过来。段韬一侧身，抓住这一机会，顺势用胳膊锁住保安的脖子，将他拉到胸前作为挡箭牌。

变性人一看，叫道："看来你是个要钱不要命的人，都给我上！"

变性人身后的两个打手立刻冲上来。段韬一看，对方显然是职业打手，训练有素。他只得拽着面前的"挡箭牌"，边单手抵抗，边尽力后退。要命的是，"挡箭牌"忽然挣脱了段韬的胳膊，使段韬一下子失去了遮挡，于是就觉得几个人一拥而上，凭借人多势众不断向他发起进攻。他渐渐体力不支，一脚踩空，滑倒在地。他记不得之后到底挨了多少次拳打脚踢，只能用手牢牢地护住脑袋。他想起薛荣贵反复说过的一句话：在岛上死个华人，警方不会当回事的。他有些气馁地仰望晴空，眼前的一切仿佛变得暗淡起来。

正在这危急时刻，甲板上突然闪出一个身穿浅灰色紧身衣、戴着红色头盔的人，只见他飞起一脚，踢落了变性人手上的枪，同时使用跆拳道，三拳两脚踢翻两个打手。段韬趁机一个鲤鱼翻身，跃起来冲上去拼杀，可是那人一把抓住他，从甲板上跳入大海逃身。海面上传出几声枪响。

段韬脱去外套，潜游很长一段距离，等到他浮出水面，海面上什么动静也没有，海岸上响起了警笛声，有两辆警车呼啸着驶入拆船厂。段韬猜想那一定是有人报警了，便奋力游回岸上，直接钻进小车对猜颂叫道："快走！"他害怕被警察当成小偷抓起来。

猜颂见段韬全身湿透，来不及问为什么，赶紧启动小车迅速驶离。等行驶了一段路程，段韬问道："教练，刚才看到什么人了吗？"

"我在打盹，什么也没看见。"

段韬见猜颂睡眼惺忪的样子，估计不会是他出手相助的，那么相助之人是谁，此人出手不凡，功夫不浅。他还在思考，就听得猜颂惊恐地叫道："你头上流血了，刚才被人打了？"

段韬抬手往头上一摸，手上果然有血："没事，命保住了就行。"话虽这么说，人一放松所有的伤痛都出现了，瞬间感到头晕眼花。猜颂见状，立即提速开回酒店，同时打电话通知小师妹赶紧送药箱来。

段韬回到房间洗完澡，刚躺下，小师妹就带着药箱匆匆赶过来，一边帮他擦洗伤口，涂药膏，绑上纱布，一边心疼地问："师哥，是遇到什么人，怎么会被打成这个样子？"

段韬见到小师妹帮他疗伤，感觉舒服很多，也乘机哼哼唧唧地叫疼。

希格尔帮他做些按摩，让他放松紧张的情绪。

二十

薛荣贵和童宁肩负老板之命，来到巴朗岛要与船东敲定租船的事。他们上岛后，入住度假村，由船东安排在海边一栋独立别墅。白色基调，原木装饰，与碧海蓝天相映成趣。童宁见到显得格外高兴。走进客厅，巨大的落地窗几乎占据了整个正面，将浩瀚的海景毫无保留地引入室内，让人仿佛置身于一幅流动的画卷之中。躺在床上能感受到海风轻拂、海浪轻拍的宁静与安详。童宁由衷地感叹："真是太美了，这是我要的度假场景！"

别墅外几株椰子树傲然挺立，树叶宽大且翠绿，随微风轻轻摇曳，发出沙沙的响声。树荫下摆放着几把色彩鲜艳的太阳伞，它们像一朵朵盛开的花朵，点缀在金色的沙滩上。童宁光着脚跑出屋外坐在沙滩椅上，太阳伞的伞面宽大，能够有效地遮挡住烈日的直射，为客人提供一片凉爽的天地。伞下摆放着柔软的沙滩椅和茶几，茶几上有水果和冰镇的饮料，等待客人的享用。一切都显得那么宁静而美好，就像置身于一个童话世界。

童宁无意中发现在不远处的联排别墅间走过一个熟悉的身影，仔细辨认，原来是段韬的潜水教练猜颂。他在这里，会不会段韬也在这里？童宁立即走过去拦着猜颂说："你好，还记得我吗？"

猜颂点头说："当然记得，和段律师一起出海的美女律师，你怎么也过来了？"

童宁说："我和公司的人刚到。段律师在这里吗？"

猜颂指着有露台的那一间说："他就住在那间。不过他刚被人打了，正躺在房间疗伤。"

童宁听了吓一跳，忙跟随猜颂去看望段韬，又立即给薛荣贵打电话："大副，段律师被人打了，你快过来看看。"

薛荣贵说："我马上赶过来。"

童宁走进房间，看到段韬躺在床上，头上缠着纱布，脸上还有点肿，心疼不已。再看见女导游在伺候他，心存妒忌。段韬看见童宁出现，像是见到自家亲人非常激动，挣扎要坐起来，童宁赶紧扶着他："别起来。怎么会被别人打成这个样子的？"希格尔也很意外童大律师的突然出现，非常知趣地离开，刚出门时与薛荣贵撞个满怀。两人相互对视一眼。

薛荣贵急匆匆走进来，见到段韬的样子，不由得问道："段律师，这是怎么回事？"

段韬只能装作没事的样子说："我找到一家拆船厂，发现条头部受伤的船，有点像是肇事船，我上船看看，没有想到被保安当成小偷，不给解释就打起来，又来了几个歹徒要抢我美元，敢抢我钱，只能大打出手予以还击。"

童宁说："怎么要钱不要命呀，遇到强盗把钱给他就好，也不至于被打成这个样子。"

"还算好，只是点皮肉之苦，不是大事。钱可是好东西，不保住不行呀。"

童宁也无奈说："你跑到人家厂里，看见船就拍张照不就完了，还要上船去干什么。那可属于偷窃行为。"

段韬说:"那艘船刚刷过油漆,没有名字,没有舷号,拍了也没有用,大副说过,有船名船籍也行,就能知道是哪家的船,投保哪家保险公司。只能上船找证据。"

薛荣贵急切地问:"在船上有没有找到什么,有没有发现《航海日志》之类的东西?"

段韬说:"哪里来得及呀,刚进驾驶舱,两个保安就跟进来,后来又上来几个混混,还有拿着枪威胁我交钱的。人家人多势众打不过他们,只能跳海逃生。结果什么都没有发现。过两天再去一趟。"

童宁说:"你已伤痕累累,还要去呀,这次厂里没有准备,要是再去人家有充分准备,那就是送死去。你不是公安,只是律师,没有公权保护的。再说这事还不知道是否与船东有关。"

"我认为与船东没有什么关联,这个拆船厂非常简陋,还不如我们 20 世纪 80 年代的乡镇企业,不可能是大企业旗下的船厂。保安也很不专业,倒是两个歹徒有点像专业打手,不过也都是些小混混而已,抢到几个钱就满足。大副你说呢?"

薛荣贵说:"我同意段律师的分析,擅闯私人领地,遭抢挨打是偶然事件,没有太多的必然性。我也同意童律师的意见,如果再去厂里一定有所准备,你可能都进不去,即便进去,也不会让你查到什么有价值的东西,即便是流血牺牲,还是一无所获。所以一定要谨慎,再谨慎。这两天我和船东讨论租船价格,等确定后报老板定夺,公司要上会讨论有段时间。在这个间歇期,我陪你去一趟拆船厂,看看是不是肇事船。"

童宁注意到段韬的目光移向了自己,大体猜到对方在疑惑什么，解释道："现在高董事长的法律意识很强，这次与船东签订租船合同，特意指派我和薛大副一起参加。当然，我也关心你，才跟着过来，没想到你还真出事了。"

薛荣贵看看手表说："我们和船东约的时间快到。"

童宁说："兵叔伤成这个样子，我就不去了，陪陪他。相信你薛大副能搞得定船东，确定时间和内容的。"

段韬说："没关系，你去吧，不要耽误工作。"

薛荣贵笑笑说："也好，今天只是报个到，安排个程序，明天正式谈判，到时童大律师再出现，更显公司的重视。估计明天晚上，船东会举办一个招待宴会，到时段律师也一起参加。"

"你们业务招待会，还要穿正装，我挂彩的样子，就不去凑那个热闹了。"

"那今天晚上我在悬崖酒吧订个位子，一起吃饭赏夕阳。印度洋的夕阳是非常好看的。"

段韬说："我听说这里的悬崖酒吧，是度假村里最美的地方，人很多的。"

"放心吧，薛大副搞得定的，我和薛大副回房间换身衣服，一会儿就过来陪你。"

段韬说："你忙你的，不用客气的。"

童宁说："难得在异乡相聚，就让薛大副做东，表表心意吧。"

童宁离开，希格尔不知何时就离开了。猜颂知道童宁会来照料段韬，也忙自己的事去了。段韬移步到露台上，躺在沙滩椅上，他边看海景，边等待童宁。童宁换了身T恤走过来，坐在段韬身边。

段韬看着她说："老同学，你今天这身打扮青春靓丽，难怪让薛大副着迷。"

"什么青春靓丽，老喽，所以要用衣着来掩饰。"童宁说，"可比不得你那小师妹，年轻，有活力，平平常常的打扮就能把人迷倒。"

"这话听起来好像另有味道嘛，你是希望我一辈子打光棍？"

"错，我巴不得你明天就发喜糖呢……哦，你这次过来，怎么又撞见她，不再是偶遇吧？"

"谁？"

"明知故问是吧？"

"哦，凑巧在酒店的大堂里碰上了，当时她正带着客人进来入住。"

"这世上的巧遇可真多呀。我觉得你们俩是相互吸引，别不承认，其实我一眼就看出来了。"

段韬侧脸看着童宁，心中不禁涌起一股波澜。"老实说，如果她是国内的女孩，也许我会动心的，可眼下的情况，就算能撇开共同的语言和价值观，往前一步，也是异国恋，这现实吗？"他说。

童宁点头道："倒也是。感情往往会输给距离，而且距离越远，离散得越快。"

"那就比不得在学校时，男女之间十分单纯，敢想敢爱，多远的距离都愿意双向奔赴。可现在大龄了，一谈恋爱，多半会直奔主题，考虑长久的未来，人就变得复杂，容易患得患失。有时我真羡慕你还有一见钟情的冲动、敢爱敢恨的浪漫！"

"我嘛，想法很简单，将来嫁了人就追随而去，也许回归家庭，做个贤妻良母，不想在职场上操那么多心了。"

"我怎么没看出来你是那么单纯的人，要早知道，可能就没薛大副什么事了。"

"单纯的人又不是只有我一个。"

"你是说希格尔？"

"对啊，只要她不是装出来的，和你的所有巧遇纯属老天有眼。"

"装倒是不可能，这个我基本确认。"

……

绚丽的夕阳从云层后流泻出来，映红了两张年轻的脸。有海鸟贴着海面，忽上忽下地滑翔。一艘游轮出现在天边，慢慢地驶近来，越来越近。对小岛来说，游轮上的男女老少只是过客；而对游客而言，面前的小岛仅为中转，一眼过后，他们终将奔向下一个风光更加旖旎之地。

二十一

薛荣贵走出赫尼亚大厦，直接来到商业街上一家很现代化的泰浴中心，径直走进包房找到马老板，责问道："你知道那个拆船厂是怎么回事，你说那艘船已大卸八块了，怎么还在呢？"

马老板慌忙解释说："都是那个拆船厂老板贪财，我们按拆船价卖给他，他答应全拆的，结果修修补补又想当好船卖出去。都是我一时疏忽了，放心吧，我已经安排人把船拉走了，还教训了他一顿。"

"你还教训了那个段律师，打了他一顿。"

"那个姓段的一上岛，我就派人盯着了。那天他去拆船厂，被我们的人及时发现。可惜关键时刻有人帮了他一把，带他跳海跑了。"

"查过是什么人帮他的？"

"估计是他的潜海教练，这几天都是他带段律师找肇事船，不知什么原因找到拆船厂的。据说姓段的还找过这里的冯大律师。冯大律师在海事界很有威望，又是赫尼亚公司的首席律师，他已发函至海事署，不过海事署的人我早搞定了。那个姓段的也太烦人了，干脆把他做掉算了！"

"我们是赚钱发财，不是杀人越货。酷客号沉没已经够麻烦了，不要再惹祸上身，留下过多痕迹。"

"好吧，先放这小子一马。国内买家已催过好多次，要尽快交货。现在货已基本收齐，正在整修改造。"

薛荣贵生气地说："催什么催，不知道海关查得紧吗？要不是海关突然严查，也不会出现撞船事故，这些货都撒落到海底，被人哄抢，还要我们掏钱去收购。"

"不要紧的，海关一查，国内就缺货，价格自然飙升，这点损失还是可以弥补回来的。这次也算因祸得福，奇货可居，价格见长。"

"赚得多，风险大，更要小心。我看再走海路的可能性不大，你和买家研究一下怎么运走，争取让他们自己走货。"

"那好吧。"

薛荣贵看了看手表，说："我要赶回去了，请段律师吃晚饭。你把人家打得不轻，我帮你去赔礼道歉。有一点我告诉你，他当过武警，还是有两下子的。"

马威说："怪不得他身手不错，否则早被我们打残废了。"说完，他亲自开车将薛荣贵送到悬崖酒吧。

度假村的悬崖酒吧是根据悬崖自然形成的造型，再精心设计的露天酒廊。黄昏时分，悬崖酒吧的露台上已来了不少客人。脚下是深邃的印度洋，天上是一轮缠着云彩的夕阳，如一位温婉的画家，缓缓地在天际铺开其绚烂的画卷，将天边染成橘红与紫罗兰交织的梦幻色彩。余晖洒在海面上，波光粼粼，仿佛无数颗钻石在跳跃。在这壮丽的背景下，悬崖酒吧仿佛是自然与人类智慧巧妙融合的杰作，静静地镶嵌在峭壁之上，为游客们提供了一个无与伦比的观赏印度洋夕阳的平台。

位子是薛荣贵预订好的，童宁和段韬已等在悬崖酒吧，薛荣贵赶到后，点了红酒，要了牛排、烤肠等特色美味，介绍说："我点的这瓶红酒是意大利西西里岛酿造的，西西里岛也是阳光充足、沙土干燥，生长的葡萄特别甜蜜，酿成的葡萄酒带有海洋的香气。"

此时夕阳西下，天边的火烧云如同烈焰般在天际肆意蔓延，将整个天空染成了火红色，似乎每一朵云都被点燃了，天空有火焰在燃烧，令人震撼。夕阳是一日的终章，却留下了最为绚烂的一笔。这也是巴朗岛所独有的美景。

段韬一边观景，一边听回味着杯中美酒特有的香气。童宁已完全沦陷在薛荣贵精心安排的氛围中，酒过三巡，好像是不是悬崖酒吧不重要了，重要的是身边有她爱的男人。

希格尔也带着游客来到悬崖酒吧，帮他们安排座位，点菜倒酒。有的客人请她陪着喝酒。她还是那样热情周到，应对自如。

童宁发现女导游，鼓励段韬去请她过来一起喝一杯。

"人家在忙工作，请她过来要付小费的。"

薛荣贵说："那倒也不会的，童律师，你说的段律师看上的女导游，应该就是她嘛，长得真不错，身材很好，一定不是本地人。"

"她是从国内来这里打工，当中文导游。"

"我说吧，当地人没这么高挑的身材，段律师你的眼光不错。"

说话间天气剧变，乌云压过来，狂风骤起。面前忽然变得阴沉恐怖，仿佛天幕被撕裂，露出无尽的深渊。接着雷声轰鸣，似战鼓擂动，震撼着每一寸土地。暴雨密集地倾倒下来，威武而猛烈，冲刷着一切。悬崖上观景的人们立刻四处逃散，有躲避不及的只能被雨水浇个透心凉。

童宁吓得躲进薛荣贵的怀里，面色大变。薛荣贵安慰她道："这是海洋气象，说变就变，让人猝不及防，我是见怪不怪了。没事，再过一会儿，天空放晴，还可能出现更加灿烂的彩虹。"

雨没停，酒吧里的游客散开大多返回自己的房间。段韬也被雨水浇成了落汤鸡，逃回房间，一连打了几个喷嚏，赶紧洗澡换衣。在入睡之前，果然雨过天晴，一轮明月挂在天空，让他亲历了海洋性气候的瞬息万变，奇妙无比。他干脆躺在露台的躺椅上，望着月亮数着星星，不知不觉进入梦境。

梦中出现那穿浅灰色紧身衣、戴红色头盔带他跳海人的影子。拉他的手很细软，不像是个男人的手，像个女人，却很有力量。她是谁，不会是小师妹吧，想来不可能，一个导游哪有一身功夫。转眼间灰色紧身服化成红军军服，红色头盔化成红五星，露出兵兵小红军笑脸，难道是他吗？怎么可能是他，一个小孩。难道是他父亲复活了，那也不可能呀，开始胡思乱想。原来是发高烧了。白天受伤，晚上遭雨淋，夜里又吹海风，哪有不发高烧的。他赶紧回到房间，到了子夜高烧依然不退，浑身难受，实在没有办法，只有给童宁发短信说自己发高烧了。

童宁刚和薛荣贵云雨过后，还没有睡着，一看段韬的短信，就赶紧和薛荣贵赶过来。她一摸段韬的脑袋，发现他烧得很厉害，病得不轻，但不知道该怎么办。

段韬非常吃力地说："找一下小师妹，她是导游会有办法处理的。"童宁立即用段韬的手机给希格尔发微信——段律师发烧，病情严重。

希格尔立即带着体温计赶过来。给他一量高烧40摄氏度，也吓了一跳，叫服务员派车，送他去不远的诊所就诊。

诊所虽小，却有一位医生在值班。医生立即给他验血，段韬一看见医生感觉就好多了。他看见医生抽血制作两份血卡，奇怪地问："医生，抽血为什么不直接检验，要制作血卡？"

医生解释说："我们诊所简陋，没有验血设备，一张是送验血中心，还有一张留存。以后再来复诊，就不用抽血了，也节约医疗费用。初步诊断，你就是着凉受寒，普通感冒，吃点退烧药就会好的。如果好了，可以不用再来取验血报告约；如果高烧不退，你拿着验血报告去市中心医院或者外国人开的诊所就诊。"配给他的药，就是泰诺退烧药。

段韬就诊结束回到度假村，是被两个女人押进房间，吃完药躺下睡觉。这时薛荣贵走过来，说："你们女人家都回去休息吧，由我来陪他。"

童宁拉着希格尔出门，不断地谢谢她。希格尔说："这是做导游该做的，不用谢。"

等到两位女人都离开，段韬说："薛大副你也走吧，明天你们还要与船东谈判，不睡一觉，谈判会走神的，出了差错我可担待不了呀，我没有事了。"

"真的没有事？"

"吃过药只要睡一觉，出身汗，就差不多了，再说我们两个大老爷们在一间房里，怎么能睡得着，你回去吧，去陪陪童律师。"

"那，要不要把那位导游请过来，不就是付点小费嘛。我来。"

段韬笑笑："今天是武功全废，还是好好睡一觉。"

"那你好好睡一觉，什么时候醒来打电话给我，明天请大厨给你做病号餐。"

段韬坚持，薛荣贵也只能离开。

段韬一觉醒来，已经第二天午后。洗漱过后，他想起昨天在拆船厂挨打的事，除了头上的伤疤，什么证据都没得到，必须再跑一趟。他从床垫下皮夹里取出几张美元，心想如果再遇到保安或许收买一下提供些证据。他请酒店大堂的服务人员叫来一辆出租车，然后直奔拆船厂。

段韬找到拆船厂，场内寂静无声，码头上已空空如也，那艘疑似肇事船已不见踪影。好不容易找到一个看场的保安，递上美元，保安掂量着手里的硬通货，对段韬说："船已被买家拖走了，我不是老板，拖去哪里不知道。"段韬非常懊恼，没想到对方的动作会那么神速。他只能从地上捡拾起一些油漆碎片，然后沿着海边慢慢向前走。

走着走着，段韬意外地在海滩上看见自己的外套，那是跳海逃命时为了减轻水中负重而奋力脱下的，此刻却被海浪冲到沙滩上。他拿起衣服，发现口袋里的那张照片还在。不管此人是谁，多半是到过船上甚至是在船上工作的，若找到他就能了解船的情况。他循着这个思路往前想，心里稍有些小激动。

手机上已收到童宁好几条短信，问他人在哪里，病好了吗。还通知他，已在度假村的西餐厅订了位子，薛荣贵为他定制了病号餐。

段韬回复"谢谢"，立即返回度假村，找到那家西餐厅，童宁和薛荣贵都已经在等他了。

童宁看见段韬精神抖擞说："你可以呀，昨夜发40摄氏度高烧，怎么一觉醒来，烧退了，伤口也不疼了。还出去溜达，是不是去桑拿房蒸过了？下午与船东谈判结束，薛大副送我去一家水疗中心，据说是国外总统夫人做理疗的场所，真的太舒服了。你应该去理疗一下，保证身心舒畅，驱赶病魔。"

"这倒是个好主意，水疗按摩是本地最具特色的享受。怎么没有想到呢？吃完饭，一定去享受一下国王的待遇。"

薛荣贵笑笑说："度假村里的桑拿中心也很出名。别具一格，很有南国风情。"

段韬对薛荣贵说："谢谢你们昨晚送我去就诊，药到病除，下午醒来没事，我又去过拆船厂一趟，可是那艘船已不见了，这么大的家伙，怎么能说消失就消失，而且无影无踪呢？"

薛荣贵笑笑，仿佛一切都在他预料之中，然后说道："世上一切皆有可能，在陆地上，万吨轮是个笨拙的大家伙，在大海上只是个小舢板，能拉多远就多远，隐藏在这个岛国，可能就无影无踪，难以发现。对你来说确实有点遗憾。不过你已尽力，带病坚持调查，我会向老板报告，为你记上一功的。"

童宁说："兵大叔真的很让我敬佩，律师对取证工作那么执着，你的精神会感动上帝的，或许会有意外之喜的。"

段韬说："还真让你说准了，也许是海神眷顾，把我的外套送还给我。在船上捡到那张照片，一个唯一的线索居然还在。打开手机找出那张照片递给薛大副看，大副，你看看此人是否认识。"

薛荣贵非常惊讶，接过手机认真辨认，再放大仔细看，小眼睛却在不停地转动，最后摇摇头说："不认识，也记不得他是谁。"

"我是在那艘船的驾驶舱捡到的，会不会是这艘船上的船长，或者是船上的其他官员？"

薛荣贵说："船上最大的官就是船长，有四五个部门，管航海的叫大副，还有轮机长、司务长等都是芝麻绿豆官，这些官员没有职务津贴，只有岗位工资和出海补助。"

"此人应该是船上的人，能留在驾驶舱的，不是船长也应该是大副。"

童宁看了后，摇摇头说："这像是这里的当地人，可要在茫茫人海中找到他，估计还要难；如果这艘船真存在什么隐情，更是难上加难了。"

"难不难的先不管。"段韬说，"我根据此船突然消失，有理由怀疑这就是肇事船，如果能找到此人，他就会告诉我们那天夜里发生什么事。"

薛荣贵说："你的推理有可能是成立的，当然也不一定，在驾驶舱里留下一张照片有多种可能，不能肯定就是那天晚上驾船的人。海员是个流动性很大的工作群体，包括船长和大副，只要有执业证都能被各家船公司雇用，也可以临时上船打工。现在出海补助高于基本工资。就像我们酷客号的船员，利用新船没来之前的间隙，临时上别的船打工赚外快。所以照片上的人，还真不能判断是那艘船的船员还是临时上船的。或许实际情况比我们想象的还要杂乱无章。很难推定此人对案件调查有多大的价值。"

段韬沉思少顷："此人是个很有价值的线索，即便他当晚不在船上，但是他一定能够提供那艘船的信息，就可以继续找下去。可惜你不认识他。"

薛荣贵微微一笑，说："我这个人记事可以，记人真的不行，在公司我只认自己的船长，其他的船长、大副名字都记不全的，更何况一个老外呢？即便见过，也不记不住他是谁，叫什么名字。"

"那倒也是，有时遇见个与你打招呼的人，却想不起来他是谁。"段韬话虽这么说，却有个很奇怪的感觉，大副好像是言不由衷，解释过多，效果适得其反。

这时服务员端上意大利空心面和一份炸薯条。

"我一天没有吃东西,现在真的很饿了。光吃面不够呀,最好,再来份牛排。"

童宁说:"这病号餐,只能我吃,我的牛排省下给你吃。"又对服务员说,"我的那份牛眼牛排,只要六分熟。"

段韬问:"今晚不是有船东的招待宴会吗?"

薛荣贵答:"今天和船东谈得不好,招待会临时改期了。"

"在商言商,开价的开到天上,还价的还到地下,有个过程是正常,总要几经磋商才能达成协议。"童宁在一旁说。

"可我觉得他们的变化可能和你的调查有关。"薛荣贵继续对段韬说,"听船东的人说起,你找过这里的冯大律师,请他从中协调。要知道,这位冯大律师也是船东的顾问律师,他们之间有千丝万缕的联系,所以你的举动一定会引起船东的重视。包括你昨天发现那艘船,今天就消失了,你不觉得奇怪吗?"

"真不明白,我核查沉船的原因,与船东有什么关系,又不影响他们的经济利益。"段韬摇头道。

薛荣贵说:"表面上看确实没关系,但你却认为是两船相撞的海上交通事故,假设肇事船又恰恰是船东的船,那又是另外一个故事了。最关键的是官方出具的调查报告已经确认了酷客号沉没是自然灾害,你却认为是海上交通事故,如果你的观点一旦成立,可能会严重损害船东的商业信誉。对这样一家知名大型企业而言,商业信誉肯定高于经济利益。"

段韬说:"企业的商业信誉固然重要,甚至超过经济利益,但也要实事求是,应当以合法方式维护,而不是财大气粗,仗势欺人,还胡作非为,这个做法实在不可取。"

薛荣贵说："你以为这是蓝海公司，是国有公司呀，讲社会责任。这是资本家的私营企业，唯利是图是根本。为了尽快获得理赔，筹措资金购买新船，他们会向各方施加影响，争取利益的最大化。现在他们已获得最佳结果，可你过来横插一杠，对调查结论提出疑问，挑战各方的权威，搞不好还会暴露官商勾结的事实，那可是一个惊天丑闻，进而造成恶劣的社会影响。退一步说，船东的大老板或其他高层可能并不了解这事，可下面具体经办的人，为了溜须拍马，也一定会不惜代价掩盖真相的。这样，他们对你采取某些极端行动，也就不难解释了。我的意思你还是好好想想，有没有必要继续查下去，别弄不好招来更多的祸端。"

童宁装作不解道："有这么严重吗？那你们和船东谈判时，可以顺便提一下，看看他们怎么反应。"

"不合适。这事八字还没一撇，不能仅凭你掌握的这些东西就指责船东在沉船调查中弄虚作假。猜想是不可以作为证据进行推断的，也许事实并非我们想象的那样。"薛荣贵缓了缓语气说，"老板交给我的任务是尽快结束租价谈判，争取船东早日交船。航运市场万吨以上的货轮不是普通商品，可以批量生产。货轮一般都是为企业定制的，基本没多余。船东手上很可能仅有一两艘万吨轮的订单，如果谈不成，那我们就错过了，到时候再想租，出再高的租金也枉然。我们老板还指望我租到新船，让公司打翻身仗，我们可不能节外生枝呀。段律师，你说对不对？"

童宁也严肃地说："段律师，那艘疑似肇事船已消失，照片上的人你也无从寻找。至于沉船事故调查报告的工作底稿，能看就看，即便是有点瑕疵，肯定也推翻不了报告结论，看了也是白看。加之调查中经历了太多的离奇事件，甚至有生命之虞。鉴于上述情况，再就是欧华斌的二审就要开庭，我们作为主办律师，这里的调查工作应该到此结束。明天我们和船东进行最后的谈判，力争签约，后天返回。"

既然薛荣贵和童宁都这么认为，段韬一时无言以对，心想，也许他们是对的，谁知道呢？

此时，牛排送上来，还吱吱作响。

段韬也只能说："童大律师，你是合伙人，就听你的，暂停调查，配合谈判。吃好牛排，养精蓄力，迎接开庭。来，预祝你们谈判成功，干一杯。"

三人碰杯喝酒。

二十二

晚饭后，段韬走出餐厅，看见度假村桑拿中心的广告灯在夜色中光芒四射。心想童宁说得不错，泡一泡蒸一下，驱除疲劳，有益康复。他刚走到桑拿中心门口，手机叮咚叮咚地响起来，一看是岳宝胜打来的。

岳宝胜说："今天小满打来电话说，兵兵昨夜说，梦见律师叔叔了，好像遇到了什么大难。童言无假，小满不放心，要我打电话问问你，想要你报个平安。"

段韬一听乐了："我没事，刚吃过一大块六分熟的牛排，目前正在海边散步赏着月亮，数着星星。"

"听得出来，你的状态不错，那我会转告小满的，让他们放心。"

"轮机长，你的电话来得正好，有个人不知道你是否认识，我是在一艘船上捡到的一张照片，应该与这艘船有关。你航海多年，见过不少航海人，说不定会认识的。稍后我微信上发给你，帮我看一眼。"发完微信，没走进桑拿中心，在等电话。

不一会儿，岳宝胜来电说："此人我认识，是个船长，我曾在他的船上帮过忙的。那次是他的大管，就是轮机长突然病倒，不能出海，我正在休假，就叫我去顶岗，给的费用还不错，我就去了。这照片你是在什么船上发现的，他怎么了？"

段韬说："我在一家拆船厂看到一艘头部受伤的船，正在修理，我上船看看，就在驾驶舱发现了这张照片。"

"一定是这位船长曾经驾驶过这艘船。看见船名了吗？"

"没有，船头的钢板刚换过，还在刷油漆。可等我第二天再去看时，那船已不见了。现在只有找到此人，他一定知道这是艘什么船、发生过什么事。我怀疑这可能是那艘肇事船。"

"我去过他家，记得就在巴朗岛上的一个小渔村。如果对调查沉船事故有帮助的话，我过来陪你去找他。"

"巧了，我现在就在巴朗岛，那你能过来吗？"

"这没难度，国际海员可以随时出入境的，那你等着我。"

段韬放下电话，再进桑拿中心兴趣全无，沿着度假村的小道走回房间，边走边想，既然岳宝胜和照片上的人很熟悉，怎么薛荣贵看了却说不认识，可他那眨巴眨巴的小眼睛，似乎有点口是心非。不过国际海员群体也过于庞大，也许见过却想不起来是谁，只能说不认识。自己有时也会犯这样的毛病，与人面对面，似曾相识，却不知是谁，更叫不出对方的名字，也属正常。

巴朗岛上一个不知名的海边小镇，街道两旁排列着各式建筑，有传统的砖木结构的老屋，也有新建的现代楼房和各种商店，其中售卖来自中国各品牌手机的广告特别显眼。一些错落有致的老屋屋檐下还可见挂着的渔网和串串干辣椒，透着一股子浓郁的烟火气。

小镇上有家啤酒屋，坐落在一条小巷深处，里面几张木质的长桌和椅子摆放在四周，墙上贴有几幅描绘小镇风光的油画或老照

片，记录着小镇的变迁与故事。屋内飘荡着一股混合着麦芽香、啤酒花香气和淡淡烟草味的独特味道。这啤酒屋是当地人聚会、放松的热门场所，不仅能喝酒，更成为邻里间交流的温馨去处。

黄昏时分，啤酒屋的客人不多。在啤酒屋的一个角落里，一个老头独自坐在一张桌前，面前放一杯未尽的啤酒、一些小鱼干和一碟花生米。他的身影在昏黄的光线下显得格外孤寂，脸上的皱纹仿佛刻满了岁月的风霜。老头拿起啤酒杯微微晃动，每一次轻触嘴唇都显得有些沉重。他偶尔抬头望向窗外，眼神中闪过一丝迷茫与怀念，似乎在寻找着某个已逝的时光或人物。可随即他又收回目光，重新落在面前的酒杯上，继续沉默地喝着。啤酒屋内的其他角落或有三两好友欢声笑语，或有情侣窃窃私语，但这一切都似乎与老头无关，仿佛置身于另一个世界，被自己的心事紧紧包裹着，无法脱身。

原本宁静的啤酒屋突然闯入几个小混混，他们穿着随意，目光中带着挑衅与不羁，他们很快锁定独自坐在角落里的老人，或许是因为老人的孤独无援，成为他们眼中"好欺负"的对象。他们来到老人的桌旁，夺走酒杯，抢过小鱼干和花生米，撒了一地。老人怒火燃烧站起来一巴掌拍向对方。小混混们借机对老人拳打脚踢。周围的顾客被这一幕吓得纷纷躲避，有的直接逃离了啤酒屋，生怕被卷入这场无端的纷争之中。老人奋力反抗，最终被打倒在地上。他的呼喊与挣扎在暴力面前显得苍白无力，他的眼神从惊恐逐渐变为绝望。店外的变性人见状，朝店内挥挥手，小混混见老人不吱声了，便随变性人扬长而去。

啤酒屋老板这才急急忙忙地扶起老人，叫店员一起将他送到镇上的诊所进行抢救。可老人家终因受到殴打与惊吓，导致心脏病突发而不治身亡。

第三天一大早。岳宝胜赶到巴朗岛，在一家海员俱乐部的酒店住下，段韬立即赶到酒店大堂见到岳宝胜。

段韬说："你这么快就赶过来了。"

岳宝胜说："如果不是买不到机票还能早到一天呢，兵贵神速嘛。"两人不约而同地伸出双臂，拥抱了一下，好似多年未见的老友在异国他乡偶然相遇。

"走吧，现在就去见见那位船长。"

段韬赞许道："对，兵贵神速。"两人出门坐上段韬租用的一辆小摩的出发。

在轮机长的指引下，行驶一个多小时，段韬和岳宝胜来到海边的一个小渔村。小渔村里的小道狭窄而曲折，石板路被无数双脚板磨得光滑如镜，上面还残留着刚被雨水冲刷过的痕迹。两旁是低矮的土墙，偶尔可见有老人坐在自家的门槛上，手里拿着烟斗，眼睛中透露出对过往岁月的无限眷恋。经过打听，两人找到村中一栋新盖的楼房前，可这家人正在办丧事，门口围着好些村民，一询问才知道这家男主人因酗酒打架，突发心脏病刚去世。两人拨开人群走进去，有人指着一位50多岁的妇女，说她就是家中女主人，岳宝胜认出她是船长的太太。两人立即筹点钱作为慰问金送上。岳宝胜说："我们是船长的朋友，原本想来看望他的，却不料碰上这样的噩耗，非常意外和难过。"

船长太太收下了慰问金，连声道谢，并且请段韬和岳宝胜到院子里坐一下，递上凉茶唠叨起来："我家老头，这小半年来，一直闷闷不乐，心事重重。整天喝酒消愁，脾气也越来越差。"岳宝胜问是什么原因，她继续说，"听他说是驾驶的船撞沉另一艘船，还

173

死了人，他一直很内疚，他原本是在休假，有个朋友请他帮忙出趟海，说时间不长就三四天时间，给的钱倒不少。他去看过只是艘三四千吨的货船，就在附近海域跑个运输，就去了。没想到那天风浪很大，发生了撞船事故。"

段韬问："那你知道他驾驶的船叫什么名字，你丈夫是哪家公司的？"

船长太太说："我只听说那艘船叫什么荣德号，我家老头子一直在赫尼亚公司当船长。"

段韬问："那他在家里有没有留下《航海日志》之类的东西？"

船长太太说："他工作上的东西一般不放在家里的。"

岳宝胜说："嫂子，如果发现有什么《航海日志》等东西，能借给我们用一用吗？"

"公司说过，等哪天有空让我去公司取回老头的遗物。"船长太太点头道，"我家孩子没有人学航海的。有你说的《航海日志》拿回家也没用，如果有可以给你们。"

岳宝胜留下联系方式后，两人离开了船长家，回到酒店附近找了个大排档，坐下来一起喝酒。

岳宝胜猛地喝了一大口啤酒说："真他妈的，没想到他死了，年纪怎么大了，脾气一点都不改，还打什么架。真是个倔老头。其实他是个很可爱的老人，太可惜了。"他咕咚咕咚把一杯酒喝尽，又要了一杯。过了好一会儿，他说："船长太太说的他撞沉那艘船，一定就是我们的酷客号，这就证明我的说法是正确的，酷客号是被他的船撞沉的。"

"即便是你说的是，可是这位船长死了，没有留下任何证据，你说了也是白说。"

"我记得你说过有位船员的证言，是说假如我上厕所，可能会看见甲板上发生的事，但是我还是睡着了什么都没看见。我知道这小子在耍滑头，他一定是看见什么，就是不想说，怕得罪人，我去找他。"

"沉船这么大的事，光有一个证人看见，也没有多大意义的，需要的是客观证据。就像船上光有一个窟窿，一条缝也没用，还必须找到肇事船。现在人死了，船没了，什么都不存在了，海上交通事故还只是一个猜想。"

"什么猜想空想，我说的都是客观事实，让我到法庭上说。人死为大，我把这位船长临死前说的话都告诉法官，让他们评评这个理。"

"虽说人死为大，但也死无对证，法院认定事实，要的是鲜活的证据。而且是环环相扣，海上交通事故的观点才能成立。就像船上的轮机一样，只有所有的零件都运转起来，才能让船在海上航行，这是一个原理，少一环都不行。"

岳宝胜叹口气说："法律法律，那也太烦琐了。"拿起酒杯和段韬的酒杯撞了一下，又咕咚咕咚喝下去。

段韬看着岳宝胜问道："轮机长，你认识这位船长，那船上其他人也认识他吗？"

"当然，船长、大副还有司务长都应该认识他的。你不知道出海时间长，是很寂寞的，一靠码头，海员们都会到俱乐部去玩耍。全世界各地都有海员俱乐部，那里有吃有喝，还有女人。我记得和他认识，好像是几年前在美国旧金山的海员俱乐部，那次船长和我们几个人都去了，那个俱乐部有个很特别的节目，就是与女人摔跤表演，每次上台不同类型的女人，谁出价高，谁上去与女人摔跤，很好玩的。当时上台的是个亚洲小女子，大副先出价，没有想到这位船长也出价比他高，两人叫了几次价，大副还是被比下去了。船长就与那女子进行摔跤。表演完后，我们一起去向这位船长敬酒，祝贺他很威猛，一直把小女子压在气垫上，还一起嘲笑过大副小气，出价太低，错失良机。"

"这么说，薛大副也应该认识他。"

"不打不相识，当然认识。"

"可他却说不认识。"

"他是胡说八道，大副的话真的没有一句可信的。"

"哦，是这样。"段韬说，"那你再回想一下，酷客号在沉没前，还发生过什么你认为异常的事。"

"那天为老船长庆生，薛大副发起要办一个酒会。船上有的是酒，可薛大副竟拿出两瓶洋酒，是威士忌，几十块美元一瓶，船员都知道他是铁公鸡，一毛不拔的，难得请大家喝洋酒。在沉船事故的处理中，薛大副上蹿下跳，就是要老船长认罪，承认醉酒的事实。可我知道老船长的酒量很好，我和他一起在船上十多年，从没见他醉过，我总觉得他的洋酒有问题。"

段韬不由得扑哧一笑："你想说薛大副要害老船长，可没有理由呀。你想，薛大副也算是老船长的半个徒弟、重点栽培对象，再过两年老船长退休了，这船长的位子就是他的，更何况他在关键时刻救过老船长的命。"

"那也是说说而已。我说过在弃船时按规定要清点人数，谁见到摔伤的船长都会背着他离开，薛大副的岗位离船长最近，看见船长背起撤离是正常的。谁也没想到因为这事他成了英雄人物。"

"你好像对薛大副很有成见，是不是出于竞争船长的位子？"

"我和他没什么可争的。船长一般出自大副的岗位,我最多出任政委、党支部书记,二把手。船上原先的支部书记调走后,高董事长就让我兼任。我就是看不惯薛大副的虚情假意、溜须拍马。他心术不正,还特别贪财,每次出海回来都要带点私货,而且越带越多,不单自用,还要出售赚钱。我发现过几次,曾当面批评过他。"

"倒看不出来薛大副是个贪财之人,总觉得他身上有点文人气质。"

"那都是外表,实质就是个唯利是图的小人。还有,我这会儿想起来了,那天我见老船长喝多了,还要喝,就抢过他的酒杯喝完了杯中酒,想替他挡酒的,不料回到船舱后也有点晕晕乎乎。事实上,我比老船长的酒量还要好,而且那天我喝得不多,因为,我不喜欢喝洋酒,马尿的味道。"

"你是想说薛大副可能在酒里下了迷药?即便是真的,可证据呢?酒杯酒瓶都已沉入大海。酒精融化在血液中,什么都没有了,我知道你想帮老船长减轻罪责,可这种无凭无据的猜疑,对船长的处理没有法律意义。看看能帮助船长还有什么证据或线索。"

"那我回去后,一定要找到那个船员,也许他真看到过什么,也许能提供一些有价值的线索。"

段韬又将话题扯了回来说:"我记得刚才船长夫人说她丈夫是赫尼亚公司的船长,那么荣德号货轮会不会也是赫尼亚公司的船呢?"

"你不知道,现在的船长很吃香,是各大海运公司争抢的人才。船长人在赫尼亚公司,只是一份劳务合同和交个保险而已。他在休假时,上别的船打工,赫尼亚公司根本管不了,也不会管。你说到那艘叫荣德号的船,那要去船籍社查到属于哪家船公司的。不过我知道赫尼亚公司都是几万吨的集装箱船，早没这种三四千吨的小货轮了，像我们原来租用酷客号万吨级散装货轮，也基本淘汰了。"岳宝胜答道。

"如果有可能，你帮我查一下荣德号的船东是谁，由哪家公司负责营运。"

"没问题，我去查。"

段韬突然收到一条英文短信，他用翻译软件翻译成中文，原来是冯大律师发的，说海事署已同意查阅沉船调查报告的工作底稿。他赶紧回复："谢谢，明天过去。"对岳宝胜高兴地说："我明天就能看沉船的原始档案了。我相信我能看到的那条裂缝，他们也应该看到，在正式的报告中忽略不写，我很好奇。不知道他们怎么解释和排除的。也许会发现新线索。"段韬一下子兴奋起来，举起酒杯重重地和岳宝胜碰了一下。玻璃杯相碰的声音清脆而撩人心魄，感觉再一用力，就会碎了似的。

二十三

段韬垂头丧气地从海事署出来。尽管看到了沉船调查报告的工作底稿，以及存档的海底影像资料，只看到酷客号倾斜在海床上，四周货物散落。调查人员只拍沉船周围，没有拍到船上裂缝，也许彼时裂缝被泥沙掩埋着，或者发现了什么也不当回事，调查人员没有深入船舱进行拍摄，工作有点马虎。工作底稿未记载他想看到的内容，没有任何新线索。满心欢喜却一无所获，实在是让人大失所望。

段韬走进街边一家简易的凉茶铺，要了杯凉茶慢慢喝，同时眺望着不远处高耸入云的赫尼亚船务公司大厦。大厦的阴影投射下来，恰好覆盖了近旁的海事署。

岳宝胜打来电话，说他已从船籍社查到荣德号的船籍，船东也是赫尼亚船务公司，具体运营公司不详。

那艘肇事船也是船东的，段韬想起薛荣贵的提示船东公司会不择手段维护企业信誉。现在看来，那位船长的死，会不会是有预谋的他杀？如果是，那应该是幕后策划者获悉段韬会去找船长了解情况，于是抢先一步，杀人灭口。在和轮机长交流时，他有这样的疑虑可没敢说出来，怕引起他的担忧。问题又回到原来的疑点上，是谁将自己的行踪出卖给了他们的呢？

"师哥，想什么呢？"正在出神时，希格尔骑电动车停在段韬的身旁，还轻轻拍了他一下。

"怎么是你呀，吓了我一跳。"段韬转头道，"我怎么觉得你盯上我了，我走到哪里，你就会出现在哪里，是不是太巧了点？"

"这不叫巧，是缘分。我相信缘分。"

"我也希望是缘分，没有其他因素。"

希格尔在段韬身边的位子上坐下。"其他因素倒是有的。昨天你去哪里了，发你信息也不回。"她埋怨道。

"不好意思，遇到个朋友，一直没看手机。有事吗？"

"冯大律师打电话给我，说要找你。你不回信息，我只能告诉他找不到，我把你的手机号发给他了。"

"这么重要的事为什么不直接打电话呢？"段韬边说，边翻看着其他未读信息，"好在他发微信给我了，说他搞定海事署，今天让我看到海难的一手资料。冯大律师还真牛！"

"那是，如果不起作用，日后怎么好意思收你钱呀。"

既然自己送上门了，段韬想再试探她一下："我有个事要请教你。你知道我去过拆船厂，发现的那艘疑似肇事船叫荣德号，经查船东居然是赫尼亚公司，了解到驾驶的船长也是赫尼亚公司的员工，你看我是不是该去找船东面对面直接交流一下？"

希格尔想了想，说："我觉得你应该直接找船东了解情况。"

"那你了解这家公司吗？"

"以前有所接触吧。我曾帮他们接待过一个中国访问团，公司员工都很有礼貌，做事讲诚信，都在维护公司信誉。"

"这倒是听说过，可也听说他们为了维护企业信誉而不择手段，包括采取非法行为。"

"应该不会吧。我虽然没见过他们的大老板，可听下面人说过，他们老板是早年下南洋的中国人，非常喜欢中国的儒家文化，以孔孟之道治理公司。对了，冯大律师应该更了解他们，他是公司的首席律师。如果你决定去赫尼亚，最好请冯大律师安排。这里很传统，很讲究推荐人，俗称铺保。"

"那再好不过，现在流行零距离接触。"

"行，我落实后通知你。"希格尔说完，便骑车离去。

段韬原想对希格尔做个试探，探究一下她与船东的关系，没料到她顺势下坡。也好，如果真能见到船东老板，那至少是拨开云雾的机会。

冯律师是个办事高效的人，隔一日，就为段韬确定了访问赫尼亚公司大老板的时间。

段韬按约定走进赫尼亚大厦，一块巨幅动态投影屏幕横跨整个大堂，屏幕上实时滚动着全球港口的天气状况及公司最新航运信息。大堂里巧妙地融入了海洋元素的动态画面，海浪翻滚，帆船竞逐，让人瞬间感受到船务公司的壮阔与活力。大堂中央，有一艘由不锈钢与亚克力材质打造而成的郑和下西洋的古代帆船，不仅是一件精美的艺术品，更象征着公司的渊源，展现在大海上稳健前行的决心与能力。

段韬只身走向服务台，见三个大堂保安在巡视，其中一个居然就是那天在拆船厂里袭击他的变性人。此人也是船东公司的人？那么冯大律师呢，在他光鲜的外表下是否另有身份？段韬瞬间紧张起来，是不是掉入一个陷阱，现在退出还来得及？可以想来，到了这么大的公司，不可能是直的进来、横的出去吧？他通报自己的名字，服务台小姐立即笑容满面，带他进入一间很大的接待室。不一会儿，一位四十来岁的男子走进来，自我介绍是公司的船务主管。

主管说："段律师，老板在开会，让我先接待你一下，你有什么问题都可以提出来，我们一起讨论。"

段韬喝了口水，平复一下内心的紧张，想了想说："我想问一下，你们公司对自己的船只是否都有监控？"

主管立即打开墙上的幕帘，启动电子屏幕介绍说："这是公司现有 300 多艘货轮正在航行的位置，如果想看哪艘船的具体航行状况，也很方便。"他迅速放大一艘正在通过马六甲海峡的船，给人以近在咫尺的感觉。

"我想了解一艘叫荣德号的货船现在的位置情况。"

主管在电脑上输入"荣德号"三个字，显示出货轮的现状，他说："这是一艘 3500 吨的散装货轮，早已淘汰，12 年前就以以租代售的方式卖掉了，现在公司已没有万吨以下的货轮。因此，荣德号不再属于公司的监管范围了。"

"那酷客号有没有留下航行影像？"段韬继续问道。

"这里只是实时监控公司各船只的运营状况，自动生成货船的航行轨迹，对公司自营的货轮有特别监控程序，保障货轮航运安全，监督运输货物准时、完好地运抵目的港口，便于结算运费。对于租赁货船，没有安装特别监控程序，只是保留航行轨迹，保证租赁船的租金正确计算。酷客号是艘租赁船，租赁船的航行轨迹只保留 100 天，如果租赁者没有异议就自动消失。这在租赁合同上都有约定的。"

段韬只能点点头表示理解，其实他在想，即便是有，也不一定会提供给我。

这时，老板秘书推门进来说，老板通知可以接见了。主管说：

"段律师，请跟我一起去。"

段韬心想，这个老板架子还挺大的，不在这里见面，还要去另外一个地方。他站起来跟着主管走出房间，进入一条很深的走廊，好像随时可能发生意外，好在什么事都没有发生，然后再乘坐电梯到 20 楼。

电梯门打开，是一间很宽敞的中式接待室，室内陈列一套明式的会客家具，明式家具没有清朝那种龙飞凤舞的雕刻，显得高贵而不夸张。墙上挂着两幅明代画家徐渭的长轴，一幅有人物，一幅只是菊花和竹子，简约大气，相得益彰，没有一点富豪的奢华气息。

冯大律师陪着一位老人从侧门走过来，向段韬介绍这是船东公司谢老板，一位精神抖擞、满面红光的长者。

谢老板礼貌地与段韬握握手，请他坐下，没有太多的客套话，开门见山问："段律师，听冯律师介绍，你不接受海事署对酷客号沉船调查报告的结论，一直在调查沉船是否还有其他原因，甚至怀疑我们利用公司的地位和影响力左右沉船事故的调查，存在弄虚作假的行为。"

"冯大律师是你们的律师，我们已经做过交流。我从不隐瞒自己的观点，非常感谢冯大律师为我创造与您面对面交流的机会。"段韬继续说，"酷客号沉没后，船长因犯重大责任事故罪一审被判刑，蓝海航运还要面临巨额理赔款的追偿，我作为船长的二审辩护律师，又是蓝海航运的律师，只有找到酷客号的沉没不单是气象因素所致，还存在其他人为因素的证据，虽不能减轻船长的罪责，至少帮助蓝海航运摆脱追债危机。我从未想过要与你们船东为难。"

"那你找到相应的证据了吗？"

"我在海底见过酷客号，看到船舷上有条裂缝；又通过卫星站，发现酷客号身后有艘尾随的船；然后在岛上的拆船厂见到过疑似肇事船叫荣德号，并且借助国际船级社，查到荣德号的船东是贵公司；关键还在于当时驾驶荣德号的船长也是贵公司雇用的船长，不幸的是这位船长不久前遭遇了非正常死亡……谢总，请恕我冒昧，这一连串的线索，不能不让我怀疑酷客号的沉没与贵公司有关。"

谢老板转头向主管询问是否有这回事，主管没有承认，也未否认。"老板，我已向段律师做出了解释，荣德号早在 12 年前就出售了。营运商可能没有更换船籍，他所说的船长去世，确有此事，人事部已在做善后工作。"

谢老板想了想，对段韬说："孔夫子曰，志于道，据于德，依于仁，游于艺。你的疑问，我们公司一定会给你一个合理的书面解释。"

段韬说："不患无位，患所以立。不患莫己知，求为可知也。"

谢老板很惊讶地看着段韬，年纪轻轻的小律师，居然也会背诵几句孔孟之道，于是站起身又和段韬握了一下手："不错，不错，也懂点孔孟之道。我们后会有期。"说完，便离开了会客室。

结束了谢老板的召见，冯律师叫上希格尔，三个人一起来到商业街上的一家特色餐厅，由冯律师做东，说是要尽一下地主之谊。点完菜，冯律师说："段律师，你今天和谢老板的交谈言简意赅，毫不隐讳，有理有据。如果真查出了酷客号沉没背后存在的原因，可以很好地教育一下谢大老板。尽管他长期掌管着这么大的公司，可还是老脑筋，以为有钱有关系就能搞定一切。我曾不止一次对他说过，中国正在走向法治，越来越讲程序、讲规则，不再是凭借社会关系想怎么做就能怎么做，那都是过去式了。进入了新时代，要有新思维，办事要讲法律。像这样的跨境保险理赔，更应该请专业法律机构代理，不能再相信那些自吹自擂、光凭人脉搞定事情的人办事，弄不好会把自己搭进去，损失更大。"

段韬说："你说得很有道理。改革开放的前 30 年，大家都是摸着石头过河；后 30 年就要承上启下，按顺序过河。可有人还是抱着习惯思维，很不适应，难以纠正。现代式中国更需要讲仁与礼，仁为民，礼治国。"

冯律师笑道："当下中国提倡依法治国，法律是国家的一切行为准则。当然，法家和儒家，还有老子学说，都是中国文明的精髓，虽历经数千年的磨砺，却依然熠熠生辉，一定会影响新时期中国的发展。过去我总以为中华传统文化会越来越淡化，但现在如果你们这些年轻人还在传承，中华民族伟大复兴就大有希望。"

段韬由衷地赞叹："冯大律师真了不起，尽管旅居海外，却依然对国内的情况了如指掌，始终关心着祖国的发展与进步，值得晚辈向你致敬！"

三人共同举杯，一干而尽。

不料第一杯酒刚下肚，高董事长就打来了电话，严肃批评段韬说："你未经请示擅闯船东公司，简直无组织无纪律，船东已通知暂停与我们的租船谈判。小薛已准备返回，你也马上回来向我说明发生了什么事。"

段韬还想解释什么，对方已挂断电话。他只能回到座位，向冯律师招呼道："冯大律师，这次不能再向你多请教了，公司要我即刻回去。"

冯律师说："你该见的人都见过了，该看的材料也看过了，可以回去，你就等待船东给你的答复吧。"

吃完饭，段韬和希格尔一起送冯律师上车。等车走远了，大街上似乎只剩下两个人，到了分别时刻。段韬想先感谢希格尔的穿针引线，却一时没找到合适的语言。简单地说谢谢，肯定太平常了；而不说谢谢，又想不出足以表态心情的话。

希格尔看在眼里，已经猜出他的心思，笑着说："有些话你不用说，有些人你必须见。"

"譬如？"段韬问。

"你来巴朗岛，肯定不光是见猜颂，见冯大律师，见船东，对吧？"

"当然，还见到了你。"

"计划之外的。"

"计划只是相对于工作，而生活其实很难精确计划，碰到了就碰到了，谁知道明天还会发生什么呢？"

"我知道，明天你就走了，也许永远不会回来。"

"你会念叨我吗？"

"为什么不呢？"

两人的对话刚进入佳境，岳宝胜打来电话："荣德号船长太太来电话说，她明天去公司整理遗物，据公司的人说是有本《航海日志》。她请你明天下午到公司对面的商业广场二楼咖啡店，她要当面交给你。"

挂断手机，段韬默视着希格尔，似乎周围的一切都与他们无关，只有彼此的心跳会产生共频。夜色清朗。空气中透着一种难以言喻的无奈与不舍。两人的步伐不自觉地放慢，像是都在拖延某一时刻的到来。

"我明天办完事就要回去了。"段韬似笑非笑了一下，想伸出手去将希格尔拉近一些，但终究又缩了回来，最终插进了裤袋里。

希格尔低着头，其实她注意到了段韬这一动作的前后变化。

"我知道你很忙，我也相信你的努力和能力会有结果。"

"也许吧，可我没那么乐观。有时只能这样想：当坚持追逐的东西没有结果时，坚持本身就成了结果。"

"是的，一个人总要有目标，为实现目标而奋斗是需要付出的。只有这样，无论目标是否实现，付出的永远值得，实现目的过程都会很精彩。"

"我们的话题好像有些沉重。在这么好的月夜，还是聊些轻松的吧，可能以后就没有这样的机会了。"

"巧了，我也这么以为。那你想聊什么呢？"

"譬如你以前是否遇见过心动的男孩？"

"肯定遇见过，可就是没遇见那个让自己奋不顾身去爱的人……师哥你呢，有没有遇见过？"

"我也差不多。我认为人生是认真与看淡，也是执着与勇敢，凡事尽心尽力，结果顺其自然。"

希格尔笑了："我们又回到了严肃讨论问题的状态，辜负了天上的月亮。"

段韬也跟着笑了笑。

两人终于走到一个岔路口，该分手了。希格尔的眼眶有些许湿润，还好有暮色的遮掩。段韬说："你先走，允许我目送你一程。"希格尔想了想，踏上了归途，没回头，也没再说什么。

段韬看着那个渐渐远去的背影，心里忽然十分坚定。他觉得希格尔一定不是简单的导游，但也绝非之前怀疑的船东线人，她究竟是什么人，刚才为什么不直截了当问她，还要跟人家谈情说爱，问有没有男朋友，真是该问的不问，十分后悔。看着她消失的身影，狠狠地拍了一下脑门，真扯淡。

二十四

段韬提前坐在二楼的咖啡店,选了靠窗的位子上坐下,透过玻璃能看见赫尼亚大厦的全貌。他不断地扫视四周,未发现异常情况。一会儿,荣德号船长太太走出赫尼亚大厦,走进商场,只身出现在段韬面前,并主动和他打招呼。可她没有想坐下的意思,而是直接将随身携带的一个纸袋,交给段韬。事实上这个动作只持续几秒钟,就在段韬接过的那一刹那,一个黑衣男子从边上蹿出来,一把夺走了船长太太手上的纸袋。段韬哪里会放过他,立即上前夺回。咖啡馆内原本过于井然有序,而意外发生的抢夺行为又显得过于无序,使得周围低声交谈的顾客不约而同地将目光投射过来,两个男子扭打在一起,船长太太站在一旁惊恐不已,束手无策。店内顿时一片混乱,有胆小的顾客开始四散躲避。战斗继续升级,两个男子穿梭在桌椅之间,每一次交锋都伴随着金属碰撞与桌椅掀倒的响声。黑衣人忽然拔刀攻击,引得围观者一阵惊叫;段韬却凭借灵活的身手和过人的反应力,一次次化险为夷,乘势夺回了纸袋。

恰巧此刻,变性人闯了进来,突然伸手绑架了船长太太,同时冲段韬大喊:"段律师,放下纸袋,滚出去!"

段韬见状,犹豫了少顷,不能再伤害这位船长太太,只能放下纸袋，退到店外。

变性人见目的已达到，从地上捡起纸袋，放开船长太太说："你走吧，别掺和在其中！"

船长太太吓得六神无主，见允许离开拔腿就跑。变性人目送船长太太走后，提着纸袋，顺手牵羊从货架上拿了一盒巧克力，大摇大摆地走出店堂。

段韬其实没有走远，躲在广告牌后。看见变性人出来，瞄准时机，突然发动袭击，夺下纸袋，飞奔而去。变性人带着两个黑衣打手紧随其后追上去。段韬从二楼商场穿过人群，冲下电梯。直奔到大街上，但不知应该往哪个方向跑。打手已经追上来。段韬看见路旁停着一辆黄色摩托车立即跳上去，开着就走。车主在身后大声叫喊："抓强盗！"失主的呼叫声惊动巡逻警察。警察开着警车追赶段韬。变性人也驾着一辆摩托车加入围堵段韬的行列。

段韬驾驶摩托车在大街小巷穿行躲避追击，他并不知道应该向哪里行驶，只是冲过一街算一街。驶上一条公路就拼命往前开。警车在后面追击。

这时有辆小车上路，在警车前面突然停下，挡住警车的去路。警车只能放慢速度，停下来逮住驾驶员，原来是猜颂。猜颂比画着说汽车故障抛锚，警察检查发现，小车确实是有故障发动不起来，无奈只能放他走，绕开小车继续寻找段韬。

段韬刚摆脱警察的追击，驶入一条小街，迎面遭遇变性人拦截，已无路可跑，他只能硬着头皮向变性人冲过去，这可把变性人吓得不轻，赶紧躲闪，段韬驾着摩托车飞越他头顶，疾驶而去。在交叉路口，面对警车，侧身绕过警车，继续冲刺，段韬在大街小巷间穿行，但他不知道往哪里行驶，可以甩开追击者，千钧一发之际，身穿灰色紧身服、戴着红色头盔的侠客再次出现，跳上他的后座，引他驶入一条狭长的小巷子里。警车只能在巷口外干瞪眼，进不来，这才使得段韬暂时摆脱追击，侠客再次指挥他绕上公路，风驰电掣前行。警车在后面追赶。到一个十字路口处，侠客要他放慢速度，赶紧下车，然后自己坐上驾驶位，放着烟雾，等到警车接近时加速前行。他立即明白，是这位侠客引开追兵，保护自己脱险。不由得产生无限的敬意，他是谁，可惜戴着头盔无法看清他的脸，正在疑惑不解时，路边停着一辆小车，猜颂探出头，向他招手示意，段韬看到猜颂立即钻进小车，小车疾驶而去。

"教练，你怎么会在这里？"

"是你的小师妹打电话通知，让我来接应你的。"

"这么说来，骑摩托车走的人也是她？"

"除了她还有谁？"

"啊，那天在船上救我的也是她，身手不凡，她究竟是什么人呀？不会只是个导游吧？"

"你都不知道，我哪里知道，有机会你自己问她。"

"那她为什么？"

"更不清楚了，也许是中国人帮中国人吧，是你的缘分……"

段韬笑笑："是的，乐于助人是我们华人的传统。"

段韬坐在副驾驶座位上，不由得打开纸袋，想看看自己的战利品。可一看里面竟装着一盒巧克力，这令他大失所望，一着急大声吼道："教练停车，我要回去找《航海日志》！"

猜颂依然保持高速，头也不回地说："怎么可以？你是律师，应该知道抢劫他人摩托车，违反交通规则，还在逃逸，判个三年都不为过。趁现在还来得及，赶紧回国避险吧。"

小车直奔机场。

在机场出入境处，猜颂送段韬到边检口，在分手时，给他一个纸包说："这是上次取的油漆样本，寄给你一部分，还留了一点，现在都给你，也许还有用。"

段韬接过后，放在双肩包的底层再拉好拉链，连声说："谢谢，太好了，现在更有用了。"他拿出一沓美元递给教练说，"这美元带回去也没有太大用处。你拿去，是给你的费用和给师妹结算医疗费，当然也包括小费。"

教练不肯收："我估计她很快会回中国的，亲兄弟明算账，你自己和她结算。"

段韬往他手里一塞，就走入边检，这一路上还很畅通，没有被拦截，心想警察的通缉令还没有下发。过关后，他回头向教练挥挥手，以示安全出关，转身去安检。

候机楼的贵宾厅，薛荣贵正坐在沙发上喝咖啡，目送童宁去逛机场免税店。这时手机响起，是马老板的电话，他立即接起。

马威说："告诉你一个好消息，那本《航海日志》还是收回了，没有落入段律师手中，这手下人还是很聪明的，知道段律师是不甘心失败的人，就换了一包巧克力，让他误以为是《航海日志》带走了。"

薛荣贵很得意地笑笑说："你干得不错，还是让他白跑一趟。"

"不过这小子胆子不小，敢劫持辆摩托车逃跑，要不是他的教练接应，不是被警察抓起来，就是被当小偷打个半死。现在失主找到摩托车不想惹事，警方那里花点钱算是摆平，也不再深究。"

"你做得对，只要东西拿到，把他抓起来意义不大，否则我还得留在这里花钱管他吃喝，他背后还有那位冯大律师，两人搅在一起还不知道惹出什么事。把他赶出境，留下案底，让他不敢再来，消除隐患，就平安无事了。"

"不过有个骑手帮了他，不知是何人，对当地地形很熟悉，现在消失得无影无踪。"

薛荣贵有点惊讶："查一下，此人是谁，和在船上救他跳海的是一个人吗？"

"我估计是潜海俱乐部的人，是教练的帮手，你知道这里只要有人肯付钱，什么事都可以做到，我会安排，再查一下的。"

"这次请冯大律师出面，又请帮手化解，他开销不小呀。不过最终还是一无所获。他是梦里娶媳妇，空欢喜一场呀。"

段韬通过安检走进候机大厅，迎面看见童宁提着大包小包，走出免税店，赶紧迎上去帮她拿货。童宁也没想到会在这里与段韬相遇："你怎么也坐这个航班回去，是不是也被高董事长紧急召回？"

段韬委屈地说："唉，见一下船东有这么严重吗？"

"你犯错，我也受牵连，害得我大街没得逛，东西也没来得及买，只能在免税店随便买一点了。"

"薛大副呢？"

"他在贵宾室享受。他正想找你问一下发生了什么事。"

"我买的是经济舱，享受不了贵宾待遇。"

"我带你去。他有黑金卡，可以带个人的。这里的贵宾室有吃有喝，很不错的。"

薛荣贵见童宁带着段韬来了，薛荣贵只能中断通话，装作自己瞌睡被扰醒的样子。一见段韬，显得有些生气："段律师，你如果想见船东，可以对我说呀，我会安排的。可你一声不吭地就去见船东，而且还是老板先知道，搞得我很被动，被老板狠狠批评了一顿。"

"不好意思，是冯大律师安排的，临时通知我的，来不及告诉你们了。"段韬连忙解释说，脸上流露出歉意。

薛荣贵问："你见到他们大老板了？"

"见到了，是个蛮可爱的老头，不过只聊了五分钟。"段韬答道，"冯大律师说了，谢总能接见我这个小律师，给五分钟就已经很给面子了。"

童宁说："我们和对方谈了两天，都还没见到他们大老板，架子真不小呀。"

薛荣贵说："原本说好签约时，在招待会上大老板会露脸的。现在事情搞砸了，自然不肯见我们了。段律师，你都和他谈了些什么，怎么我们都准备签约了，被突然叫停？"

"我只是向他介绍我在巴朗岛上调查到的一些情况和初步判断。可能他听了不太高兴。"段韬说。

"生气，那人家还是客气，顾及冯大律师的面子。他们采取暂停谈判的措施，就是表示抗议。如果租不到新船，我们高老板可就惨了，你回去自己向他做解释吧。"薛荣贵好像越说越生气，脸色都有些青了，"你见过船东的大老板，还有冯大律师的帮助，你想办法帮高老板扭转局面，早点把租船的事定下来，我就不再管了。"

轮到段韬急了："那可不行，是我的错我检讨。可你是公司的大红人、重点培养对象，又是航运专家，你可不能撂挑子不管呀，童大律师你说对不对？"

童宁说："我看问题没有那么严重，不就租条船嘛，这家不租，还有中国香港、新加坡等多家大型船务公司，船总会有的；再说人家只是暂停，并没有完全拒绝，说不定是对我方报的租船价格不满，找个理由表示一下，别那么悲观。当然，段律师跟着当事人出来，就应按照当事人意见行事，不宜擅自行动，回去是要向公司做出检查。"

服务员端来牛肉面，看上去碗很大，面条却没几根。段韬已经饿得不行了，三口两口就吃完了，连面汤也喝光了。

童宁看着他狼吞虎咽的样子有点可笑，再仔细看他的脸上，好像有些乌青，便笑着说："怎么，又被人家打了？"

段韬忙说："没有没有，是刚才租车赶机场，遇上一辆横穿过来的车，司机猛踩刹车，害得我撞到车框上了。这里开车的人都不太守规矩，还好没大碍。"

童宁笑容满面地说："你记住车牌了吗？不能放过那驾驶员，让他赔偿医疗费，还有美容费。"

薛荣贵却阴沉着脸，小眼睛盯着段韬。他很清楚发生过什么，他原本是个很简单的人，为什么不说实话，是不是在怀疑自己？现在想来有点后悔，怪自己有点心慈手软。贵宾室外走过巡逻警察，真想冲过去向警察举报，此人是劫持摩托车的罪犯，再一想会彻底暴露，只能算了，叹了口气。

贵宾室服务员走过来说："先生、女士，你们的航班开始登机了。坐头等舱、商务舱的客人请跟我走，经济舱的客人只能去经济舱通道登机。"

段韬背起双肩包，从经济舱通道登上东方航空的班机。国内机舱就是祖国，踏入了自己的国土，紧绷的神经总算松弛下来。做了个深呼吸，感觉好极了。找到自己的位子坐下，忽然想起希格尔不知怎么样了，立即发了微信询问。不一会儿，希格尔回复说："我没事，你登机了吗？"他立即答复："马上要起飞了。"知道希格尔平安，他也就放心了。经历了一场惊心动魄的追击，实在很累，闭上眼睛睡一会儿。可是，眼前不时晃动着希格尔的身影。既然不可能是船东的卧底，那么她的真实身份又是什么呢？难道仅仅是因为欣赏自己，才数次出手相助？或者她还肩负着某种非常特殊的使命……他觉得这事待回国后，应该和姚铁交流一下，毕竟术业有专攻，搞律师的和搞公安的终究不一样。于是段韬把航班号发给姚铁，请他来接机，然后什么也不想，回到自己的祖国，深感踏实。飞机还没有起飞，他就睡着了。

二十五

飞机落地，段韬没有托运行李，背着双肩包直接出关。她给童宁发了微信：我先回，不等你们了。

在机场出口见到姚铁，姚铁一眼看他脸上的伤痕，二话没说，直接带他到医院做检查。经过医生检查，没有内伤，只是皮肉伤，带他来到医院旁的那家发小开的茶菜馆吃饭。老板给他们安排了一间小包房。

两人坐下后，姚铁急切地问："小段子，看你这身上的伤，我就猜到，你不是一次被人打的，这次遇到的是什么人，还干几次。"

"这次算倒了大霉。两次撞上个身高马大、胸脯高耸的男人，一看知道是个变性人，一次在拆船厂，好不容易发现疑似肇事船，被保安当成小偷，就打起来，不一会儿他也加入进来，仗着人多势众还要抢我的钱，开什么玩笑，敢抢我的钱，还不拼一下。第二次在咖啡店，肇事船船长的太太要给我一本《航海日志》，正在交接，这家伙再次出现抢走纸袋，只能再干一场。好不容易夺回纸袋，这家伙绑架船长太太威胁我。不能再伤害她，只能交出纸袋。可我还是乘他不备再抢回来，就骑着摩托车跑了。可是你没有想到，拼着命夺回的纸袋里根本不是《航海日志》，是包巧克力，被他调包了。

唉，打了两架，伤得不轻，可还是一无所获。"

"说明你一上岛又被人盯上了，所有行踪暴露无遗，连续两次遭袭，居然能摆脱，没把小命留在那里，已经很不错了。显然有人要阻止你调查。"

"有件事我正想请教你，我当时为了摆脱变性人的追杀，骑走路边的一辆摩托车，这算是盗窃行为吗？我可是紧急避险，也算是正当防卫的一种。"

"强行开走别人的摩托车，顺手牵羊，不是盗窃就是侵占财产行为。只有我们公安为了追击罪犯，临时征用交通工具，你不行。你说是紧急避险，正当防卫，你有什么证据证明你的人身受到威胁？仅仅双方打斗，人家可以说双方有争执，发生冲突，各有过错，也没有威胁到你的生命，你劫持一辆摩托车，价值不菲，应该有点麻烦的。好在你回国了，当地警方也奈何不得。"

"我是有证据的，这个变性人已经多次威胁我。更重要的是，我发现肇事船船长的踪迹，再去找他时，居然意外死亡。据家人说是酗酒滋事被人打死，当地也没人管。老婆也认命。可我不相信一位60岁的老人会惹是生非，这次《航海日志》被抢事件，我更怀疑一定是有人故意挑逗他，引发斗殴，乘机害死他，他的死绝不是偶然的事件。"

姚铁有刑警的敏感性，一听到有杀人事件，血脉贲张："这当中还发生过杀人事件，说明这个沉船背后一定有重大犯罪阴谋，你上岛的行踪，都在他们的监控之中是情理之中，那你这位小师妹就不简单了。"

"你还在怀疑是那位女导游盯上我，船长的死与师妹没有关系，还是她安排我见到船东老板，那是个老华侨，还是有文化的儒商。

我考察了几次她不会是船东的燕子，再告诉你，两次出手相救都是她。一次在船上救我跳海逃生，昨天是她骑走摩托车引开警察追捕。要不是她在危难时刻出现，我不是小命丢在岛上，就是身子留在拘留所了。"

"即便她不是变性人雇用的眼线，好像也不应该救你呀，难道是喜欢你，上演一出美女救英雄的大戏？如果真是这样，你真是撞上桃花运了，这个导游长得好看吗？"

"有鼻子有眼，还算可以吧，可此人身手不凡，还有胆略，出手时机把握得很好，像是受过专业训练。她不该只做导游，可能还有其他使命，让人难以捉摸。"

"你跟人家混了好几天，怎么也不问清楚？"

"哪里敢问，开始怀疑她是卧底，嘲笑她为了小费什么都可以做。第一次出手相救，你说是欲擒故纵。显然都不是，救人是有生命危险的。你说为了爱，我与她素昧平生，无缘无故也不可能。我就是想不明白，本想打电话问问她，如果人家真有特殊使命，不会告诉我，还要把我冲回墙角，自讨没趣。教练说她很快回国的，到时我请客谢她，请你盘问她。"

"审问嫌犯是我的专长，一眼就能洞穿她是个什么货色，再查查她的底牌。如果真要娶她做老婆，更应该政审一下的。"

服务员把菜端上来。两人开吃。

段韬的手机响了，两人相互对视一下，猜想会不会是导游来电话，段韬放下筷子拿起手机一看是宋小甘的电话，对姚铁笑笑意思不是的师妹的电话，对电话说："小甘，找我呀。"

"我刚给童宁打电话，说你也回来了，你现在在哪儿，我要见你，有事与你商量。"

"那好，我正在吃饭，把定位发给你，过来蹭一点吃的。"

"等我呀。"

段韬挂了电话对姚铁说："这个小甘，我的同学，海天保险的法务，混了五六年还是个业务主管，一直没有被重用。就是他坚持追偿蓝海航运，名为依法办事，实质上是邀功领赏，争取晋升。不过我还是要感谢他的，没有他发出律师函，也许不会有我介入船长的二审案件。"

"既然要起诉了，还找你有什么事？"

"过去老同学，法庭上的对手，无非是先礼后兵。"

过了十多分钟，宋小甘匆匆赶到，段韬给他介绍了姚铁，说是自己的老战友，在公安刑警队工作。

姚铁给宋小甘递上一瓶可乐："来，都是朋友，只是我职责所限，这会儿就拿饮料当酒了。"

宋小甘接过可乐，坐在姚铁对面说："不好意思，打扰你们了。"

段韬说："什么打扰不打扰的，你是来找我谈正事的，有正当理由。就是饭馆低档了些，菜也粗糙了些，请多包涵啊。"

"哪里哪里，我们之间就不用客套了哟。"宋小甘说着，然后直奔主题，"段韬，公司决定支付第二笔理赔款，一旦付出，就只能起诉蓝海公司了。我是特意来知会你一下，免得到时候说我不够意思。"

尽管保险公司会出此下策，宋小甘也预言过的，但这话真从他嘴里说出，还是令段韬不悦，他说："船长二审尚未判，我仍在调查沉船的真实原因，保险公司没必要立即付钱吧？"

宋小甘说："付钱的事不属于我的职权，领导说了算，想什么时候付就什么时候付，下属只有服从，这是规矩。"

段韬说:"你无权干预不错,但可以提出异议,而且是有理有据的。"

宋小甘说:"你是自由职业者,无拘无束;而我在企业,上有领导,领导上面还有领导,领导说一,下面只能说零点五加零点五,多一个百分点都不行。坚决服从领导,维护领导的权威,有时还得溜须拍马,这是我们这类底层员工的生存法宝,否则就会失去任何晋升机会,减少奖金数额,如果再有异议,领导大概率会随便找个理由,让你下岗休息。"

段韬说:"你在学生时代可是一腔热血的,怎么,现在挑战权威的勇气去哪里了?"

宋小甘说:"我上有老下有小,得管吃管喝,当下活着才是第一要务嘛。"

姚铁听着宋小甘的牢骚,接过话题说:"按照商场规则,付钱的总是越慢越好,收钱的则越快越好。你们领导这么着急付钱,似乎有悖常理啊。难道这背后有什么隐情?"

段韬笑道:"你是刑警,别那么多职业敏感度,这个保险理赔不存在诈保犯罪,我是亲眼看到酷客号沉没在海底的,只是在怀疑沉船事故的真实原因,认为是客观和人为因素的双重叠加所致。"

姚铁继续对宋小甘说:"你今天来告诉段律师你们公司要付钱,并且即将起诉蓝海航运,目的是让蓝海航运和律师方做好准备。我觉得这是多此一举,如果你对你们公司的理赔诉求有自己的想法,不如打开天窗说亮话,别憋在心里,是不是?"

宋小甘一惊,盯着姚铁看,发现这位干警果然了得,能一眼看透自己的心意。

姚铁说:"我和你一样,都是受人管束的,懂得职场的生存之道和保密常识。放心吧，下面说过的话，我们出了门就忘，谁也不认谁的账。"

宋小甘想了想，沉吟道："我在保险公司干了几年，经历过一些海难理赔案件，感觉这次理赔是有点反常，估价偏高，速度过快。我怀疑这背后可能有权钱交易。"

段韬说："违反常理的交易行为，背后多半有利益交换。因为这世上没有傻瓜，会无缘无故地违背常理行事。"

宋小甘说："可主要嫌疑人都在国外，调查起来会很麻烦。"

姚铁接道："如果是权钱交易，一般需要国内当事人的配合，包括公司内部人员。"

段韬说："我记得巴朗岛上的冯大律师介绍过，船东公司对于境外的理赔案件都会委托第三方代理，而且这些公司都很有能力，说能搞定里里外外。接下船东的理赔，就由他们搞定，能从中赚到足够的佣金。"

宋小甘说："这就解释得通了。我看过理赔资料，上面是一家境外的代理公司。"

"这么说威胁你的或许不是船东，而是第三方公司或者某个犯罪团伙，他们害怕你揭开真相，阻止你调查。查处商业贿赂是我们公安的任务，没有律师的什么事了。"姚铁面朝段韬分析道，然后又转向宋小甘，"小甘，这事你要是早说，就不劳段律师单枪匹马、冲锋陷阵了，害得他差点丢了小命。要知道与犯罪分子做斗争风险很大，而我们警察的侦查权是有强大的公权保障的，尽管有时也避免不了危险，比起普通人要安全得多。你有怀疑，可以向我举报所发现的线索呀。"

"可我没有证据，仅凭直觉或猜想。"宋小甘说。

姚铁说："如果要求普通公民都须掌握犯罪证据，那还要我们公安干什么。公民只要发现有不正常的交易行为，就有权向警方及其他有关方面举报。其实像你这样的内部工作人员是最容易发现问题的，你看到哪家奇怪的公司参与其中，理赔又违反常理，一般会有猫腻，你可以反映或举报，我们就可以调查，比如查一下那家公司的来龙去脉，也许就发现线索，查到犯罪证据，从而将罪犯绳之以法。关键在于目前这笔理赔款数额巨大，其中难免没有诱惑。"

"问题是我要养家糊口，维持生计。一旦被人知道是我举报的，就算犯罪分子被逮住了，我在公司也待不下去了，将来还有谁愿意用我。"宋小甘犹豫了，一阵沉默后又说，"当然，我的良知还在，我之前向蓝海航运发出追偿函，就是想引起这家公司高度关注。一旦酷客号的船长二审判决生效，沉船理赔就会被以合法的形式掩盖起来，再无人质疑，一切烟消云散了。没想到蓝海公司选择了我的老同学、当年的武警叔叔。他在学校就是个敢于质疑权威，而又锲而不舍的人。这实在是个意外之喜。"

段韬和姚铁一听，不由得哈哈大笑。

段韬说："搞了大半天才明白，你早就发现端倪。想出个金点子，让我在前冲锋陷阵，到头来还是掉入你小子设计的一个美丽的陷阱中。"

二十六

段韬再次来到物证鉴定所，找到那位鉴定师。他从双肩包里拿出油漆样本交给对方，依然用手机拍下样本的交接过程。"请你再做一次鉴定，看看这油漆是否一致或者不一样。"他说。

鉴定师笑道："还是上次的油漆样本吗？"

"是的，上次鉴定的结果是这些样本为同一种油漆。可我总觉得哪里出了错，当然不是怀疑你的专业能力。上次的油漆样本是从国外快递过来的，而这次是我亲自到巴朗岛带回来的。你再做一次，不赶时间，请务必仔细一些。"

"没问题，做第二遍可以给你优惠价。"

"俗话说，一分价钱一分货。我照价买单，只求认真二字。"

"放心吧，鉴定师信奉的就是客观真实、专业可靠。"

仅隔一天，在蓝海航运公司，高伟达召集段韬、童宁和薛荣贵，听取他们在巴朗岛上的工作情况汇报。

段韬拿出最新的鉴定报告兴奋地说："我拿到一份最新的鉴定报告，鉴定结果是油漆样本中包含两种完全不同的船用油漆。这证明了我前段时间调查的方向是正确的，酷客号沉没可能存在着两船碰撞的事实。"

高伟达大声说："这太好了，那你就将功补过了。"

薛荣贵有些震惊，接过鉴定报告仔细阅读后问："上次鉴定的结论是同一种油漆，这次怎么变成了两种油漆，段律师，能否给大家解释一下？"

"这份油漆样本是来自同一个人的采集，上次是快递的，这次是我自己带回来的。至于为什么前后不同，这恐怕是个专业问题，我无法解释。"段韬答道。

薛荣贵又问："那么应该以哪份鉴定报告为准？"

童宁说："当然是以后一份为准。"

薛荣贵继续问："理由呢？"

段韬说："很简单，前一份存在快递途中被人搞错了，而后一份却是我亲自带回来的。从我的角度来讲，肯定后一份比前一份更可靠。"

薛荣贵说："我理解了，但仅凭这份鉴定结论，还无法从根本上推翻原先那份沉船调查报告，不能改变一审法院对老船长的判决，是不是？"

童宁有点小兴奋："有了这份新的鉴定报告，再结合卫星所获得的航迹图，基本可以推定两船相撞的可能性。这样，一审的基础事实发生了变化，就有可能影响对欧华斌的量刑。如果欧华斌在二审中能改判成缓刑，我也算兑现了当时对他的承诺。"

段韬说："你的想法很好，律师做出的承诺就应当争取兑现。可欧华斌能否被改判缓刑，我好像没那么乐观。你们知道的，那位季检察官不会凭我们的推理做出让步，她需要我们提供完整的证据链。原审法官也认定船长醉酒行为的证据充分。这个事实改变不了的话，二审难以改判缓刑的。因此，除非我们找到新的、更充分的证据，才能有效说服季检察官。"

童宁说："现在有高董事长提供的船长曾立战功的材料，再强调沉船不是单一的天气原因所致，还有其他人为因素。我会在法庭上据理力争。再说我和主诉官是闺密，是有可能争取二审改判缓刑的。"

"你经历了一审，再做二审，对事实占据优势。二审你是主角，我做配合。我的任务是应对保险公司的诉讼，以减少公司的赔偿数额。现在有了这份鉴定报告，证明前段时间的努力没有白费，甚至更加接近沉船的真相。尽管能否改变酷客号沉船调查的结论尚难说，但如果能说服检察官同意修订或增加沉船原因的表述，至少对于民事诉讼部分会有很大帮助。"段韬边说，边扫了薛荣贵一眼，发现他的小眼睛在滴溜溜地转动。

薛荣贵说："法律上的事我不懂，二审该如何辩护，由你们律师定夺。童律师说得对，要据理力争，该做的努力必须做，这不仅是她对老船长的承诺，也是我和老板对老船长的承诺。当然，不该做的要避免，不能再添乱。"

高伟达听完，定调说："童律师的重点是船长的二审，段律师的重点是保险公司的追偿案件，你们俩再去见见老船长，通报一下公司情况，让他放心，都在等他回来。对于段律师擅自去见船东，影响到公司的经营活动，必须严肃批评，给予处罚。你当过兵，更懂得纪律的重要性。不过，鉴于你能找到沉船另有原因的证据，也算立了一功。法律上虽没有功过相抵之说，此事就算过去了，下不为例。小薛还是负责租船谈判，尽快与船东签订租船协议，同时协调案件进展，两位律师须服从他的指挥，多请示，多汇报，不得再擅自行动。"

三个人立刻表示坚决执行。

高伟达最后说:"小薛,你送一下两位律师,然后在下面等我一起去集团接受政治部谈话,谈话结束后,估计就会下达对你的任命通知了。"

"谢谢老板对我的提携和栽培!"薛荣贵顿时感激涕零。

高伟达纠正道:"谢我做什么,应该感谢组织嘛。"

薛荣贵连声称是:"对,应该感谢组织,感谢组织。"

顺着电梯,薛荣贵将童宁和段韬送下楼。一起走到了大厦门口,丑丑突然蹦过来,像见到了亲人一样。段韬立即蹲下身抱住它,同时回头四顾,只见刘浩鹏也朝这边走来。"浩鹏,你怎么会在江边?"段韬问。

刘浩鹏微笑道:"朋友请我到海洋旋转餐厅吃饭,时间还早,就带着丑丑到江边溜达。你也有饭局?"

"我哪有你这样的口福。我刚开完案件汇报会,还要赶回办公室做些准备呢。"

站在一旁的童宁见丑丑很可爱,伸手去抚摸它。丑丑的小眼睛迷惑地看着童宁,似乎很享受美女的青睐。这样的情形同样触动了站在一边的薛荣贵的好奇心,他也想去摸丑丑。没想到丑丑非但避之不及,还向冒犯者发出吼叫声。段韬赶紧轻拍它的脑袋:"别瞎叫,这也是美男子、大英雄。"

丑丑依然怒视着薛荣贵。

刘浩鹏连忙打招呼:"不好意思,这是条公狗,不喜欢陌生的男人。"

三人不由得相视一笑。童宁戏谑道:"哈哈,这狗狗也是同性相斥、异性相吸呀。"

按照高伟达的要求，段韬和童宁一起到看守所律师会见室再次会见欧华斌。这天天气不错，阳光从窗外照进来。就见狱警带着欧华斌进入会见室。一见到童宁，欧华斌两眼放光，也许是看到了什么。彼时他坐在嫌犯席的这一边，肩上披着亮色，那是一块被窗棂分割后的阳光漏到了他的身上。他高兴地说："童律师，我以为你把案件交给别人就不来了呢。"

童宁说："怎么会呢？高董事长和薛大副都很关心你。在一审宣判前，我们都以为会判缓刑，没想到还是判了实刑，我很不好意思。"

欧华斌笑笑说："在里面时间长了，也学了些法律常识，知道一些法律关系，律师开口说说，检察官动笔写写，法官盖章画押，一切按照法律办事。你也别把自己说过的话放在心上，我能理解律师的苦衷，多来看看我就足矣。今后进了牢房，家属能来看我了。"

"老船长对法律虽有了解，可终究一知半解，有点小瞧律师呀。"段韬在一边说，"童律师不仅在法庭上据理力争，代理二审又亲自去巴朗岛沉船海域实地调查。我们已经找到了质疑酷客号沉没原因的证据，一旦这些质疑成立，本案基础事实就会改变，或许对你的刑期会有所松动。童律师做了大量细致的工作，俗话说，台上光彩夺目，台下汗水如雨。"

欧华斌一惊，瞪大眼睛看着童律师。"巴朗岛是个修船基地，打工人多，治安不好，你一个女律师也敢去？"他问。

童宁说："当然不会是我一个人去，还有段律师陪同和薛大副提供保障。调查取证是以段律师为主，虽遇到不少麻烦，他还下海看见过沉船，是有收获的。"

欧华斌这才仔细看着段韬，赞道："你见到我的酷客号了，新兵蛋子不容易啊！"

段韬说："我可不是为了讨你的表扬，只是现在的证据还不完整，证据链上还缺口气，就看老船长还能不能提供一些线索。"

船长想了想，长叹一口气说："我醉酒不醒，什么也没有看见，事后听船员说了不少情况，我也产生过怀疑。那个晚上风浪虽很大，可远没有达到 12 级的风力。我后来曾查过气象资料，显示那晚也就 10 级风浪，万吨轮是扛得住的。可海难调查报告出来后，安检部门和集团都介入事故调查，高董事长找过我，我谈了自己的一些想法，也说了船员们的意见，高董事长说我醉酒擅离职守是事实，不管沉船原因是什么，毕竟造成的损失巨大，按法律须追究刑事责任的。当时薛大副找来童律师一起研究，也是这样认为的，都劝我投案自首，认罪认罚，争取判缓刑。我想了一天，又和薛大副讨论了一晚上。薛大副救过我的命，我最终决定接受他的建议，再说我有错，关键时刻不在岗位上指挥抢险，造成酷客号沉没和两名船员失踪。所以我不再对事故提出异议，选择去投案自首，认罪认罚。虽然后来一审被判了实刑，情绪上有波动，但我明白自己的事一旦进入了司法程序，就不由公司说了算的，一切得依法进行。"

段韬说："我是让你回忆当时的情景，看能否提供新的线索，不是要你改变认罪认罚的态度。你刚才你说酷客号能扛得住 10 级风浪，这说明你对沉船原因还是心存疑问的，是不是？"

船长嘿嘿一笑："你这个新兵蛋子倒是机灵。我对沉船原因的猜测只是凭经验推断，最让我疑惑不解的是我那晚怎么会喝醉酒。我体内酶的成分很高，正常情况下十杯八杯都不可能不省人事的。唉！"

段韬问："那晚喝酒究竟是谁的主意？"

船长说："船员们出海的时间很长，也很寂寞，一起喝酒解闷是常有的。那天大家要为我庆生，其实就是找个理由乐一乐。我也同意了，一高兴多喝了几杯，没想到一醉就出了大事，确实有些奇怪。"

童宁问："那你可以说是被别人灌醉的，不就可以减轻罪责了吗？"

"你不喝酒不知道，喝酒没有被动，只有互动。"段韬立即制止道。

船长说："童律师的这个说法，之前岳宝胜和我提起过。他的用意是好的，是想帮我一把。我劝过他，都已过去了几个月，什么也没留下，就不要胡乱猜疑别人了。也许是我人老不中用了，体内的酶已大幅减少而又不自知。现在，既然你们也不让我改变认罪认罚态度，我看二审就是个程序，任何结果我都接受。"

童宁说："别灰心，还是有希望的。高董事长已从你原来服役的部队里找到了你当年立功的材料，我们会尽一切可能，再为你争取一下。"

船长听后，长长地叹了口气说："都到这个地步了，任何结果我都愿意接受。唯一的遗憾是我几十年的党籍没了，不知将来出去后还能不能重新申请加入。"

出了看守所，满天的云彩格外绚烂。和风吹过，路两旁的行道树微微晃动，不知是风带动了树，还是树生出了风。

童宁感叹道："看起来这老头还是蛮可爱的，都身陷囹圄了，还惦记着自己的党员身份。"

"是啊，这就是老一代人的信念。"段韬接话道。

"应该说是执念吧？"

"不，信念。"

然后段韬和童宁又马不停蹄，一起来到市检察院，约见检察官季箐。季箐安排在接待室和他们见面，女助理端来了红茶和咖啡。

童宁向季箐介绍此前去巴朗岛调查所获得的最新情况。季箐看了油漆的鉴定报告说："两位律师做了细致的调查工作，敢于挑战既定的调查结论，无论如何是非常认真的，履行律师的职责。"

为增加证据的分量，童宁强调道："要知道我们调查取证很不容易的，遭到抢劫，遇到盗窃，算是历尽艰辛才取得突破。"

季箐说："段韬，我听姚铁说，你还不止一次遭人暴打。"

段韬苦笑道："没有那么夸张。比起革命前辈的流血牺牲，我只是误打误撞碰到了毛贼，怎能放过他们。"

"对了，季箐，我们的上诉人曾在老山战场上荣立战功，尽管这不属于法定的从轻理由，但他冒着枪林弹雨保家卫国的举动，至少可以从宽处罚的吧？"童宁说，将欧华斌的立功材料递给季箐。

季箐看完，问道："这个材料怎么一审没有提供？"

童宁说："这都是 20 多年前的事了。当时航运公司的领导没想起来，二审为争取欧华斌改判缓刑，就千方百计寻找相关依据，才在欧华斌原服役的部队里挖掘出来的。"

季箐说："看起来这份材料有点分量。你们提供的这份油漆样本的鉴定结论，虽说是不同的船用油漆，有点参考价值，可没有肇事船的资料，在证据链上少一个最重要的环节哦。"

段韬郑重地说："我发现疑似肇事船后不久，那艘船就被人迅速拖走，消失得无影无踪。这些证据至少说明原有的沉船调查报告存在瑕疵或疑点。我们律师依据证据提出一个犯罪后果存在多种可能，而并非唯一性的，就算完成任务了。检察官应当排除所有的可能性，认定刑法学上的唯一因果关系。"

季箐也郑重其事地对段韬表达了自己的意见："一审的证据你都看过了，尤其童律师是一审的律师，一审判决的依据由权威的调查报告、许多证人的证言和被告人供述等构成完整的证据链。上诉人在酷客号遭遇险情时，醉酒不醒，擅离职守，丧失指挥权，从而加速了酷客号沉没，造成两名船员失踪的严重后果。一审判决合法有据，量刑正确。你们提出酷客号沉没可能是两船相撞的海上交通事故，从现有的证据，只是推演出来的一种可能性，形不成证据学上的证据链，而检察官是凭借证据认定犯罪事实，我需要的最直接证据那就是肇事船。你说发现了一艘叫荣德号的货轮，认为酷克号很可能是它撞的。那么这艘船现在哪里？有什么证据证明是它撞的？如果仅是推断，你是说服不了我的，更无法说服法官。不能人云亦云，听见风就是雨。我记得还有位证人说过上诉人的醉酒可能是被人陷害，你觉得可信吗？"

童宁说："欧华斌对醉酒事实没有异议，没有改变原先认罪认罚的态度。我们也不对他的过失行为提出疑问。只是认为一审认定的沉船原因与事实有瑕疵，能否纠正，你们至少对二审律师提供的证据进行评判，以理服人嘛。"

季箐笑笑说："那份事故调查报告是一审中的直接证据，如果原调查机构不改变，国内专家也就很难做其他表述了。相比较而言，法院还是会采信直接证据，而排除间接证据。"

童宁有点激动地说："我们收集的二审新证据对被告人有利，法院应当采纳，并经过综合考量后，重新裁量上诉人的刑期。"

季箐说："如果你们坚持己见，把证据材料带回去，写个书面报告，重新整理好证据，并说明证据的来源和证明目的，然后一式两份分别给我们和法院。我们一定会认真研究的。"

童宁还想说什么，发现有微信进来，看了看站起来说："那好，我们回去准备。"

段韬和童宁带着所有资料离开了检察院，一起来到停车场。

实际上，段韬见完欧华斌后，最想马上见到的是岳宝胜，而不是季箐。他对童宁说："今天见季箐当面交流，没有达到预想的效果，是由于我们自己还有些问题没搞清楚、想明白，怎么可能说服她呢？我觉得我们应该再找时间好好研究一次，自己搞明白，再写出正式报告。"

"嗯，那我先走了。"童宁点着头，上了自己的特斯拉。

童宁与薛荣贵有约，来到一个高档住宅楼盘的售楼处，走进售楼处仿佛穿越到一个精心雕琢的现代艺术空间，每一处细节都透露着不凡与尊贵。

沙盘展示区是售楼处的核心，巨大的 LED 屏幕环绕着精美的楼盘模型，通过高科技手段，将未来的社区规划、景观布局、建筑细节等一一生动呈现，让购房者仿佛置身于未来的家园之中。一旁的讲解员运用先进的 VR 技术，为客户提供沉浸式的看房体验，让每一分想象都能化为眼前所见。

薛荣贵已站在沙盘前等候童宁。童宁看得非常认真，非常喜欢这个高档住宅，不仅房型现代，小区环境大气和舒适，还有一个高端会所，售楼小姐面带微笑、非常专业地推介，童宁有点冲动想立即支付定金。薛荣贵拦住她，笑笑说："别被假象所迷惑。这里的环境是不错，可地段有点偏。记得有位地产大佬说过，投资房产，地段地段，还是地段。现在新楼盘很多，得货比三家，最好的往往留在最后面。"说完，便带着童宁离开这家售楼处。

他们一路上又看过三个楼盘，各有特色，已眼花缭乱，更令他们犹豫不决，就干脆不看了。他们走进一家网红牛排店。服务员认识薛荣贵，将他们引入角落里的双人座位，然后递茶倒水。随着一股淡淡的薰衣草香氛扑鼻而来，两人瞬间放松下来。店内的装饰以暖色调为主，墙面挂着几幅抽象艺术画作，增添了几分艺术气息。每张餐桌都铺着洁白的桌布，搭配着精致的餐具和鲜花装饰，让人感受到用餐的仪式感。这里不仅是牛排爱好者的天堂，更是都市中一片静谧而高雅的避风港。

薛荣贵点好牛排，再要一瓶法国红酒。童宁连忙说："你开车不能喝酒。"

"叫代驾。"薛荣贵斟上红酒，递到童宁面前，"红酒配牛排，黄酒陪大闸蟹，都是绝配。"

"你总有理由，不得不佩服。"童宁接过酒杯，轻轻地和他碰一下。

"童律师，你今天见过检察官了？感觉怎么样，有希望吗？"

"季检察官认为我们质疑沉船原因的证据不够充分，但我们既然提出来了，她说沉船原因是个专业问题，她自己不懂，会请海事专家出个意见。"

"这就对了，专业问题有专家解答。"

"检察官认为老船长醉酒行为是铁定的，无论沉船原因是单一的还是有其他因素，都不会影响对船长的定罪量刑。"

"那你们不是白忙活嘛。现在老船长是什么态度？"

"船长认罪认罚的态度没有改变，我们也都劝他不要变，其实事实清楚，证据确凿，变了也没有用。不过他开个玩笑说，自己有生以来从来没有喝到一觉不醒的醉酒状态，还说体检时，医生说他体内酶的含量很高，一般不会喝醉的。"

薛荣贵的小眼睛一下子放大许多："什么意思，想翻案？"

"不是，他就这么顺嘴提了一句，也没有坚持，他知道改变不了醉酒事实。还自嘲戏言，说年事已高，是含酶量减少的缘故吧。不再提及这事。"

"那么段律师是什么反应？"

"一般当事人不坚持，律师就不理，听过算数。段律师好像早就知道这个说法。他说这是个美丽传说，无法取证的，没再接这个茬。和检察官聊天时，他只是提过一句船长的体检报告，被我打断，船长过去交代中从未质疑自己醉酒的事实，也许是关久了，心里难受，自寻乐子，舒缓心中的郁闷。船长现在很想念大海，想回到海上生活。"

薛荣贵陷入了沉思。一会儿服务员端上牛排，他拿起刀叉开始切割，突然大叫起来："怎么搞的？牛排煎得这么老，叫你们大厨过来！这种牛排最多做五分熟，他做成了七分熟，也敢端上来。用来喂狗呀！"

服务员吓得赶紧赔礼道歉："对不起，薛先生，如果你不满意，我让大厨重新给你做。"

"重新做就够了吗？还浪费我这么多时间！"

店经理也闻声过来致歉道："不好意思，薛先生，这位大厨是刚来的，对你不了解，今天消费都算我们的。"说着，让服务员把牛排撤下去。

童宁第一次看到薛荣贵发这么大的火，样子很凶，没吱声。等到服务员走后她才说："就一点小事，不值得发这么大的火。"

"这是哥拉斯小牛排，也能做成这个样子，关键是浪费了你大律师宝贵的时间。"

"和你在一起，我只管吃，味道好就行，没有那么多讲究。"

"看在你大律师的面子上，放他们一马。这里的老板我很熟，要是告诉他们老板，厨师就可能下岗回家。对了，说到他们老板，前两天他问我一件事，说他有个民事案件，请了律师代理，官司输了是律师能力有限也就算了，他发现这个律师还自说自话，竟然出具了一份假证。你说那该怎么办，有什么办法处理他？"

"律师不能做假证，这是执业律师的底线。如果民事案件出具假证属于违法行为，刑事案件出具假证是犯罪，要追究刑事责任的。那个老板可以向律协投诉，如果查证属实，轻者吊销执照，停止执业，情节严重也要移送司法机关追究刑事责任的。"

说话间，店经理亲自将重做的牛排端上来。牛排还热气腾腾，吱吱作响。店经理说："薛先生，请你尝尝这个味道，是用日本和牛做的，三分半熟。"

薛荣贵拿起餐具切开还有点血淋淋的牛排，叉起一块送到童宁的嘴边："你吃，你说好就好。"

童宁咬了一口，连声说："味道好极了。"

"我的女朋友，大律师，她说好就好。今天我照价买单，不要你们免单了。"薛荣贵很豪爽地说。

一场小风波算过去了。

二十七

与童宁分别后，段韬即与岳宝胜通了电话，按对方发来的定位，骑着摩托车来到一家茶室会合。茶室内摆放着一些绿植，如龟背、菖蒲等，不仅美化环境，还能净化空气，让人心情愉悦。两人进入一间风格简约的小包房，里面的茶桌上茶杯、茶壶、茶盘等一应俱全，每一样都透露着主人的品位与对茶文化的尊重。段韬要了茶水，还点了啤酒和点心，就当晚餐了。

段韬边喝茶边说："从第二次鉴定的结果判断，是两艘船的船用油漆。能够证明发生过两船相撞的事实，那艘肇事船可能就是荣德号。可我实在搞不明白，在那么宽阔的大海，两艘船为什么会发生碰撞，而且根据卫星图像显示，荣德号已经尾随酷客号很长时间了，它想做什么呢？"

岳宝胜想了许久，连喝了两杯浓茶说。"这涉及远洋轮上的一个秘密。"他说。

"什么秘密？"

"我在远洋轮工作多年，每次出海回来，有船员会夹带一些进口商品入关，有时多，有时少，不完全是自用的，大都会转手倒卖，赚点外快。国际海员的收入虽说不少，但与有钱人相比差得太远。在人人都做发财梦的时候，船员们只有利用自身优势，夹带私货闯关走私，赚点不义之财，才可能成为有钱人。尽管都知道这属于违法行为，可都在做，并且级别越高，动作越大，已成约定俗成，见怪不怪。集团和公司在反复强调要加强教育，严格管理，杜绝走私行为，可在酷客号上，我这个支部书记是管不过来的，只能走一走形式，提示一下。中间也曾想抓个典型，处理一下，可涉事的船员不是一个两个，不好处理，法不责众嘛；再说船长还需要他们干活，都处理了谁来干活，也就睁一只眼闭一只眼，得过且过，我自己洁身自好就行了。"

段韬忽然想起薛荣贵的那家礼品店，笑着说："那我好像也分享过其中的利益，我去过薛大副开的一家礼品店，受赠了一款精致的琥珀礼品。"

岳宝胜没觉得有什么意外，他说："带些外国礼品送送朋友，都是小菜。薛大副是个情种，到处都有女朋友，拿着中国礼品骗外国女人，拿着外国礼品骗中国女人。"

段韬倒很有些意外："薛大副怎么会是这样的人？"

"嘿嘿，人们形容海员为'烂水手'，船到哪儿，就浪到哪儿。当然，海员的工作辛苦而单调，风险大，不知道意外和明天哪个先来，不奇怪。"

"可我还是不明白，自从我介入沉船调查的原因后，发生了一系列奇怪而凶险的事情，甚至被追杀，肇事船长也可能是被害的，如果仅仅是因为夹带些私货这样的小事，不至于闹出这么大的动静吧？"

岳宝胜似乎也想不通，想了会儿说："我记得那次返航时，接到过公司的电报，说是海关正加强口岸监管，严查进口货物，包括出入境人员的随身物品，通报有航空小姐走私被抓的案例，要求各船须做好自查，严格管理。我当即召开全体船员大会，传达公司指示精神，要求船员切勿顶风违法，否则后果自负。就是提醒船员别撞在枪口上，自讨苦吃。"

"难道是这个吹风会引起了某些人的警觉？"段韬好似看到了什么。

"你这么一说，或许就对了，那艘尾随而来的荣德号大概率是来接货的。"

"怎么，还有海上接货的？"

"那当然，过去我在海军舰艇上当兵时，就曾帮助海关打击海上走私洋烟洋酒。那时国内走私船都会到公海上从外国货轮上接货，再偷运到国内贩卖。这样一来一去，全是暴利。"

"如果真是海上接货，那就并非简单夹带礼品的小事了，一定是大宗商品。问题是什么货呢，会不会是违禁物品？"

"糟糕的是，这些物品即使存在，已随着酷客号沉入大海，无法知道具体装的是什么货。"

段韬问道："如果在海上接的货，这么大的动作不会是一个人能完成，一定还要其他人参与。"

"你分析得对。海上卸货、装货，船上至少得有两三个人参与，但也不能让太多的人知道，特别是不能让我知道。"岳宝胜说。

"那么酷克号上具备接货的人会是谁呢？"

"能够指挥海上接货的通常只有两个人，一个是船长，另一个是大副。只有他们可以把握航向，指挥卸货。在这两个人中间，我认为最有可能的是薛大副。"岳宝胜忽然一拍桌子，很自信地说，"没错，就是他！被你这么一问，犹如醍醐灌顶，想明白了。怪不得那天薛大副要为船长庆生，还拿出一些洋酒请客，就是要让我们喝醉，这样他就好安排海上接货了。我怀疑他在酒里下了药，国外这种迷魂药是无色无味的，很多，随随便便就能弄到，而且进入当事人体内根本觉察不到，不然船长不会醉成那个样，昏昏沉沉，一觉不醒。"

段韬换了个坐姿，又问："你的分析我能接受，可即使老船长醉酒不醒，由薛大副代为指挥，他毕竟有十余年的航海经历，海上经验丰富，怎么会让酷客号与荣德号发生撞船事故的呢？"

"那应该是天公不作美了。当时海上狂风肆虐，巨浪滔天，海上接货遇到了困难。我估计薛大副知道机会只有一次，第二次再接货一定会被我们发现的，于是他不得不强行接货，这叫癞蛤蟆支桌子——硬撑。这样两船便发生了碰撞，从而造成酷客号的沉没。"岳宝胜也跟着换了个坐姿，有理有据地推测道。

段韬举起酒杯说："轮机长你指点迷津，也就是说在酷客号沉没的背后，实际上隐藏着一起重大走私案。这样我两次上岛所经历的事，同样有了合理的解释，是走私团伙怕我查出沉船的真相。"

两人把事情理顺了，兴奋得撤下茶水，开始喝起了啤酒。

岳宝胜说："看来沉船元凶就是薛大副，不仅走私犯罪，还造成酷客号沉没，应当立即向公安举报，把他抓起来。"

段韬喝着啤酒想了一下，说道："且慢，我们的分析判断确有道理，但目前尚缺乏有说服力的证据，酷客号的沉没，带走了所有走私货物的凭证，更带走所有的酒瓶酒杯，加之荣德号还没找到，就不能证明是接货船撞上了酷客号的。真正厉害的罪犯是不会轻易留下犯罪证据的。"

"难道就放过他了？继续成为董事长跟前的大红人，逍遥法外？"

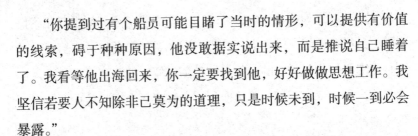

　　"你提到过有个船员可能目睹了当时的情形，可以提供有价值的线索，碍于种种原因，他没敢据实说出来，而是推说自己睡着了。我看等他出海回来，你一定要找到他，好好做做思想工作。我坚信若要人不知除非己莫为的道理，只是时候未到，时候一到必会暴露。"

　　两人分手后，段韬回到自己的出租屋，躺在床上抑制不住的兴奋，心想历尽千辛万苦回头一看，却发现得来全不费工夫。现在可以推定薛荣贵就是沉船事故的祸首，背后还有一个无孔不入的走私团伙；再一想如果薛荣贵真是罪犯，自己怎么没有察觉呢，还不断地向他请教，向他报告自己的计划，自己有多傻啊，还自以为是火眼金睛。还有若他真是罪犯，那么童宁会接受吗？深陷情网不能自拔的她该怎么办？但愿这一切都是凭空想象的剧情，并不是基于法律的事实。

二十八

天还没亮，段韬就已醒来，坚持跑完五公里，再匆匆吃了早点回到事务所，走进自己办公室。办公桌上已积了一层灰，显然很久没人进过办公室。他赶紧擦干净，整理一下办公室的环境。

邵普元正好来所里上班，见段韬在，就拐进来说："小段，你见过冯大律师了，他很欣赏你啊。"

"他过誉，冯大律师才是个大家，在巴朗岛很有威望，"段韬不好意思地说，"多亏他的帮助，看到沉船资料，见到船东，排除了部分疑虑。这事也要感谢邵老师的牵线搭桥！"

两人又聊起船长二审的证据，手上的两份结论不同的油漆样本鉴定报告，邵普元说："从严格意义上来说，油漆样本都是他人采集，属于传来的证据；虽然后一份能证明存在不同油漆，却无法确定是哪条船上的。要认定是两船相撞的交通事故，还缺少最有效的证据，即肇事船。法院一般不会采纳一份孤苦伶仃的油漆鉴定报告的。"

段韬不得不承认邵老师是一击命中了要害，嘿嘿一笑说："你和检察官说的一致，那我是搬梯子想上天，是瞎折腾。"

"那也未必，这么辛苦拿到的证据一定有用。"邵普元建议道，

"你可以把这两份鉴定报告和卫星图像资料，以及你所了解的肇事船的情况，一起送交出具调查报告的当地海事署，申请补充调查。这些证据或许会引起他们的重视，启动复查。当然在异国他乡，我们鞭长莫及，能量有限，但你可以与冯大律师合作，我相信以他的专业和在当地的影响力，也许能让那里的海事署重启核查，修正原先的结论。一旦你的海上交通事故观点成立，欧华斌案无论二审是否改判，你已经获得成功，更重要的是开创'一带一路'上中外律师合作的先例。机会难得呀。"

段韬深感邵老师讲得有道，到底是大律师，就是站得高、看得远。"我一定认真考虑。一会儿，我先和冯大律师在线上交流一下。"他说。

"可以啊，请汤汤做个预约，我也参加一起讨论。"

邵律师离开，段韬抓紧整理案卷材料，童宁打来电话说："兵叔，我已把欧华斌二审的证据和书面报告都整理好，一并提交检察院和法院了。"

段韬略感惊讶："这么快，我还没有看过呀。有些难点尚未确定，你就寄出了？"

童宁回道："我是欧华斌一审、二审的律师，还需要你审核确认吗？我已和季箐约好了，等她收到证据和书面报告，再面对面交流一次，届时你有什么解释和补充的，可以当面说明的。"

段韬非常无语："既然已寄出，那就等见面再做说明吧。另外，过两天打球时，我和你一起练一练，顺便和你再聊一聊你的薛大副。"

"好啊，他也说还想再见见你，说和你聊天很开心的。"

这时，汤汤走进来说："视频会议马上开始，邵老师已经在与冯大律师聊天了，你快去吧。"

段韬走进事务所的视频会议室里，邵普元正和冯律师聊天。冯律师高兴地说："东南亚是'一带一路'的南端，两所合作一定大有可为，我们就从这个案件的合作开始起步……"段韬将手机调到静音状态，全神贯注地听他们的交谈。

检察院，季箐在翻阅童宁寄来的欧华斌案的证据资料和书面报告。书记员送来一封注明须她亲启的信件，她拆开一看，原来是封打印的匿名举报信，举报中称，律师段韬为了打赢保险追偿案件，谋取巨额奖励，在办理欧华斌刑事二审中制造假证，来信并附有两份油漆鉴定报告的复印件。季箐仔细看后，立即翻阅童宁寄来的证据，发现只有一份油漆鉴定报告，就立即打电话给童宁。

"童律师，你寄来的证据我收到了。我问你，是否还有其他证据啊？"

"季检察官，我有的都在里面，能提供的都提供了。"

"那我问你，鉴定报告有几份？"

"我这里只有一份啊。鉴定报告是段律师准备的，怎么啦？"

"你们两个联合办案，这份证据说明和书面报告上怎么没有他的签字？"

"你要得紧，我没来得及让他签，他还有意见呢。可他是普通律师，我是合伙人，我可以全权代表的。"

"这些我管不了，我只知道你们都是欧华斌二审的辩护律师，提交的证据上必须都有签字，同时对鉴定报告份数的来源都要做出补充说明。"说完，季箐挂了电话。

童宁似乎没有听明白季箐的真实意图，只是感觉到异常，便当即联系段韬，一时没联系上。

这边段韬和冯大律师一起讨论段韬的证据材料，以及向当地海事部门申请复查的内容，最后冯大律师同意联合署名申请，邵普元马上站起来鼓掌，然后小声地对段韬说："能够获得冯大律师签字认可，就是初战告捷。你立马准备报告，要中英两种文本。"

段韬回到办公室立即起草报告，看到童宁打过几个电话。误以为又是约和薛荣贵吃饭，便回复说：今晚有事，没空赴约。

岂料第二天上午，同源律师事务所主任潘鸿波走进童宁的办公室，他先是环顾了一下四周，童宁还以为是来查看卫生的，因为近期事务所所在的街道办要来检查环境整洁情况，说是市里的大领导要来街道视察，亲临这幢大楼走访商家。"小童，来一下会议室，律师协会的人要找你。"不承想，潘鸿波看完，神秘兮兮地说道。

童宁高兴地说："是找我聊中级职称评定的事吧？"

潘鸿波迟疑道："来的是律师协会纪律部的人，想向你了解有关欧华斌二审的事情。"

童宁稍有诧异，不解地问："欧华斌案件与律师协会有什么关系？"

潘鸿波回道："是这样的，有人向律协投诉，说是代理欧华斌二审律师有制造伪证的行为，主要涉及两份油漆鉴定报告。这是你做的吗？"

"案件由我和国华所的段韬律师共同代理，可油漆鉴定报告则是段律师负责的，是由他提供的。"

"不是你制作的就好，你只要向他们说清楚鉴定报告的来龙去脉，应该就没问题了；再说有我在，你不用担心。"潘鸿波说罢，带着童宁走向会议室，去见律师协会的人。

当天下午，国华律师事务所的党支部赵书记匆匆找到邵普元说："老邵，你那个学生段韬又惹事了，而且是件大事。我刚去过司法局，有人举报段韬涉嫌制作伪证，现已责令律协纪律部调查处理，要让我带着他去律协接受调查，等候处理。"

邵普元似有不信："怎么可能！是因为什么事呢？"

"听说是涉及一起沉船重大责任事故罪的二审，有人举报段韬伪造了两份鉴定报告，还只提交了一份，隐匿另一份。"

"怎么可能呢？段韬要伪造证据，也不必伪造两份。我知道这两份鉴定报告都是物证鉴定所做的，而且为了调查取证，他两赴巴朗岛，历经艰险。若真想伪造证据，完全没必要来来回回去承受这般辛苦，还差点丢了性命。"

"你说的情况我还不了解，不过司法局认为在代理刑事案件制作伪证必须立案调查的，查证属实还有追究刑事责任，现在暂停律师的工作，接受审查。"

邵普元说："段韬是当事人，程序上应该先向他了解情况，听听他的解释，怎么可以一下子就将他列为嫌犯？我是他的带教老师，还是了解他的。他是很好的刑事辩护律师，清楚作伪证的后果，不会以身试法，这是起码的常识。"

"我也不希望事务所发生律师违法事件，可他被人举报在刑事案件作伪证，这比任何违规投诉都要严重，他只能先接受调查。"赵书记有些无奈地回应道。

"这样，我的学生，我去对他说。"

一会儿，段韬见到邵普元和赵书记走进自己的办公室，站起来报告说："邵老师，给当地海事署的申请补充调查和证据材料都已寄出。我正在给检察院和法院发函，申请延期审理欧华斌二审案件。"

邵普元说："很好，你把给检察院和法院的报告交给我，由我修改后负责寄出。你现在有个任务，就是去向律师协会解释一下为什么会出现两份鉴定报告，他们对此存有疑问。"

段韬看了看赵书记："难道是有人举报我？"他说，同时将自己电脑中刚拟定的申请延期审理的草稿发给邵普元。

邵普元问段韬："你的油漆鉴定报告送交检察院、法院了吗？"

"应该递交了。"

"我对你说过这个鉴定报告有瑕疵，你怎么没听去呢？"

"不是我递交的，是和我搭档的童宁律师递交的。欧华斌案的二审就要开庭了，按法律规定是需要提前递交的。童律师又对鉴定报告做了哪些具体表述，我还没看到。当然，这是算我们两个人共同的辩护意见。"

赵书记插话道："这次的举报如果属实，性质非常严重，这可是违法犯罪行为啊！"

邵普元也说："律师的伪证罪是最难解的罪名。这个举报人很聪明，很会选择角度。不过我相信你不会做触犯法律底线的事。还是跟赵书记去一趟律师协会，向他们说清楚这次调查取证所遇到艰难险阻及其所付出的代价，他们大概就明白了。"

段韬很自信地说："我没有作伪证，能清清楚楚地做出解释，没必要以英雄事迹感动他们。赵书记，我跟你去。"

赵书记点头道："好，那你先把自己的律师执业证交出来吧。"

段韬已有过类似被投诉、停职审查的经历，这会儿已没那么激动了，很平静地说："现在只是调查阶段，尚未定性，为什么要收缴我的律师证？我研究过律师法，只有在司法局做出行政处罚决定后，才可以对我采取吊证停业的处罚。律师协会只是民间协会，好像没有行政处罚权，他们更应该依法办事。如果在审查阶段就收缴律师证，令我不能办案，那我吃什么、喝什么，律师协会是否该给我发点补贴，让我有能力支付出租屋的房租，或者我以后就长住在律师协会的办公室里，那里也是用我们缴纳的注册费买的，我住得心安理得。"

邵普元一听，知道段韬自信满满，也松了口气便说："律师协会那里就不要去为难他们了。我儿子有套房，自他出国后就一直空着，你去那里住，也算帮我照看房子，房租不用，水电费你自理。"

"书记，我跟你走。"段韬把律师证交给赵书记，"相信过两天就会把证还给我的，也许我还是能参加欧华斌的二审开庭。"

段韬坐上了赵书记的车一起去律师协会，他注视窗外。"这个举报人是谁，为什么要和我过不去？"其实他不用多想，就知道最有可能的是薛荣贵，因为他最了解其中的情况，眼下又涉嫌酷客号走私大案的策划者。他这一手还真毒辣，我还没去举报他，却先向我开火了，真是活见鬼！

二十九

　　季箐和姚铁都铁青着脸，走出司法局大楼。他们是刚参加司法局组织的对段韬是否构成伪证罪的论证会，两人来到大楼外的绿地上。

　　季箐显然还未从刚才的情绪中完全摆脱出来，仍有点激动地对姚铁说："我的观点很清楚地表达了，律师伪证罪是指律师或被告人在法庭出示的伪造证据，企图影响司法审判，才构成犯罪。现在当事律师只是将证据递交我们审查，尚未进入开庭质证环节，律师是可以随时撤回，不作为证据使用的，那就不是证据，从程序上说还不构成伪证罪的行为；再说，律师给我的证据材料上，段律师没有签字。"

　　姚铁说："会上有人说，这正是段韬耍小聪明的地方，让不知情的搭档递交，自己不签名，所以情节更恶劣，犯罪故意更加明显，必须严加处罚。现在除了两份鉴定报告，那个提供油漆样本的证人说是段韬在第一份鉴定报告出来后，又让他去采集油漆，要再做一份。"

　　"这个证人是境外人士，却使用中文书写证言，有点奇怪。再说境外证言需要当地使领馆认证后，才能作为诉讼证据的，否则属于非法证据，更需要甄别真假。根据段韬的解释，在他自己采集第一份油漆样本丢失后，再让自己的教练，也就是证人到同样的地点，以同样的方法去取了样。证人第一次邮寄给他的，因为鉴定结果一致，他怀疑在邮寄环节中出了差错；然后又亲自到证人处取回剩下的样本，第二次做了鉴定，这也是很合理的，并且不能排除第一份油漆样本出错的可能性。"

"两份鉴定报告一正一反，律师只提供一份认为是有利的证据，这种行为造假的可能性更大。"

"你也这样认为？"季箐扫了姚铁一眼，说，"侦查工作不能先入为主，要进行全面客观的调查。我坚持认为根据现有证据，还不能认定段韬已构成伪证行为，只是有嫌疑。可惜，领导好像没听进去。"

"这位司法局局长原来是我的老领导，不久前才调任司法局一把手，当然还保留着公安工作的思维。他把我叫来，就是要对段韬立案侦查。我说他是我的战友，应该回避，结果被老领导批评了一顿。老领导说，就这么件小事，是战友正好，你可以去做做他的工作，让他投案自首，认罪认罚，争取从轻发落。你知道的，段韬是头犟牛，不撞南墙不回头，还认死理，不肯听劝的。"姚铁说。

"兵叔的性格，我了解。他是那种义无反顾、敢于赴汤蹈火的人；再说律师一旦构成犯罪，会被吊销执业资格，永不录用，他更不会认了。在律师协会谈话时，他就吹胡子瞪眼，据理力争，惹得领导很不高兴，才召集我们讨论的，不过还算慎重的。"

"段韬第一次亲自采集的油漆样本遭人抢劫，当时童宁就在一旁，所以才有第二次委托证人去采集的。"

"那段韬为什么自己不再去一次呢？"

"他的解释是遇到了台风，无法出海。"

"难道他就这么相信自己的证人？"

"这很好理解。我们都知道他的眼睛里好人居多，这也是他的弱点。要不你找他好好谈谈，摆事实，讲道理，让他明白是自己哪里出了错。如果他的证人并没有按照指令行事，自说自话，那他是犯了过于自信的毛病。"

姚铁听懂了季篙的暗示，譬如能否从过失行为的思路上去侦查。他心想，法律人就是不一样，帮人也从法律的角度上去帮。不过你不明说，我也不能明着问应该怎么帮。"季检察官，既然领导把段韬的案件交给我办，我知道该怎么做的，一定会展开全方位的调查，不会漏掉任何细节。"他想了想说。

季篙点点头："我相信你的能力，期待你的调查结果。"

两人握了下手，各自上自己的车而去。

赵书记知道段韬作伪证的案件移交公安立案调查，让他很没面子，似乎是他的思想政治工作没抓到位，也要承担领导责任。他参加完市司法局的论证会回到事务所，马上向邵普元做了通报。

"这是进入刑事侦查程序，事态很严重呀。"

"就是呀，这位段律师坚决不认错，还强词夺理，讲了很多理由。律师协会已无法继续调查，只能上报请示。司法局领导非常生气，责令公安立即介入调查，要不是参加论证会的检察官坚持不同意见，恐怕要对他采取强制措施。"

"从法律上认定段韬的伪证罪，还缺少重要的直接证据，现在能证明段韬指使他人收集油漆样本，只有同案犯书面证言，人又在境外，段律师是坚决否认，形成一对一的局面，司法局是进退维谷，交给公安立案侦查虽有点残酷，是个正确的决定。就看公安侦查能力，找到什么新证据。"

赵书记提醒说："现在是关键时刻，千万不要让段韬与他的教练联络，包括与境外的其他人的联系，以免留下串供的把柄，坐实伪证罪的证据。"

邵律师说："你说得有道理，这小子大大咧咧，还自以为是，要好好提醒他。"

邵律师匆匆来到段韬的办公室，却不见他人影，急切地骂道："这兔小子跑哪里去了！"

段韬其实是在宠物乐园观摩一场别开生面的宠物运动会。他到的时候，运动会刚拉开序幕。只见游乐场四周彩旗飘扬，欢声笑语交织成一片欢乐的海洋。宠物主人们带着自家的小宝贝，兴奋地聚集在一起，期待着在这场运动会出个好成绩。

首先比试的是"飞盘争夺赛"。一只金毛犬的眼神里闪烁着坚定的光芒，它的主人轻轻一掷，飞盘划出一道优美的弧线飞向远方。金毛瞬间启动，四肢有力地蹬地，如同离弦之箭般地冲出去，稳稳地接住飞盘，然后兴奋地跑回来，将飞盘轻轻放在主人的脚边，引来观众的一片掌声和欢呼声。

不远处的"拔河比赛"也进行得如火如荼。两只体形相当的拉布拉多犬被一根结实的绳子紧紧相连，它们各自站在队伍的最前端，身后是各自的支持者。随着裁判的一声哨响，两只狗狗迅速发力，绳子绷得直直的，双方势均力敌，僵持不下。周围的观众看得紧张又刺激，纷纷为自己支持的队伍加油鼓劲，场面热闹非凡。

草地中央还有"障碍赛跑"。赛道上设置了各种有趣的障碍，有低矮的跨栏、摇摆的独木桥。一只灵活的小比熊犬虽然体形不大，但动作敏捷，它轻巧地绕过跨栏，稳稳地走过独木桥，其表现让在场的观众连连惊叹，加油声此起彼伏。

这时，丑丑上场了，段韬和刘浩鹏都在为它加油。丑丑冲出起跑线，在运动场上飞奔，穿越各种障碍。可它毕竟受过伤，最终还是被甩到后面。刘浩鹏赶紧跑到终点，迎接丑丑跑完全程。

段韬看完丑丑的表演离开看台，来到池塘边的茶室喝茶。自从接受调查、停止执业以来，时间一下子多出来了。尽管一开始就能猜到幕后的推手是谁，可没想到对方会抓得很准，做得很专业，还配有证据材料，应该是有高人指点所致，让自己反复解释也没有用。自己被调查的消息已传得满城风雨。他自信不做亏心事，不怕鬼叫门，也相信律师协会、司法局和公安局的同行不会把白的说成黑的、把没有的说成有的。就是时间问题，俗话说时间换空间，那就耐心等吧。

池塘里冒出一群大白鹅，嘎嘎嘎地游过来。好一个田园风光。这时，小满过来给他倒水。段韬见小满笑盈盈的，心情好了许多。"你怎么也在这里服务？"他主动问道。

"今天运动会来的人很多，秋羽姐让我过来帮忙，我负责端茶倒水，照顾好宠物主。"小满说，"段律师，看到你气色很好，还是乐呵呵的样子，我也放心了。"

"你也听说了？"

"嗯，听秋羽姐和浩鹏叔说你正在接受审查，他们说你是被小人诬陷的。"

"这没什么，大不了和你一样，到宠物店当个店小二。"

"你有学历，又有能力，怎么会像我一样呢？"

"和你一样也不错，靠自己劳动挣钱，光荣！"段韬说。少顷又问："兵兵还好吗？越来越懂事了吧？"

小满点点头，露出母亲特有的欣慰表情。"对了，有一件奇怪的事我一直没搞明白，正想有机会问问你。"她忽然想起什么，接着道，"是这样的，我在整理兵兵他爸遗物时，发现一张汇丰银行的银行卡，后来我去银行查询，看卡里还有没有钱。可我不知道密码，银行不让查询。我曾用兵兵他爸的生日、兵兵的生日和我的生日试过，都不对。事情一多就被我扔在一边了。前几天兵兵在家玩耍，不小心把那张小红军的照片扯下来，我去重新挂上去时，发现照片背面有一组数字，是他爸的笔迹。我仔细琢磨，我家的门牌号和房号组合，我猜想这多半是兵兵他爸设置的银行密码。我再去银行试了试，果然没错，卡里余额居然还有 30 万元……"

段韬哈哈大笑："这可是件大好事呀，你丈夫给你们娘俩留下一笔财富，多了份生活保障嘛。"

"这我明白。可对账单上有一笔 10 万元是兵兵他爸遇难后一个多月才汇入的，你说奇怪不奇怪？"

"这倒是的，不可能是你丈夫自己汇入的。"

"我问了银行是哪里汇来的，他们查询后告诉我，是一家境外公司汇入的。我知道兵兵他爸从不做生意，担心这笔钱来路不正，没敢告诉轮机长。你是律师，你帮我分析一下会是怎么回事。我们娘俩不想卷入是非之中。"

"这个……会不会是别人借了你丈夫的钱，一直没还，后来良心发现，主动归还了？"

"兵兵他爸有几个朋友我都清楚，要是他们之间有钱上往来，兵兵他爸一定不会瞒我，一般都是用中国银行的银行卡，我知道他只有这么一张卡；他有汇丰银行卡，我一点都不知道，并且钱还是

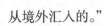

从境外汇入的。"

"那就是有人对他做出了什么承诺，因为什么事需要给他一笔好处费。"

"可兵兵他爸只是个普通船员，能帮别人什么忙呢？还是这么大一笔钱！"

"要不你再回忆一下，他生前有没有留给你什么信息。"

"他是海员，我们一年四季聚少离多，平时联系主要靠微信，也不常发，他发来的信息我都还保留着。"说到这里，小满很自然地打开手机，找到丈夫的微信，稍微翻了下，最后一条是这么写的：今夜领导要我帮忙卸个货，搬几只大箱子。我说黑灯瞎火还有风浪有危险。他说后面没时间了，干成就奖励我5万元。5万元是半年的房贷啊。

段韬一看到这条信息异常兴奋，如同走在一条长长的甬道中，忽然看到了前方的出口。"这条信息很重要，你当时或者后来就没想过或问他过是谁要他做的？"他问。

小满说："我还以为他爸在哄我开心，没当回事，后来他遇难了，也没机会再问他是什么人。"

段韬似乎找到了新的证据："这么看来，这笔钱，应该与此人有关。"

小满疑惑地问："不是说好只给5万元吗？那为什么会是10万元？"

"只能这么解释：此人请你丈夫帮忙，未料到后来发生了海难事故，导致你丈夫遇难。他良心过不去，就加倍补偿了。这钱你暂时不要动，可能来历有些复杂。你把刚才你丈夫的微信转发给我，对外暂时保密。"

小满边把丈夫最后的微信转给段韬，边说："我是军属，一直清清白白地做人，决不贪不义之财。"

"律师叔叔！"兵兵的突然出现，打断了段韬与小满的对话，怀里还抱着丑丑，后面跟着刘浩鹏。

小满对段韬说："兵兵特别喜欢丑丑，现在刘叔有事外出，都会把丑丑交给兵兵，他俩相处得很好。"

"那就再好不过了。"段韬摸了摸兵兵的小脑袋说。

一会儿，小满带着兵兵去招呼其他客人，留下段韬和刘浩鹏坐着聊天。

段韬问："你现在还过得好吗？"

"还过得去吧，就是忙了点。"刘浩鹏喝了口茶，答道。

"老兄啊，你单了几年，该找个伴一起过日子了。"

"你不也一样？"

"我是只小小鸟，撞到一个是一个。你不一样，是只大鸟，想法自然多多。要我说呢，你都经历过了，往后最需要一个知冷知热、相依为命的女人与你共度。"

"也是。有时一个人回到家里，除了丑丑，房间里没有一点生气，是感到有些孤独。"

"你看小满怎么样？她性格开朗，为人朴实、善良，就是文化程度低了些，可你是找贤妻良母，又不是找秘书，是吧？"

想不到刘浩鹏哈哈大笑起来，笑得段韬心里有些发慌。"要果真成事，那我就赚大了。你想呀，眼下有个现成的儿子，将来如果再生个女儿，就凑成一个好字了，那该是多大的福分啊！"

"你这是真话？"段韬有些不相信自己的耳朵。

刘浩鹏说："真的假的，我说了不算。"

秋羽走过来看见他们两人说说笑笑："我忙得不可开交，你们两个大男人躲在这里图清闲，喝茶聊天说笑话。"

段韬见到秋羽心情大好说："阿弥陀佛，你心怀慈悲，行善积德，修得正果，搞出一个轰轰烈烈宠物运动会。"

秋羽笑道："怎么啦，一遇到挫折，就想皈依佛门。"

"我心向佛祖，真心从善，不过向佛祖请过假，还是留在红尘，再浪迹几年。"

"那就要看佛祖是否准假。"

段韬的手机响了，是姚铁打来的："你小子在哪里？你是自己过来，还是我带着铐子去铐你？自己过来算投案自首，不需要我给你再读一遍法条了吧。"

段韬只能苦笑说："不是给不给假，而是我没有选择，去接受审查。"

刘浩鹏说："这么说，姚探长也上手了。"

"律师协会没有侦查权，只能移送公安，未必不是好事，要杀要剐，总要先查明事实吧。"

刘浩鹏说："段律师，你很自信呀，好像没有事一样，我们都为你着急，只是不敢对你说。"

"放心吧，我是大红灯笼山绣球，亮闪闪的。"

"我们相信你，需要我做什么，尽管吩咐。"

"律师的事自己搞定，不需要别人帮助。浩鹏，我说的那事，你放在心上，想想是否合适。秋羽，这位军嫂就拜托你照顾一下，她可能是我重要的证人。"

秋羽笑笑说："执着一念，痛苦无穷；放下执念，随遇而安，心自在。"

"我记得佛祖也说过，持之以恒，必能洞见生命真谛。"

秋羽说："你要相信，好人一定会遇到贵人相助的。"

段韬骑上摩托车，离开俱乐部，直奔公安局。

三十

段韬来到市公安局刑侦队时，姚铁已在门口等着了，一见到段韬省去了多余的寒暄，径直将段韬带进了询问室，对他说："段律师，你现在是被举报对象，不能让你去会议室喝红茶，只能在这里喝白开水，接受调查。"

段韬还是出娘胎头一回作为嫌犯接受询问，内心多少有点不踏实，甚至不知道进来后还能否出去。"律师执业涉嫌犯罪行为，由司法行政机关审查定性；构成犯罪的，再移送公安部门立案侦查。据我所知，我的事律师协会还在讨论中，司法局也没有定性，应该轮不到你们公安接手吧？"他故作镇定地说。

"你小子看看这是什么房间，是询问室，不是讯问室。讯问室对象是犯罪嫌疑人的，要全程录音录像的。现在是协助司法局进行立案前的调查，你是涉案当事人。我们需要对被举报对象进行询问，当然也会全程录音录像。你有意见吗？"

"既然我不是嫌犯，只是被举报的当事人，我希望记录我所有的陈述。"

"现在开始，有人举报你有制作伪证的重大嫌疑，若你能在此刻认罪，坦白交代，还算是自首；若之后换个间房你再交代，只能視作主动坦白，其法律后果是不一样的。"

"姚探长，关于自首的法律条款，我肯定比你更熟悉；至于我有没有伪证行为，我本人最清楚。现在可以告诉你，我没有作过伪证。不要说换个房间，哪怕是关进拘留所，我也不会选择认罪认罚的。你们有侦查权，可以采取各种措施收集证据，查明事实，还我清白；再说公安部门应该有两项职责，一是打击罪犯，二是保护公民，你们理应查清楚这个举报的来龙去脉，保护好我这个守法公民。"

"你别嘴硬，上来趾高气扬，一会儿就偃旗息鼓。这样的情形我见得多了。还是交代一下两份油漆鉴定报告是怎么形成的，怎么做成两个不一样的鉴定结论的。不好意思我说漏了嘴，习惯了，目前应该不是用交代这个词，而是请你陈述所知道的实际情况。"

段韬拿起桌上的水杯喝了一口，跟着皱了皱眉头，埋怨道："冷的？你就不能给我弄杯热茶！"

"我倒是想给你泡上一壶明前龙井的。可惜，这里不是地方。"姚铁有些忍俊不禁。

"亏你还是老战友呢，一点战友情谊都不讲。"

"对不起，你就别穷讲究了，还是说说你自己的问题吧。"

段韬沉思了一下，推开面前的冷水杯，说道："老姚，说实在的，我至今都没想明白，更没搞清楚，这一个人采集的样本，鉴定的结果怎么会不一样。是阴错阳差，还是哪个环节上出了问题？我真不知道，含着骨头咬到肉也说不清楚。"

"你刚才说是同一个人帮你收集的油漆样本，那么这个人是谁？"

"是巴朗岛上我的潜水教练，一位当地华侨，是个很可靠的人，

239

不然也不会请他帮忙。"接着，段韬详细叙述猜颂怎么帮助他调查的过程。

姚铁听完后问道："倒是助人为乐，有没有付费呢？"

"当然要给人家误工补偿，公安请人协助不是也要给补贴的。"

"那在与他交往过程中有没有留下什么痕迹，譬如微信之类的指令？"

"基本没有，都是口头交代，当时也没想到会有今天这样的事，不会特意留下能证明我清白的证据。你是什么意思？"

"如果他未按照你的指令行事，只是随便采集一些油漆样本糊弄你？"姚铁继续询问。

"我感觉不太可能，他是个做事很认真、很仔细的人。"

"根据你的陈述，两份油漆样本都是教练采集的，是否存在一种可能性，那个教练对你的采集油漆样本的要求理解错了，误以为这不是什么大不了的事，就随便采集一下，并未真正按照你的要求去做，导致两份样本的鉴定结果前后不一致。应该是他的责任，而你属于不知情，充其量是过失行为。"

"这主意不错，可我不能这么推卸责任。何况油漆样本是我需要的，指令是我下的，样本也是我亲手送到鉴定机构去鉴定的，由此产生的后果，都应由我来承担。"

"你确定？"

"确定。"

"如果是这样，就算有人想帮你，也帮不了。"

"这不是帮不帮的问题，而是我不认为自己在作伪证。"

询问陷入了僵局，两人你看看我，我看看你。

两人都沉默了会儿，姚铁问："你说第一份样本是通过国际快递寄给你的，第二份是自己押运回来的？"

段韬回道："是的，第一份样本鉴定结果不理想，我怀疑可能是快递环节出了问题，第二份样本就随身携带回来，在送鉴定之前，没让人知道，也没有让任何人接触过样本。所以我认为第二份样品更可信。"

我去过鉴定所，找过当时为你做鉴定的鉴定师，他也认为第一份样本和第二份样本有些不一样，外包装上也不一样。怀疑是在快递运输过程中出现差错，可惜鉴定后，整个包装物都作为垃圾处理了。"

"他觉得包装上会有问题？我有呀，每次送去鉴定时我拍照留痕的。"段韬立即打开手机的图片库，找到两次送样时留的照片，递给姚铁看。

姚铁接过手机，放大图片仔细看。"这两份样本的包装不一样。"他说。

"当然不会一样的，第一次是从巴朗岛上快递过来的，第二次是我自己带回来的。"

"那你有没有问过你的教练第一份油漆样本是怎么快递的，中间有没有人接触过？"

"教练只会说中文，不会写中文字，就委托我的小师妹，就是那个中文导游安排快递的。"

"那就对了，就是你那个小师妹动了小脑筋，调换了油漆样本。"

"我认为她不会的，她和案件没有任何利害关系，完全没有必要调包。"

姚铁看得更细致了："不对啊，第一次的样本包装纸上怎么会有中文字？"

"怎么可能呢？境外快递的，包装上应该是当地文字为主。"段韬也一愣。

"放大了看，是一张本市的晚报。"

段韬也凑过去，发现真是这样："怎么回事？会不会是国内收件公司丢失了原件，随便找一个替代一下？"

"这么说不是在境外快递时出了问题，而是在国内，也不会呀。这个快递没有加过保险，不是贵重物品，再说快递公司不知道客户快递的是什么物品，你怎么收到的快递？"

"我是在事务所收到的，见是教练寄来的油漆样本没有注意外包装，就直接放入自己的双肩包，准备送物证鉴定所鉴定。因为那个晚上有一场羽毛球赛，童宁来接我，我们是混双搭档，就背着双肩包，和她一起去球场打比赛了，没及时送鉴定，改在第二天一早送去。不过油漆样本应该没有离开过我的双肩包。"

"这么说在打球时，你的双肩包是脱离过你的视线？"

"这当然，我放在休息区的椅子上了。"

"会不会就在那一刻，样本被人调换了？"

段韬迟疑地摇摇头："没有人知道我包里有样本的。"

"也许有人知道。"姚铁说，"你想呀，你在巴朗岛上意外遭到抢劫和盗窃，你怀疑都是冲着这油漆样本来的。你回国了，他们一样可以跟踪你，死盯你手上的样本，然后再利用你一时的疏忽，调换了样本。你再仔细回忆一下，事先有谁知道你拿到了样本的？"

段韬想了会儿说："知道的只有童大律师，我们都是船长案件的二审辩护律师，我们一起去巴朗岛调查，一起去沉船海域的，她也参与一起收集油漆样本的工作，我收到后第一时间会告诉她，我们有共同的利益、共同的诉求。她不可能告诉别人，也没有必要对外泄露。那天是她接我去参加羽毛球赛的。"

"那天，童大律师有没有离开过你或者邀请其他朋友一起参加比赛？"

"没有啊，我们俩一起进场，一直打到比赛结束。混双对手是保险公司宋小甘和检察官季箐。这次羽毛球赛是保险公司赞助的，宋小甘拿到冠军，请我们在球场边的茶餐厅吃顿饭。这时双肩包一直背在身上，没有离开过我的视野。一直跟我回家。如果发生调包，一定是在混双冠亚军决赛的时段内，因为那时双方争夺激烈，忽略了双肩包的存在。"

"好的，那你把那天比赛场馆的地址发给我，我要去核查一下，说不定会有所发现。同时你把童宁的电话也发给我，看看你说的是否属实。这么说季箐检察官也参加比赛，冠军也有她的一半，别告诉我你们故意把冠军送给了对手。不过，这种溜须拍马或许值得。是她凭借专业知识坚持己见，一定程度上影响领导的决心。否则，你就不是坐在这里，而是去另一个地方了。只是她给出的侦查思路有点偏，要我查一下你是否属于过失犯罪。"

"这很正常，我们在读书时学程序法，研究证据的应用，哪像你在警校就专攻侦查学。你可以成为大侦探，还荣立三等功，她就是严守程序的检察官。"

"别虚情假意地恭维我了，你送人家一座冠军奖杯，送我一把狗尾草。"

"你是否问完了，可以走了吗？"

"滚吧，趁我现在心情尚好。不过回去后，老实待着，要随叫随到，对外不要说，包括与你合作的童宁，听明白了吗？"

"探长的指示，岂敢不从。"

段韬离开刑侦队的询问室，一个人站在公安局大门口发呆。知道有人可能调包，他怀疑可能是童宁走漏了消息，不过以自己对童宁的了解，怎么也不相信童宁会故意泄露、出卖自己。那只有一种情况，就是她在与薛荣贵相处时，无意中说漏了嘴，或者被对方有意套出了话。他是很想再返回去，索性和姚铁说说明白。但是中间隔着童宁，万一情况并非他推测的那样，哪怕仅有一点点不准确，那么将严重损害自己和童宁的友情，这是他万万不愿意面对的。因此，他宁愿让自己再摸索一阵，再承受一段委屈，也不能贸然行事。

正在沉思中，岳宝胜打来电话："段律师，那个你想找的船员回来了，我已约他在码头餐厅见面，你快过来吧。"

段韬骑上摩托车，快速赶过去。

码头餐厅是一家简朴而温馨的工人餐厅，为在海边辛勤劳作的人们提供一个休憩与补充能量的港湾。门口挂着一块略显陈旧的招牌，上面用粗犷的字体写着"工人家肴"，字体虽趋风化，却依然能清晰地传达出家常菜的情感与温暖。

段韬走进餐厅，见一张方桌边仅岳宝胜一人坐着。"这个臭小子都迟到半个多小时了，打他电话不接，要么就是不在服务区。"岳宝胜说，"本来他答应得好好的，说好长时间没见面了，还很高兴。"

"那你有没有告诉他有律师参加？"

"告诉了。"

"那他会不会是听说有律师在场，就不敢来了，怕招惹麻烦？从他之前的证言来看，他是个胆小怕事的人。再说，即使现在他来了，会怎么说呢？说他在第一份笔录里讲的都不是事实，其实他没睡着。没睡着还不是关键，关键是他当时看到了什么或者听到了什么。这有许多种假设，就算他给了我们需要的实话，以他的个性，万一下次再见检察官时又改口了，说自己还是睡着了，什么都不知道，那我们怎么办？我还没有洗脱作伪证的嫌疑，又要背负一条教唆伪证的罪名，一点不值得。他不来也好，我会建议检察官再直接询问他的。"

"你作伪证的事，已在公司传得沸沸扬扬了，各种说法都有。"

"没事，我不是还好好地坐在这里嘛。轮机长，我又拿到了一份证据，是小满的丈夫在遇难前发给小满的信息。"说着，段韬拿出手机，点开来给岳宝胜过目。

岳宝胜看完，一拍大腿说道："这就对了！这个领导一定是薛大副，大副为了取得酷客号的指挥权，假借老船长生日搞一场酒会，并在酒里下了药，醉倒了船长；然后他再用钱买通当夜值班的船员，一起完成海上接货。"

"你的分析很有道理，可以推断出是薛大副指挥了当夜的海上接货。只可惜小满的丈夫遇难，无法在法庭上做证。这条微信尚不足以认定薛大副犯了走私罪，更何况也没有指名道姓，谁也奈何不了他。"

"没那么复杂，只要把他抓起来，戴上手铐，在小房间里一关，他胆小如鼠，都会交代的。"

"过去也许可以，现在司法改革了，要有凭有据才能抓人。"少顷，段韬沉思道，"回想事情的整个过程，我发现自己犯了一个方向性的错误。最开始，我是因为船长的二审而介入案件的。实际在做公司被追偿的案件的准备，以调查沉船原因为突破口，认为这是个最薄弱的环节，如果能确认是起海上交通事故；公司就可以避免被追偿，那就大功告成，确实也找到一些证据，可是最终随着肇事船的消失和肇事船长的身亡，交通事故只能是个猜想，难以证实。只能交给专业人士评判。律师已无所作为了。作为船长的二审律师，对于上诉人的醉酒事实，一审是铁证如山，不可撼动。过去从未想过可以突破的，现在老船长说自己体内酶含量高，一生从未发生过酒醉不醒，你也反复提到老船长的醉酒可能是被人下药所致，不能不当回事。如果找到证据证明船长不是喝醉酒而是喝错酒，那么船长也许能免除刑事责任。虽说只是百分之一的可能，也要尽百分之九十九的努力，去争取化可能为真实。段韬也为自己突然找到新的方向而兴奋起来。他忙又问："船长说的他体内含酶量特别高是真的吗？"

岳宝胜点头说："是真的，去年我们一起还做过体检，有体检报告为证，那个海员医院的体检医生我熟悉的。"

"好呀，去找到那个医生，调取老船长的体检报告，再看看还有什么可发现的。"

岳宝胜是个急性子，他看看手表说："现在就去，趁医生还没下班，还来得及见到他。"

两人没顾上吃饭，就匆匆赶到海员医院。到体检科找到那位医生，调取了船长的体检报告。

段韬向医生请教："医生，你看这个体检者的体内酶含量是否比正常人高一点？"

医生答道："不是一点，而是高出好几倍，实属罕见。"

段韬又问："那么医生，我再请教一下，一般酒精在血液中融化需要多长时间？"

医生说："平均 24 小时左右，可他不需要，会更快的。"

"如果换成药物呢？"

"那要看是什么药了。"

"譬如迷幻剂，或者其他迷魂类药品。"

"这些都是高溶度化学试剂，会在人体内保留几周甚至更长的时间，通过血检是能查得是什么化学成分。不过不是特别需求，一般不会做检测的。"

两人谢过医生，带着欧华斌的体检报告复印件离开了医院。

岳宝胜边走边说道："我想起来了，出事时，老船长还没有完全醒来，上甲板时还摔了一跤，伤得不轻。所以我们一上岸，第一时间就送他到巴朗岛的诊所治疗伤口。"

"还记得是哪家医院吗？"段韬问。

"巴朗岛上没有什么大医院，我们就近找了小镇上的私人诊所，还是我付的费用。我回去找找看，除了付费单据，或许还有血检报告什么的。"

"但愿还保存着，就等你的好消息了。"

"放心吧，要不了太久的。"

三十一

　　羽毛球馆的监控室里，姚铁正调阅那天比赛的录像。整个馆内有好多片场地，参加比赛的人很多，不时有人进进出出。屏幕上出现了段韬与童宁一起进入馆内、换上球衣上场比赛的画面。比赛开始后，有两个背着球包、戴着运动帽和墨镜的年轻人走进来，但并未换衣服，也没有上场打球的意愿，而是往四周观察，行为诡异。姚铁立即让监控锁定这两个年轻人。在段韬、童宁他们混双比赛快要进入决胜局前，段韬与童宁曾到场边休息区喝水，休息了片刻后重新上场。决赛开始了，那两个年轻人走到段韬的双肩包旁边，一个挡住视线，一个动手开包，动作显得相当熟练，得手后便悄然离开。姚铁立即锁定这段录像，进一步调取附近的监控，看见他们招手拦了一辆出租车，消失在大街上的车流之中。

　　姚铁截取了想要的影像，对两位随行的刑警说："这两个人的目标很清楚，就是冲着段律师的油漆样本来的，应该是有人事先通知他们，指使他们实施调包行为。你们立即去查找那辆出租车，看他们是哪里下的车，又可能去了哪里。我去见个关联人。"

　　姚铁驾驶着警车，直奔同源律师事务所，在商务大厦底层的大堂咖啡厅里等候。一会儿，童宁从电梯间匆匆出来，见咖啡厅里有个陌生人向她招手，便迎上去问道："刚才的电话是你打的吗？"

"是的。"姚铁同时向童宁出示警官证，说道，"我是市公安刑侦队的，受命协助司法局调查段韬律师涉嫌伪证的案件，需要向你了解情况。你是合伙人大律师，不方便去你办公室见你，在这里我们可以随便聊聊，属于非正式询问。"

童宁略感惊讶地问："段律师的事有那么严重，需要你们警方立案侦查？"

姚铁回道："这个案件对司法局来说是个大事，可对公安来说就是个很小的案件。你们律师都是法律专家，就不用我再背诵有关证人的法律条款了。开门见山，直奔主题。"

"可以。"

"你和段韬律师是大学同学，你们合作代理欧华斌的二审案件，在此过程中，段韬送了两份油漆样本去鉴定，结果完全不一样。这事你应该知道的吧？"

"我原来是欧华斌案件的一审律师，段韬代理二审后邀请我加入，因为是老同学，我答应了。你刚才说的事我当然知道，他从不瞒我。"

"那你有没有想过这两份鉴定报告的结果为什么会不一样？"

"说实在的，之前我还真没想过。我们虽是第一次合作办案，但相识十多年，很相信他的能力，赞赏他的为人，从不怀疑他会故意出错。在律协纪律部时，他们告诉我有人举报段韬作伪证，我说绝无可能，他不会犯如此低级的错误；即便有错，最多是疏忽大意、上当受骗所致，不具备主观故意的可能性。这一点我了解他。"

"你认为他是疏忽大意、上当受骗，可段韬那么聪明的人，应该不可能被人骗、上人当呀。"

"这也未必，男人嘛，总免不了有自己的弱点。譬如段韬在巴朗岛上遇到那个潜水教练，我就觉得不是很靠谱，可段韬很相信他。还介绍个当地女导游给他，两人是兄妹相称，我认为导游与样本的被劫与调包有关，可段韬就是不信……"

"不好意思，我打断一下，这个女导游长得漂亮吗？"

"你们男人都只看脸，不看底色……段韬拿到的第一份油漆样本，听说是由经这个女导游快递的，鉴定的结果是同一种油漆，至于第二份样本，是段韬自己带回来的，鉴定下来存在两种不同的油漆。事情就这么简单，导游完全有机会进行调包的。"

"童律师，你认为即使段韬有错，也属于过失行为？"

"从法律上来讲，伪证罪是故意犯罪的行为，假如不是明知故犯，就不构成犯罪。"

"哦，难怪段韬坚决否认自己伪证罪，原来还留着后手。"

"好，我记下了。有一件事我想问你，据段韬回忆，他拿到第一份油漆样本的当天曾与你一起去参加羽毛球比赛，还是你接他的？"

童宁点点头："这是早就约好的，参加比赛的还有我们的老同学季箐和宋小甘，这是保险公司出资赞助的业余比赛。"

"还让宋小甘和季箐拿到冠军？"姚铁继续询问。

"他怎么连这个都向你透露了？"

"这不是重点，重点是我调取了你们当天比赛的监控录像，发现有两个年轻人接触过段韬的双肩包。"

"有这事？我们怎么没发现？"童宁大吃一惊。

"根据监控显示，这两个人应该是得手后就离开了现场。我判断，他们属于跑腿的马仔，背后一定有人指使。问题是指使的人怎么会对当时段韬双肩包里的油漆样本一清二楚呢？童律师，你帮我分析一下。"

"我一般代理保险金融方面的民事案件，办理刑事案件不多，代理欧华斌的刑事案件，也是我的大客户海天保险公司推荐的。律师代理刑事案件，只是根据现有证据进行辩护，不需要思考如何寻找证据、发现罪犯。我可不懂你们公安侦查的那一套逻辑推理，这次段韬去巴朗岛寻找证据，不完全是为了欧华斌的二审，还有航运公司交给他的另一个任务，即保险追偿的民事案件。后者我是需要回避的。"

"据段韬说，当他得到油漆样本后，曾于第一时间告诉了你；换句话说，你是知道他的双肩包里有油漆样本的人。"

"是的，我们联合办案，他自然会告诉我；而且能为欧华斌的二审找到一个突破口，也是很重要的，我知道后还很兴奋呢。"

"那你有没有将这一情况告诉过别人，或者无意间透露给了谁？"

"我不认为自己有过类似的情况。"

"嗯，不好意思，坦率讲，为了追踪那两个马仔背后的指使之人，我调取过你的电话记录，不过仅限于那个时间段内。"

童宁忽然有些生气："段韬是犯罪嫌疑人，难道我也是？"

"对不起，你们都还不是。为了寻找线索，尽快抓获罪犯，我们不得不采取必要的侦查手段，请你谅解。"姚铁连忙说，"根据你在那段时间的通话记录，其中有个国际电话与你连续通话了两次，我们想了解对方是谁。"

童宁想了想说："我的朋友和客户遍及全世界，有国际长途很正常。我每天要接打好多个国际长途电话，不明白你指的与哪个号码通的话。"

"就是你还给对方发过一个球场定位的那位。"

"有可能的，告诉对方，我正在比赛不方便接电话，具体发给谁，抱歉，我不记得了，容我以后再慢慢回想吧。"

姚铁感觉童宁有些言不由衷，眼神似有散乱。"好吧，我们今天就聊到这里，今后我可能还会向你请教，或许要请你来刑侦队。"

"法律人懂得讲证据、讲程序的，当然也会配合警方的工作。不过你得提前两天通知我，以便我安排好工作。"

等两人都站起来了，姚铁忽然笑道："漏了个与案情无关的问题，譬如我们公安一般是不允许男女两人一起出差的，尤其是出国调查。你们律师可能比较随便吧？"

童宁也笑笑说："你是指我和段韬去巴朗岛？这其实没什么好解释的，因为我们是老同学，要是我和他有想法的话，就没有我男朋友什么事了。"

"方便透露你男朋友是干什么的，目前在国内还是国外？"

"这些好像与案件无关，我可以不说吗？"

"当然可以。"

姚铁回到自己的办公室，回想着和童宁的谈话。直觉上，童律师的确像段韬说的那样有点单纯，看不出有太多心机。可她为何要隐瞒那个国际长途的主人呢？他们连续通过两次电话，可能记不住吗？

这时，有警员向他报告："探长，那辆出租车找到了，驾驶员说那两人是在一家假日酒店下的车；我们再找那家酒店，发现他们入住了隔壁的酒店公寓，第二天就退房离开了。从酒店的登记情况来看，两人是用手机结账的。我们又从电信公司调取了这部手机的记录，查到他们订了国际航班机票，目的地是巴朗岛，从边检处了解到他们已经离境。他们使用的是境外身份，那部被弃用的手机，已被机场的乘客捡到，交到了失物招领处。我们通过对这部手机的记录查证，确认了它收到过体育场的定位信息。发定位是境外的手机，我们查不到实际使用人的信息。案情就此断线。"

姚铁说："这么看来，指挥那两个人的推手也在境外。"

警官问："还要查下去吗？"

"人都不在境内了，还怎么查？这么小的案件，也没必要出国走一趟，手上还有大案要做呢。"姚铁想了想，对警员又补充道，"你们去准备一份结案报告，就说经初步查明，第一份油漆样本疑似被人调过包，可以排除段韬的犯罪嫌疑……算了，结案报告只写已查到的事实，不加观点，请领导定夺。"

警员领命退出，姚铁不下结论，主要要回避一下与段韬的战友关系，防止领导误以为有徇私的成分。不过在内心里，已将段韬的犯罪嫌疑排除了。姚铁当即给季箐打了电话，向她通报了发现有人调包的情节，算是给对方一个安慰。

事实上，童宁和姚铁一聊完，她就给段韬发了个定位。段韬心有灵犀，迅速赶过去与童宁见面。

这是一家隐藏于城市中心地带的高档私人会所，段韬在服务员的引导下，踏入一间豪华小包房。他还来不及欣赏四周别致的布局和考究的装潢，就看见童宁独自坐着里面，两眼泪汪汪的。

"怎么啦，谁欺负你了？"段韬赶忙问。

"还不是你的战友姚警官，他为了帮你洗脱罪名，杜撰出一个油漆样本调包的情节。他要编就编嘛，别牵扯到我！"

"对不起，都是我不好，是我告诉他只有你知道我收到油漆样

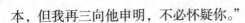

本，但我再三向他申明，不必怀疑你。"

"可他已把我当成嫌犯，监听我的电话，调取我的通话记录，甚至想调查我的隐私。这是侵权行为，我会投诉他，依法维护自己的权益。"童宁说得很坚决，法律人到底不一样。

段韬喝了一口茶，语速平缓地问："这么说姚警官已查到油漆样本被人调包的事实了？"

"他是这么说的，还说背后有个神秘人物指挥两个马仔实施调包行为，要查找此神秘人物，说得很玄乎。"

"那你认为这个调包是假的？"

"那当然，谁需要这份鉴定报告？只有你需要，司法局正在调查你的伪证行为，一旦构成犯罪，终身禁止律师执业，你心不甘，我也不愿啊。于是你的战友设计了一个调包故事，可以合理合法地帮你洗脱嫌疑。"

"我不认为这是编的，而是真实存在。我从手机留存的照片上，发现了第一份油漆样本的外包装是张本市的晚报，猜颂从国外快递过来，应该使用当地纸张，这个细节很反常。警方由此推断油漆样本被人更换过，再顺着这个路径查下去，通过调阅体育场的监控，果然发现了有人趁我们打球时，从我的背包里调换了样本。姚警官认为他们一定是受人指使，要一查到底，这个侦查思路也没错呀。"

"即便如此，也不能怀疑我呀。"

"当然不应该怀疑你，但需要那份油漆样本的除了我和你，肯定还有其他人，或者不想让我们得到。这一点，两次上巴朗岛的一系列遭遇，就能证明这绝非巧合。"

"那么你说的'其他人'会是谁呢？船东？他们为了顺利拿到余下的理赔款，阻止我们继续调查沉船原因；还有就是你的小师妹，她时常恰到好处地出现在你的周围，好像都与她有关，或者她就是船东派来监视你的……"

"最开始我是怀疑过她但是绝无可能，我已和姚警官陈述过了，他也能接受。"

"这就对了，因为别人都无可能，所以就把疑点集中到我身上，姚警官甚至还想询问我男朋友的情况，被我挡回去了。"

"姚警官在怀疑薛大副，是有什么证据吗？"

"怎么可能，他有职业病，把我当嫌疑人也就算了，还要怀疑我身边最亲近的人。"

"这是公安人员是侦查思维，通过线索、发现嫌犯、尽快破案，当然公安不会无缘无故地怀疑一个人，姚警官或许是发现了什么细节与薛大副有关。"

"连你也怀疑他？"

"不是，我的意思是说，在没有破案之前，任何人都有可能，包括薛大副，他了解油漆样本的来龙去脉，存在作案的时间，是很难排除嫌疑的。"

童宁一听很不愉快："段律师，你怎么也陷入阴谋论之中，无端生疑？你是律师，真要怀疑，总该有点依据吧。"

"当然，我不会无事生非。你知道这一路上发生的太多巧合，一定与某个人、某件事有关，这让我不得不重新思考。薛大副曾提示我最有可能是船东为维护企业商誉而不择手段阻止我的调查，从而把我的视线引向了船东。开始我也这样认为，相信他的推断。可后来我见过船东大老板，感觉他是个受中华传统文化影响很深的人，不会斤斤计较一条船的利益得失。我从冯大律师那里了解到，船东将这次在中国境内的保险理赔事务委托给了一家号称都能搞定的中介服务公司代理；而且据宋小甘证实，酷客号保险理赔事务是由一家香港咨询公司负责。"

童宁一惊，忽然记起那个晚宴，当时保险公司理赔部总监、法务部总监都参加了，还有薛荣贵的朋友马老板也在场。马老板还给过她一个大红包。当然，这事是不能透露的。于是她淡淡地说："保险理赔委托给中介公司代理，符合国际惯例，与薛大副无关。他在保险理赔中没有个人利益，按你的说法，既然无利不起早，就完全没必要参与其中了。"

"有没有利益，不是挂在嘴上说，是放在心里，藏在小眼睛后面，看不见的。"

"兵叔，我怎么觉得，你已受到老战友的影响，先入为主的味道了。说句心里话，我完全相信你没有作伪证，同样，我也相信薛大副是清白的，自从酷客号沉没后一直到现在，他为此付出巨大的努力，他的行为都不应该受到任何质疑。你也知道我老大不小了，好不容易遇见一个理想中的男友。我珍惜这份感情，不想看到他被人玷污，哪怕只是一丝一毫。"

"我知道你，这些年经历不少挫折，情感上起起伏伏，三十有余，单到如今，一定有许多苦衷，能遇到心仪的男人也不容易。但也不能拉倒篮子都是菜啊，女人嫁男人是一辈子的事，俗话说是第二次投胎。真的要细细考察，慢慢品味，再托付一生。"

"薛大副是唯一让我真正心动的男人，我喜欢他。珍惜迟到的爱情。你见过他，鼓励过我，只要是认准的人，就要敢于拥抱他。如今我们已到谈婚论嫁的阶段，带我看过婚房，建立自己的爱巢，还要养儿育女，居家过日子。我是独生女，你是我的好朋友，仅有符合条件的单身汉，结婚时，要请你当伴郎，还需要你抱我上花轿的。"

段韬看着她神采飞扬一脸幸福的表情，喝了口茶，艰难地咽下去说："请我当伴郎，那么我有几个问题可以问你吗？"

"如果对他还有疑惑不解的事，我已把他请来，你们面对面交流化解误会，真心希望你们成为好友，共同出现在我的婚礼上。"段韬一愣。"他听说你被审查，也很着急，愿意提供一切帮助，他还是有社会资源的。"

段韬想了一下说："也好，既然请来了，那就当面锣对面鼓有一说一。他能解释清楚，说服我，就冰释前嫌成为好朋友，当伴郎。我也说句心里话，作为老朋友，真心想当你的伴郎，看到你的感情生活上有一个美好的归宿。"

薛荣贵立即闪身进来。其实他在外面等了有一会儿，听到他们后半段对话。知道该进来为童宁解围，不然会露出马脚。当然他已想好对策。"段律师，看来我需要解释一下，以消除你的误解。"薛荣贵在童宁边上坐下，没顾上喝茶，就开始有板有眼地说起来，"那位冯大律师说得不错，船东的理赔确实委托了一家注册在香港的国际咨询服务公司，他们很有实力，在北京、香港及巴朗岛都有自己的办公室，是一家专业代理保险理赔的跨国公司。他们被船东选中纯属强强联合，船东给出的任务非常明确，就是尽快拿到理赔款购买新船。当然，船东支付的服务费也不低，大概是理赔款的20%，比国际行情略低一点，而香港最高的是30%。在巨大利益的诱惑下，这家代理公司可能会采取一些方法和手段，以实现船东提出的目标，这也是可以理解的，就像你们律师的风险代理一样。为了实现目标，获得奖励，在所不惜。当然，你段律师与其他律师不同，是个极富想象力也很执着的人，敢于质疑既有的结论，抓准突破口，一追到底。哪怕招致风险，也无所畏惧。非常难得，必须肯定的。可你的调查恰恰触及了那家代理公司的利益，动了他们的奶酪，他们为了搞定海难事故的调查结论，一定花费了不少成本。对你来说，恐怕始料未及吧？"

段韬说："确实没有想过，也许他们不仅搞定境外海事调查的官员，也要搞定海天保险公司的某些人吧。"

"也许吧，都是一根绳上的蚂蚱，我们在办丧事，他们是当喜事办，利益驱动嘛。因此被你发现酷客号沉没另有原因，再让你找到肇事船，最后认定是两船相撞的海上交通事故，那人家辛辛苦苦做成的大事、赚到的钱，不就全让你毁了吗？人家怎么可能放过你，当然要千方百计地阻止你的调查，甚至不惜违反法律，采用极端的手段对付你。"薛荣贵沉着地答道。

"这么说，你开始就知道不是船东在作梗，而是第三方？"

薛荣贵继续答："最初我是怀疑船东公司的，可从你后来的种种遭遇来看，有些动作不像是船东这样一家大企业所为，或者说更像是中介代理公司的做派，他们为了一己私利，是什么事情都干得出来的。"

"那你和这家中介代理公司熟吗？"段韬又问。

可能涉及了问题的实质，薛荣贵开始句斟字酌，生怕自己说漏了嘴："他们为了和保险公司谈判，曾找过我；而我们公司还须向船东再租船，也需要和他们打交道，以争取相对低的租金。这是我们公司老板交给我的任务，必须完成。我这样解释合理吗？能不能解开你心中的谜团？"

段韬注视着薛荣贵，若有所思地点点头。"那我再向你求证一件事。"他说。

薛荣贵爽快地说:"行,任何有关沉船的事都可以问。"

段韬说:"你知道我在肇事船上捡到一张照片,第一时间给你看过,我记得你当时说不认识照片上的人。"

薛荣贵马上说:"是的,你给我看过,可我不认识,至少记不得他是谁。"

段韬说:"据岳宝胜说,酷客号上的船员大多认识他,也包括你。他说几年前,在旧金山国际海员俱乐部,你和照片上的人为争取与一女子摔跤,打过擂台。由于当时你出价低,他出价高,进而让他占得先机上场表演。这事你不会不记得吧?"

薛荣贵说:"海员们的风流韵事多了去了,逢场作戏在所难免,不要说几年前在什么旧金山,就是去年在约翰内斯堡发生的事,我都记不住了,这很正常。"

段韬说:"你知道吗,他是船长,曾驾驶过疑似肇事船,在肇事船消失后,岳宝胜陪我一起去寻找这位船长,可在我们赶到之前,他因酗酒斗殴不幸身亡。你想呀,一个60多岁的老头,居然会酗酒斗殴,并且不早不晚恰恰在关键时刻死去,你说这事是不是有些蹊跷?"

童宁插话道:"治安事件该由警察调查,把那几个打架的人抓起来,一问就清楚了。"

薛荣贵说:"那里的岛民多以打鱼为生,性格彪悍,脾气急躁,酗酒滋事是常有的事,加上当地警方管理不力,没人会把死人的事真当回事,包括家属也多半自认倒霉,大概率不会去报案追查的。"

段韬说:"现在肇事船消失了,关键的证人也死了,回想起事情的前前后后,不得不怀疑这些事都与酷客号沉没存在某种关联。"

薛荣贵说:"你是法律人,只知道案件,不了解商人。商人的唯利是图是以交易为提前,其一切行为须计算成本,因而通常不会动刀动枪,以损害他人生命为代价。否则赚到钱也不能用,只有暴徒才会无法无天,不计后果,直至采用极端手段。现在正像你说的那样,肇事船消失了,仅有的证人也死了,你的怀疑在法律上又有多大价值呢?"

段韬注意到薛荣贵的小眼睛里露出一道寒光,但他马上想到了下一个问题:"那你知道老船长欧华斌那天因何醉酒吗?"

不料童宁一下子站起来,冲着段韬问道:"你怀疑沉船的真相还没有明确的结果,怎么又研究起老船长的醉酒原因?想从醉酒上寻找突破口,为船长做无罪辩护,你是否又在发高烧,胡思乱想?那是在挑战季箐的底线,你明白吗?"

薛荣贵赶紧在一旁说:"童律师,你别着急,我倒是想听听段律师是从哪个角度对老船长醉酒事实进行辩护的。如果成立,老船长或许可以无罪释放,回家过节了。"

段韬沉默了一会儿才说道:"童律师,你先坐下。我在向薛大副询问他所了解的情况。"

"那我是被告人还是证人?"薛荣贵笑着问,故作镇定。

段韬说:"现在都不是,仅是我们私下里交流情况。"

薛荣贵一本正经地说:"因为那天是老船长的生日,大家为他庆生,应该是他高兴,就陪着大家多喝了几杯。"

"听说当时你还贡献了一瓶上好的洋酒。"

"为船长助兴嘛,我乐意。"

"可据船员反映,你平时有点抠门哦。"

"那是有人胡说。老船长是我恩师,又胜似长辈,我做点贡献理所应当。"

"那你知道老船长体内酶的含量很高，一般不会醉酒，而这次他竟然喝醉了，丧失了航行的指挥能力，然后由你接替他指挥。"

童宁又插话："船长不是说过，年纪大了，酶含量降低。"

"我知道岳宝胜一直在与我过不去，怀疑我在老船长酒里做了手脚。这事你也信，你觉得我有必要解释吗？"薛荣贵接道。

段韬严肃地说："有没有必要不是关键，关键是那天晚上，老船长必须被醉倒，有人要完成在海上接货，而这些货一定不能堂而皇之地入关……"

薛荣贵嘿嘿一笑道："段律师，没想到你还真下了功夫，让人脑洞大开啊。可惜编造这个剧情一点不精彩，而且漏洞百出，让人难以信服。"

段韬说："剧情都来自生活。我收到一条船员的短信，要求帮忙卸货，事成之后奖励5万元。结果海上风大浪急，不幸酷客号与接货船相撞。这名船员和另一船员坠入大海，就此失踪。我只是好奇，你要交接的，究竟是什么货，致使那船员做完了就能拿5万元报酬……"

薛荣贵揣着明白装糊涂，索性置身事外地去摸对方的底牌，故作轻松地接道："是啊，我也想知道。就算对一个国际海员而言，5万元也不是个小数目。"

"那个船员的微信上所称的领导会不会是你呢？"

童宁突然大声说道："段韬，有你这样咄咄逼人的吗？你是把薛大副当成被告人还是嫌犯？薛大副，你不用回答的。一个死人说的话无名无姓不足为据的，何况谁能证明他说的是真还是假！微信是可以编造的，一段微信绝不会成为法庭上指控的证据！"

段韬已经抛出撒手锏，似乎也没了退却的余地。"重要的是这位船员遇难后，收到了双倍奖励。谁可能白送他人 10 万元？分明是有人做错事，找到良心安慰。"

薛荣贵问："哦，查出来是谁给的了吗？"

段韬答："据查询是一家境外公司汇入的。"

薛荣贵说："那就是个无头案。"

段韬说："有线索就行，相信一定能够查到的。"

一时间，整个包房里寂静无声。

"这里不是法庭，薛大副，你可以不回答，再说追查罪犯也不是律师的职责。"段韬继续道，"我只是要告诉老同学，与一个居心叵测在一起是很危险的，他在巧妙利用热恋女性的弱点，实现自己的计划。我去巴朗岛核查，童律师本可以不去，可你坚持要她与我同往，这样你能及时掌握我的动态。我拿到油漆样本后，你在第一时间获取了信息，指使人采取抢劫和盗窃的方法，不让我得到油漆样本。我收到快递的油漆样本，恰巧我们有一场比赛，你再度得到此信息，找人采用调包的方式，更换了我放在背包里的油漆样本。这些动作与保险理赔无关，而是在掩盖夹带私货的走私行径。因此，我有理由相信那名遇难船员生前所发的微信是真实的，所称的领导……"

童宁被段韬一番推理所得出的结论惊呆了，甚至有些蒙。她站起来转而看向薛荣贵，等待他的解释。

"你胡说八道，血口喷人！"一向沉稳的薛荣贵被段韬单刀直入，终于忍无可忍，怒不可遏地吼道，同时拿起茶盅砸向段韬。

段韬随手挡开，哪知茶盅砸到童宁胸前，由于薛荣贵用力过猛，童宁猝不及防而侧向倒地，其额头砸在桌子角上，当即血流不止，晕了过去。

原先争得面红耳赤的两个大男人也都吓坏了，立刻停止争论，赶紧抱起童宁送往附近医院急救。

三十二

医院的气氛让人窒息，急救室的门终于打开了，两个人都迎上去。一位小护士却笑嘻嘻走过，看见来了两个大男人便问，谁是患者家属，他们两对视一眼，薛荣贵赶紧说："我是，我是。"

"患者已经没多大事，可要恭喜你，她有喜了，怀孕两个多月，刚才动了胎气，准备请产科医生诊断一下，要住院观察几天。"

薛荣贵小眼睛放大，嘴角上扬，脸上浮现出喜悦的笑容，用颤抖的声音问道："你说什么，说是有喜了？"护士点点头。他表情又瞬间凝固，小眼睛里，透露出一丝茫然不知所措，不自觉地抓住自己衣角，仿佛在努力消化这突如其来的意外消息，脑海中迅速闪过各种场景。当看到眼前的段韬，立即冷静下来，似笑非笑地看着他，指尖在轻轻摩挲，开始盘算下一步的动作。

段韬虽有预感，还是被童宁怀孕的消息所震惊，眉头紧锁，嘴唇紧紧抿成一条缝，目光如炬地盯着薛荣贵。

小护士看着他俩的表情，倒是一乐说："这个女人还真够幸福的，被两个男人争宠，你们不会是在争夺谁是孩子的父亲吧？胎儿很生气，在乱动，让其母亲呕吐不止。说句不该说的话，如果是朋友，尽可能和风细雨地相处，如果是敌人赶紧分开。是孩子的父亲，请跟我进去。"

薛荣贵理所应当跟着护士进去，段韬只能站在门外，走也不是，留也不行，进也不妥，没有见到童宁又实在不放心。心想，童大律师你怎么不早说，要是知道你已怀孕，就让那臭小子砸一下又能怎么样呢，或者不让你参加谈话，不就行了嘛。他狠狠地拍自己的脑袋，很是后悔。

一会儿薛荣贵推病床车出来，送童宁去病房。童宁头上绷着纱布，紧闭双眼，不想看见他们任何人。段韬只能跟在后面。护送进病房，两人还一起把她抬到病床上，让她躺好。护士请他们出去，要做些护理工作。

他们只能离开病房，站在走廊里。

薛荣贵恶狠狠地向段韬挥挥手："你滚吧，没有人再想见到你。"

段韬看着薛荣贵，想了一会儿说："面对一个新生命的降临，我只能放弃所有，祝福你们。但要告诫你，必须金盆洗手，改变过去，重新开始，做孩子的好父亲，做童宁的好丈夫。"

薛荣贵长叹一口气说："登上那艘航船，只能在无边无际的大海上漂泊，不知何时才能靠上码头。不过你放心，我会留给他们所需的一切。"

"我知道，从你对死者加倍兑现自己的承诺，说明善念依存。我希望留下的是你，作为父亲，要陪伴他们一生。"

"段律师，你的眼睛里充满阳光，只是太理想化。现实是严酷的，生活是实际的，小孩出生后吃喝拉撒都要花钱，只能去赚钱，给他们买个保障。"

"我们的生活有许多合理合法的赚钱方式，打点擦边球也有大把机会的。像你这样有能力的人，一定能够抓住机会赚钱养家糊口的。"护士过来叫家属进去。

薛荣贵说："段律师，你走吧，估计童律师现在不想见你，你毁掉她心中的偶像，一定很痛苦。不过你的话，我会记住的。"说完转身走进病房。

段韬只能离开医院，一个人走在大街上，真不知道该去哪里，想去找谁，一点方向也没有。他不知不觉来到江边，看着江面上过往的船，眼前不禁浮现出童宁倒地后痛苦的表情。心想自己再追查下去到底有什么意义，即使证明了薛荣贵是罪犯、真正的被告人，让他判刑入狱，那么童宁就失去了丈夫，孩子失去了父亲，是否做得太绝了。他追逐真相的执念被一条小生命的诞生，砸得支离破碎，失去价值。再说自己手上只有遇难船员的遗言，没有其他证据能追究薛荣贵的刑事责任的。一切还都是自己的猜想。唉，你不就是个小律师，为罪犯说几句好话而已的人。算了，为了童宁的和孩子的幸福，放下也许是值得，当想明白这些，心结打开，沉重的心情顿时轻松许多。江面上又飞过几只海鸥，不由得想起希格尔，她现在还好吗？他回国后彼此就没有了任何联系。还真被她说准了：游客分手时说得再动听，一回到家都忘了，杳无音信。他拿出手机，要给希格尔打个电话，忽然记起邵老师的警示，在审查期间严禁与境外联系，于是只好收起手机。任凭江风吹乱额上的头发。

周末，段韬突然接到教导员的通知，赶到蓝海航运公司，径直来到董事长办公室。秘书推开房门，只见高伟达正站在窗前，凝望着城市的景色。"教导员，战士向你报到。"段韬主动走上前去，说道。

高伟达闻声转过身来，神色看上去颇为严肃。"听小姚说，你的问题已由公安部门立案侦查，事情还是很严重的嘛。"他的语气里带着明显的惋惜成分。

"谢谢教导员的关心。就是因为两份不同结论的鉴定报告,有人举报我伪造证据。不过我已做了说明,就由他们去调查吧。"

"怎么样,被人怀疑的日子不好过吧?"

"堵不上的嘴,拦不住的手。有人喜欢背地里使坏,只能接受,相信姚铁很快会查个水落石出的。"

"我是最讨厌背后做小动作的人。当然,我也不喜欢那些无事生非、专搞窝里斗的人。你是当过兵的,心胸应该比一般的人开阔。"

段韬一愣,不明白高伟达在暗指什么。"教导员我是你的兵,如果我做错什么,你直接批评就是。"他诚恳地说。

高伟达也毫不客气地质问道:"那好,我问你,为什么要暗中调查小薛,怀疑他是沉船案的主谋?甚至还要嫁祸于他,说他指使别人调换了油漆样本,你有什么证据证明吗?"

段韬想了想回道:"目前只是一些线索涉及他,还没有足够的证据证明。"

"你是愣头青呀?有点怀疑,就自以为猛打猛冲一下,就能攻下阵地。你莽撞的举动,非但没让对方缴械投降,却暴露了自己。现在好了,被人家抓住把柄,辞职不干了!"

"他想溜之大吉了?教导员,千万不能让他走,他真的有重大嫌疑。"

"你不是说没有证据吗,上次擅自见船东,破坏谈判;这次又私自调查,破坏安定团结。不请示,不汇报,想怎么干就怎么干。居然盯上了我树立的典型。你说小薛是罪犯,那我是什么,罪犯帮凶?你让我这张老脸往哪儿搁?我告诉你,他绝对不能走,你可以走！"

"我走……"

"你目无组织和纪律的行动，打乱了我的计划，必须处理你。否则，别人还以为是我在怂恿你、鼓励你，今天怀疑这个，明天猜忌那个，那我还怎么带领大家重振公司？"

段韬明白是教导员已受到薛荣贵的要挟，逼自己放下，薛大副这一招很厉害。"教导员，我走不走不重要，重要的是……"

"不用说了，我知道你要说什么。"高伟达打断道。

"不，请允许我把话说完……我清楚薛大副是你树立起来的先进典型，特别是在酷客号沉没后一系列危机处理，都表现出他超强的能力。所以我刚介入欧华斌老船长的二审时，也确实想以他为榜样，真心实意地向他学习。可随着我工作的逐步深入，发现沉船案本身存在不少疑点……教导员，你应该知道船上有人常有夹带私货的走私行为，公司曾发文严令禁止这种违法行为，在沉船前还发出通知，提醒海关在严查杜绝顶风作案。这就触动走私船员的敏感神经，可私货已经上了船，不得不以海上接货的方式，以逃避海关检查……"

"我当然知道船上有走私行为，所以要求发现一起，查处一起，以示警示。但是海员夹带私货是个较为普遍的现象，如果都要查处，那货轮还怎么开出去，货物怎么运回来；没有船员干活，公司还怎么赚钱，不赚钱的公司会一文不值。再说了，自古法不责众，没办法，我只能采用绥靖策略，或者做选择题，该抓的抓，该放的放。公司经营是不能搞十面埋伏，一网打尽。"

"可就是这样看似小打小闹一类的事，在那个晚上酿成大祸，导致两船碰撞、酷客号沉没的悲剧。"

"俗话说，水至清则无鱼，人至察则无徒。你只是个律师，没搞过企业管理，不懂得权宜之计，或者叫经营辩证法。眼下公司首要任务是尽快租到船，恢复航运，减少损失。还有个更重要的事，要知道当年国有企业改制，我一激动带领职工集资入股，买下公司70%的股权，我和国有股平分秋色各持35%，职工持有30%。自以为是捡个漏。没料想运气不好，偏遇到航运市场不景气，航运价格连续几年暴跌。公司只能维持生计，十来年没分过红利。职工用改变身份的血汗钱买下的股权，没有收益，还不能变现。职工意见很大，抱怨说当初不参加集资入股，买套房付个首付，现在已成为百万富翁、千万富翁。我自己也投了近百万，还要还债，也很苦恼。近两年运价上扬，公司有所发展，总算扭亏为盈，可以分点红利了。薛大副介绍一家上市公司想造势，拉股价，开拓新业态，计划收购我们的股权，给出的价格也不错。这样我和职工们都能收回投资。就在申报集团核准时，出了酷客号沉船事故，薛大副建议尽快处理沉船事故，减少损失。消除影响，稳住股价。我认为这个意见合理，牺牲一个船长，保全大家的权益。再说他和这家上市公司的老板很熟，可促成股权交易尽快落地，这才是公司当务之急，重中之重的任务。"

"所以你们就让老船长投案自首，选择认罪认罚，平息事态？"段韬很震惊地看着教导员，没想到在沉船处理的背后还有一个更大的利益交换。

"事实本来就是如此。是他犯的错，酒醉不醒，也理应承担责任的。"

"那我在竭尽全力寻找沉船的真正原因，不是也在为了公司减免追偿，避免更大的损失，挽救公司吗？"

这样一来一去争执得正酣时，秘书推门进来，递上两杯咖啡。办公室里瞬间弥漫开一股醇香，稍稍缓和了原来的气氛。

"你开始做得不错，发现酷客号裂缝，推断可能存在海上交通事故的原因，很不容易，我们写进报告已引起集团领导的重视，正在与保险公司进行了沟通。可你现在又改口说这个沉船事故是由小薛走私货造成的，这变化也太大，成为刑事案件，公司重点培养的对象小薛，忽然变成了罪犯，是酷客号沉没的元凶，那么集团领导会怎么看？哪家上市公司会怎么看？你又没有足够的证据证明，还在捕风捉影。怎么可以呢？其他不说，眼下正在引入新投资人的关键时期，再闹出新的笑话，岂不前功尽弃？所以为职工利益和公司的发展，只能撤销对你的委托，请你离开公司，停止调查。"高伟达说完，喝了口咖啡。听得出他语气平和，语意却十分坚决，似乎已不存在任何商量的余地。

段韬也端起杯子，咖啡实在不好喝，也只能喝下。谈话进入了短暂的沉默，只有咖啡的味道在房间里飘荡。

"好了，该交代的都说了，一切等到股权交易完成再议，在此之前，不许再去找小薛，更不许对外散布，以免产生负面影响。再说你的律师证已上缴，并停止执业，公司撤销委托，另选他人。"

"我被审查是事实，公司撤销对我的委托合理合法。不过老船长二审辩护人是家属签字的，须征得老船长同意才能更换，当然他会同意的。"

"我只是撤销公司对你的委托，也是在安抚小薛，无论如何，对于你前段时间的工作，还是予以充分肯定的，会给予适当的经济补偿的。"

"教导员，保险理赔追偿案件是风险代理，没有实现公司设定的目标，不取分文，因此不存在补偿问题。能为教导员做些服务也是理所应当的。"

"你是我的兵嘛，今后只要有机会，还会再请你的。"

段韬明白，这只是客套话，最多是愿景表述。那一句"你是我的兵"，虽然有点释然，可内心充满着强烈的失落。临行前，还是不失退役军人的风度，向教导员行了个军礼告别。

一走到大街，一连做几个深呼吸。没想到薛荣贵恶人先告状。他这一招比举报更厉害，立马见效，撤销委托，被教导员一脚踹开。职业生涯第一次解除委托，赶出公司，倒不是在乎一点奖金，而是一点面子也没有。心里郁闷，还没有地方说。

三十三

在特别难耐时，家就是疗伤的小屋、心灵的港湾。

段韬回到家，来到父母身边。父亲恰好不在，母亲正在追剧。母亲一见儿子回来，非常开心，忙关上电视问道："儿子，吃过饭吗？"

"吃过一点。"其实段韬根本没吃过，他是不想让母亲觉得过了饭点，还腹中空空的，"老爸呢？"

"他呀，在社区活动中心斗地主呢。我就不明白都这么大年纪了，还整天热衷于打土豪分田地，玩得不亦乐乎。"

"老爸学打牌是件好事，可以防止老年痴呆，还能有机会和别人交流。"

过了会儿，母亲在厨房里很快下好了一碗老汤面，还加上一只荷包蛋，端到儿子面前："有点烫，慢些吃。今天是工作日，怎么也回家来，是不是遇到烦心事了？"

真是知子莫如母，除了能看出儿子没吃饭，还能洞察出儿子不顺心，段韬险些落泪。

"看你这吃相，狼吞虎咽的，哪个姑娘肯跟着你呀。"

"老妈，你别着急，愿意跟着我的姑娘在国外，等她回国了就

流沙之墟

272

带来给你们看。"

"什么，你出国一趟，就找了个老外？"正说着，父亲刚好回来，一听说儿子的女朋友是国外的，赶紧问道，"她是白的还是黑的？"

段韬差点笑喷出来："什么白的黑的，黄的，中国姑娘！她目前在国外打工挣钱，很快会回来的。"

母亲却问："这姑娘是哪里人，家中还有什么人？"

"这倒没问过，要不下次见面，你自己问她。不过，我还不知道人家肯不肯嫁给我。"段韬说。

父亲接道："原来你是单相思呀！没关系，如能把她请到家里来坐坐，说不定就搞定了。"

"当年你爸就是硬把我拽回家见公婆，只能嫁给他了。"

段韬笑道："那是什么年代呀，现代女子不一样，感情好手牵手，感情不和就拜拜，下次再见。"

母亲说："能见到的是一种缘分，搞得定搞不定就看是否对上眼。"

段韬故作自信地说："放心，你儿子这么优秀，多半会被选中的。"

父亲说："对，人要自信、自强。"

10点不到，段韬觉得有些倦了，洗了澡就躺在小时候睡过的床上。往日一躺下就睡着，现在是思绪万千，回想代理船长二审的种种经历，总算发现一个罪犯，却坏了蓝海航运的好事。查到的证据被人举报造假，自己反倒成了犯罪嫌疑人，真是荒唐可笑！觉得自己有点像塞万提斯笔下的堂吉诃德，拿着把长枪，一路冲杀过来，却不知为什么。自己在与薛荣贵的争斗图了啥，他夹带私货走私谋利，违法行为，早晚要付出沉重的代价。我不也是为奖金奋不顾身，虽合法合理，却一无所获。说到底一样是因利而起。看来还是秋羽说得有道理：执着一念，痛苦无穷；放下执念，随遇而安，心自在。现在不就是奖金没了，明天或许还有机会，有时阿Q精神很管用的。于私于公都该放下了。想明白了，睡觉也香了，不一会儿就呼噜呼噜打起鼾来。

他的呼噜声传到客厅，母亲听到儿子熟悉的呼噜声，心想，看来儿子嘴里的那个女朋友也许真有，难怪他睡得那么踏实。关上灯也回自己房间睡觉了。

子夜过后，梦里出现和小师妹在海边散步，在海里嬉戏的画面，再现那个身着灰色衣服、戴着红色头盔的侠女，拉他跳海逃生，驾车带他摆脱追击的场景。小师妹真是个奇女子，可她究竟是什么人，真想抓住她问个究竟，冲上前去，小师妹笑笑，意思你慢慢猜吧，哈哈，留下一串串爽朗的笑声。英姿飒爽的红军女战士，突然变成红军小战士，没有笑容，一脸严肃。段韬吓一跳，兵兵，你不该打断叔叔的春梦，我给你找个好爸爸，叔叔也要找个好阿姨，大家都会喜欢你的。兵兵的小嘴巴吧唧吧唧说了几句就消失在夜空里。段韬也从梦中惊醒，回想刚才的美梦，就睡不着了，他干脆起身，走到窗台，遥望深蓝的天空。东方已经泛白，明天即将开始。不一会儿，太阳升起来，万道朝霞洒向大地，他相信天明一定是美好的，机会无限。干脆换上运动装迎着朝霞去跑步，迎接新的一天。

第二天是休息日，对停职的律师而言，没有工作日还是休息之别，都一样天天是假日。漫长的一天，能干些什么呢？段韬想起梦见兵兵严肃的表情，给刘浩鹏打个电话。

"我正整理房间呢。"电话的那头,刘浩鹏回应道,"怎么想起我来了,有事吗?"

"哦,我知道江边新开了一家游乐场,里面有儿童赛道,下午我带着兵兵,你带着丑丑,一起去玩一下。至于家务就让小满帮你处理,晚上带她一起吃饭。"

"这倒是个好主意,很久没带丑丑出去玩玩了,听说江边还有个专门遛狗的宠物园。"

"那你开车到宠物店,我们在那里会合。"说完,段韬又给小满发了信息,让她下午把兵兵带到店里,他和刘浩鹏带小家伙出去玩。

儿童游乐场位于一片开阔的绿地区域,四周被葱郁的树木和五彩斑斓的花卉环绕,仿佛是一个拥抱自然的秘密花园。游乐场的核心区域,是一条曲线形儿童自行车的车道,从基础的直线,到充满挑战的波浪形滑道,四周有保护垫,以确保孩子们在玩耍时的安全。在这里儿童自行车和平衡车是主角,它们被整齐地停放在入口处的专属区域,每一辆都经过精心挑选,色彩鲜艳,造型各异,仿佛是孩子们的小小座驾,等待着他们开启一场场精彩的冒险之旅。孩子们穿上护具,戴上头盔,跨上心爱的车,或独自滑行,或结伴比赛,享受着速度与自由的快感。游乐场还配备了其他丰富多样的项目,如秋千、跷跷板、沙池等,满足不同年龄段孩子的需求。当然门票不便宜,50元一人。这年头,还就是孩子的钱相对好赚。

段韬给兵兵租了辆蓝色平衡车,带着他先在场外练习片刻。刘浩鹏在排队等候,排到后就让兵兵独自进去滑行。兵兵见车道有点陡,犹豫起来,刘浩鹏对他说:"你怕不怕?敢不敢骑?不行就再等等,看一看。"

另一侧的段韬却在鼓励兵兵："兵兵，你不是勇敢的小红军吗？那就不能怕，勇敢向前冲！"

兵兵点点头，踏上平衡车就往前冲。起先他还有点小心翼翼，不一会儿，在车道上与其他孩子你追我赶的情况下，竟然越跑越快，一不小心，摔了一跤，刘浩鹏忙冲上去扶起兵兵问长问短，兵兵却说："没有关系，我不疼。"说完，又继续前行。

段韬抱着丑丑，眼前这一幕他看在眼里喜在心上，看来这爷儿俩还真有戏。刘浩鹏折返回来，坐在段韬的边上，喝了一口饮料。

"段律师，你的事怎么样，有结论了吧？"

"大概快了。该说的都说了，不知道他们查的结果是怎样的，只有耐心等待。"

"这个等待的日子不好过啊。我也有过，相信你不会有事的，万一有事——我是说万一，你今后有什么打算？我可以安排你到一家上市公司当法务总监，收入不低哟。"

"谢谢，没那么悲观，我坚信律师生涯不会就此打住的。说到上市公司，你是搞股权投资的，正好向你请教一件，上市公司收购非上市公司股权是怎么回事？"

"上市公司为了拓展业务，增加利润，抬高股价，最简单的方式就是收购有利润的公司，合并报表。就是所谓资产重组，现在有些上市公司主营业务不景气，长期亏损，股价低廉。类似 ST 公司，只能通过资产重组增加公司业绩，提升股价，摘掉 ST 的帽子。"

"如果是收购航运公司，会是什么样的上市公司？"

"一般来说，应该是与主营业务基本相同或者有密切关联的上市公司。比如房产公司会兼并其他房产公司，目标是哪家房产公司拥有的土地资源。如果没有关联，那就是被收购公司主导，这叫借壳上市。那程序要复杂得多。不过大多数情况下是在编故事，造声势，操作股价而已。据说前一段时间有一家房产上市公司，房子销售一空，又拿不到新的土地，失去新的增长点，实现不了盈利能力，面临退市风险，老板投资要收购一家生物制药企业，说是企业转型，其实是在编造个故事，吹个泡泡，拉涨一波股价，最后谎言被拆穿，股价一落千丈。害了不少跟风的股民，也害了那家生物制药企业。资本市场的水是很深的。"

"也就是说，有的只是一个说法，并不实际操作，编造个谎言，造造声势而已。"

"那当然，否则股市上不断流传着各种各样稀奇古怪的故事，远远超过西方的《天方夜谭》、中国的《聊斋》。投身股市千万要小心。"

一会儿，场内的铃声响了，骑车时间到了，两人接上兵兵，带着丑丑，来到江边宠物乐园遛狗。

段韬问："兵兵，今天想吃什么？由你刘伯伯请客，还加上你妈，吃顿好的，狠狠地敲他一下，如何？"

兵兵看见不远处有家麦当劳，两眼放光地说："我想吃麦当劳。"

刘浩鹏说："这些都是垃圾食品，我们吃点健康的怎么样，去吃大闸蟹？"

兵兵说："我爸带我吃过麦当劳，很好吃的。"

段韬说："偶尔吃一回也可以，既然兵兵喜欢，那就尊重你的选择。就是太便宜了，下次北风吹，螃蟹跳，再让刘伯伯请我们吃大闸蟹。"

兵兵牵着丑丑，兴高采烈地向麦当劳跑过去。两个大人紧随其后。

刘浩鹏说："我和兵兵在一起时，他常会提起他父亲，可见对他父亲记忆深刻。记得有一次，我带他去海边玩，小家伙看着大海发呆，还问我他父亲何时能回来。唉！"

"这孩子从小失去父亲，经历了人生重大挫折。其实他心里清楚，父亲是回不来了。从心理学上来讲，或许他常提起父亲，潜意识里是希望现实中再出现一个像父亲那样的人。"

"好像是这样的。"

"既然你和兵兵这么有缘，看来这道难题你去解最合适。"

不多久，小满也赶过来与他们会面，三大一小四个人在麦当劳用过简餐。刘浩鹏就开车送小满母子回家。段韬见时候尚早，想着这会儿去医院，去看看童宁。他叫车赶去医院。

虽然时间已晚，可医院依然灯火通明，不时有医护人员和患者家属上上下下、进进出出。住院部的电梯依然要排队。段韬上到九楼，来到童宁的病房门外，透过门上的小玻璃窗，看见童宁躺在病床上；一旁坐着薛荣贵，正在削梨喂她，不过目光暗淡，神色疲倦，似乎有点无奈。段韬犹豫了一下，知道来得不是时候，只能折返到护士台，询问了一下童宁的情况，得知她明天便可痊愈出院，安下心便离开医院。

躺在病床上的童宁，突然像有什么感应，推开递上来的梨片说："大副，这几天你辛苦了，自己吃吧。"突然那小生命在腹中蠕动了一下。童宁忍住了，她不知道这孩子该不该来，这就意味着她和薛荣贵已成事实上的夫妻。可薛荣贵还没有正式求过婚，就嫁给他了。当他们有肉体结合，灵魂早已碰撞。她相信自己的男友是个正人君子，自己崇拜的偶像，可那天老同学当面指责他是个居心叵测的小人，甚至是个罪犯，是绝不能接受的，但是凭段韬对法律的了解，也绝不可能平白无故诬陷薛荣贵。这几天里，她始终挣扎在信与不信之间，就像徘徊在一片密林深处，期盼有人给她指点迷津。

一会儿值班护士劝家属回去了，薛荣贵安慰一下童宁说明天再来看她，随即退到病房外。

忽然，处在静音的手机振动起来，一看是马威打来的。薛荣贵迟疑了一下，还是接了。

"薛大副，货主已到礼品店，和你敲定出货价格和时间。"

"现在还不到谈价格的时候，而是要解决入境渠道。我知道海上依旧查得很严。"

"陆上已放松了许多，他们说可以搞定的。"

"那好，我们只负责在公海交接，其他的不管。"

"你去和他谈，他们要求验货，你就陪他一起到巴朗岛验收，一旦达标。立即出手，此批货物压了大半年，要尽快完成交易。"

马威下达命令，挂断电话。薛荣贵仍一动不动，却恍然坠入了一个深坑里，或者说他原本就在坑里，只是陷得越来越深。他深深地呼吸了一口气。马威的命令必须执行，必须离开。他再次走到病房门口，透过门上的小窗户往里张望。童宁躺在病床上，小护士为她做按摩，精心呵护那个脆弱的小生命。他知道不能再进去，不敢向她告别。童律师原本是他众多女人中的一个过客，并不在意她的温柔、她的期待。虽曾在海边许下海誓山盟，无论身在何方，都会爱着她。其实他清楚只是说说而已。她居然都相信，一个多么傻的女人。可是偏偏在这个偶尔的容器里，诞生自己的血脉，出现世上唯一真正属于自己的东西。他曾看过那张胎儿的影像，那个模糊的小小轮廓让他心头一颤。已经在他的心里占据了一席之地。他想象那个孩子将来会有的挤眉弄眼，他或她会如何笑、如何哭、如何叫他"爸爸"。此刻就像一把钝刀，慢慢割着他的心。他毅然转身，一步步走向护士台，来到护士台，他从上衣内侧的口袋里掏出一个信封，交给一位小护士。"护士，这里面是一张银行支票，是我老婆和孩子的住院费用。麻烦你明天交给她，谢谢了！"他郑重地说。

小护士收下，却有些不太理解："那你何不亲手交给她？"

"抱歉，我要出差，去赶航班。"他不敢再停留，赶紧离开。

天空淅淅沥沥下起小雨。薛荣贵来到医院大门口外等出租车，他双手插在口袋里，指尖无意识地摩挲着口袋，不时回头遥望着住院楼，那间病房，窗帘后透出的微弱灯光。那里有自己的孩子，还有孩子的母亲。细雨绵绵，轻轻拍打着他的脸庞。他低下头，目光落在脚下湿漉漉的地面上，像是无数个微小的镜面，映照出他内心的挣扎与矛盾。尽管以前逢场作戏惯了，这一次也许是真爱。问题是真爱又怎么样了呢？许多夫妻没有爱，为了孩子可以共同生活，一起抚养孩子，如果童宁是个普通女子，用钱就可以维持下去。可她偏偏是个法律人，还有一群法律朋友，包括那个段韬。她这会儿是被爱情或者良好的愿望冲昏了头脑，可日后一旦确认了自己做过的那些事，绝对会义无反顾地离开他，甚至反戈一击。不，与其到了那种不可收拾的地步，不如趁她还不清楚真相的情况下离开，此时分手是最好的选择。再稍一犹豫，也许就会落得束手就擒的下场。他仿佛听到自己的心在噼里啪啦破碎的声音。出租车到了，他抬起脚，又放下。每一步都显得异常沉重，仿佛是在与自己的灵魂进行着无声的较量。或许此去是永恒的别离，再也无法以父亲的身份，见证那个小小生命的成长与奇迹。为了孩子，似乎想回去向她坦白，但是事到如今已无可能。还是登上出租车，就在他关上车门的那一刻，仿佛也关上心灵的门窗，内心深处发出的是那种深沉的、难以言喻的跳动。他感觉透不过气来，再次打开车窗，回首遥望，此时，他真心希望窗台上出现童宁的身影，也许你是我寻觅的真爱。现在只能说一声"童宁，对不起了"。

三十四

　　周一，段韬回到自己的出租屋里，一个平日里习惯了忙忙碌碌的律师，突然被告知不能办案了，其无奈与无聊是可想而知的。但也能不能让父母觉察出儿子的落魄，无所事事，同时也看看有没有什么书面通知送来，尤其是公安部门发出的传票之类的文书。什么都没有，闲来无事，他打开电脑浏览八卦新闻、玩玩手游什么的。下午，手机铃响，误以为是姚铁打来的，有点小兴奋。仔细一看，是岳宝胜打来的，说有急事找他。此刻他不想和岳宝胜再讨论酷客号沉没或薛荣贵的事，既然被迫放下，继续理会只能徒增烦恼。可一想到岳宝胜当时能不顾一切地赶来巴朗岛，帮助他寻找肇事船长，又觉得不忍马上回绝，那就见见呗。反正没有多大事，于是他按照对方发来的定位，骑着摩托车赶去赴约。

　　岳宝胜约在一家小有名气的足浴连锁店，服务员带段韬走进一间包房，岳宝胜已经先到一步，在泡脚了。段韬在躺椅上坐下，服务员送来泡脚桶，帮他脱鞋泡脚，还真是很舒服。

　　"段律师，我在家里找了大半天，就是没有找到老船长看病的资料，包括医院的验血单、收费单，估计理赔时上交公司统一报销了。"岳宝胜急不可待地直奔主题。

段韬接茬道："那就是说老船长的病历可能落到薛大副的手里了。"

"应该是的，当时他具体负责员工的保险理赔事宜。另外，我找到的那名船员，他死活不愿意再说什么，更不肯见你，说是多一事不如少一事。"

"那就别难为他了。轮机长，听高董事长说起，有家上市公司要收购蓝海航运？"

"有这事。在上次航行之前，是薛大副介绍的，说有家上市公司愿意收购公司的职工股权和高董事长的股权。十多年前，大家真金白银拿出来跟着董事长投的，指望每年能有点红利增加收入改善生活。可大环境不好，海运也不景气，公司只能勉强维持营运，谈不上有什么利润可分，等于把大家的身家性命钱都套进去了，死死的动不得，好不容易等到了运价上涨的好时机，有人肯出手收购，让我们的股权兑现，岂不是天大的好事。那家上市公司的老板来过公司，据说还签了意向书，付过意向金，可从此没了下文……说来也巧，我买房子的开发商就是那家上市公司，于是我找人一打听，得知该公司老板是个没文化的土豪，靠开发房产起家，搞了一家上市公司，还上过富豪榜。这些年房产卖光了，土地要拍卖，价格暴涨，公司现金流有限，拍不到土地再搞开发，仅靠一些街面房租金和物业管理费收入撑不住股价，被戴上 ST 的帽子，老板很着急，想转型，想通过收购蓝海航运，包装公司，奈何实力有限。导致我们这边只听雷声响，不见雨下来。有人多次劝过高董事长，让他别抱有太大的希望，再找投资人，可他就是听不进。董事长当过兵，我也曾是军人，过去我们在一起喝酒聊天很随便的，什么建议他都听得进。自从他当上了公司一把手，就高高在上，听不得不同意见了。酷客号沉没后，把这件事交薛大副具体操办。我很担心董事长又被薛大副忽悠，到头来竹篮打水一场空。"

"薛大副通过介绍上市公司收购股权，想帮助董事长和职工解套，做件好事。也表现一下自己的能力。在沉船事故发生后，是他精心设计出由船长承担全部责任得简单化处理方式，摆平各方利益，又能让公司还能卖个好价钱，符合董事长的想法，得到董事长的坚持，这样就能掩盖自己的走私行为。不过这的确是个两全其美的好方案。"

"这个收购明摆着就是个陷阱，那家上市公司至今只付了 100 万元意向金，却把收购海运公司的宣传，做得铺天盖地，引发股价的一轮上涨。薛大副说，上市公司很快就会把 5000 万元的股权预付款打过来，可大半年过去了，迟迟未见到账。而董事长依然深信不疑，天天盼着天上掉馅饼。"

"那就等呗，相信事实会教育他的。"

"要知道这个方案中最受伤害的是船长，一个勤勤恳恳、任劳任怨、技术娴熟的老船长，还是董事长生死之交的老战友，他听董事长的话，现在蹲在监狱里。让好人下大牢，坏人逃之夭夭，这个方式公平吗？"

"我见过船长，他也明白是顾全大局，选择认罪认罚，扛起全部责任。董事长也会安排好他日后的生活。"

"唉，那有啥用，船长判过刑，吊销船长资格，永远不能驾船，一个六十的人，今后还能干什么。刑满后连社保的退休金都没有，他怎么生存，靠施舍过日子。船长是个退役军人，岂肯靠着乞讨活下去？"

段韬陷入了沉思，怎么和律师一样，判刑后也要吊销执业证，不得再执业。年轻人可以重新择业，可年过六旬的老人家该怎么办。自己真的从未想过。他答应教导员一切暂缓，等到公司收购完成再议。他想了想说："也许用时间换空间，等到收购失败，薛大副彻底暴露，董事长就会大彻大悟。"

岳宝胜生气地说："你也信，要等待。他可以等，我不能等，船长二审终审判决，判决生效，一切为时已晚。我们曾是军人，一定要采取行动，查到薛大副的犯罪证据，把他送进监狱，让船长回家。"

"如果把薛大副送上法庭，他的妻儿老小怎么办呢？"

"他怎么可能有家室，他那么会算计的男人，哪个女人敢嫁给他，最终被算计得家破人走。"

"他那么会讨好女人，又有才有貌，一定能博得女人欢心。身边女人不会少的，还能挑选不到一个好女人。"

"他身边女人当然不少，国内国外的都有，都是被他算计，这个一算差一点，那个又少一点，算来算去都算没有了。最关键是他的心思根本不在国内，是要到国外安家的。国内流行老牛吃嫩草，国外时兴老草捆小牛。他一直想傍个外国富婆，一劳永逸。国内女人都是玩一玩的，没有一个认真的。可外国富婆又搞不定，到头来还是孤家寡人光棍一条。听说他最近又泡上一位女律师，这么聪明的律师也会上当受骗，相信用不了多长时间，就会看清他那张丑恶的嘴脸，早晚要分道扬镳的。如果你认识那位律师，劝她早点分手，越快越好。要知道尝到走私的甜头的人，难以收手，还会继续下去，能躲得了今天，也躲不过明天，迟早受到法律制裁的，只有到那时才能金盆洗手，洗心革面。可为时已晚。与其等待，不如早一点送他进去，省得祸害良家妇女。"

"你说得有道理，假如他已经播下种子，留下自己的后代，这个未出生的孩子是无辜的，今后那我们又该怎么面对这孩子呢？"

"你是怎么啦，曾意气风发，一查到底的勇气，怎么没有了，一会儿说要等一等，一会儿又说些不着边际的话，你是否想放弃，打退堂鼓吗？"

"你说得不错，我是犹豫了，我被停职审查，又被董事长解除委托。我还能干什么，还想干什么？"

"你不是公司律师，可你还是船长辩护人，没有吊销执业证之前，你还是律师，律师的职责不是要维护社会的公平正义吗？"

"我只是个小小律师，担不起这样的重任。"

"可你曾是军人，虽然离开部队，在离开时。我们一样向军旗发过誓言，秉承军人精神，面对敌人，要毫不保留地付出自己努力，甚至生命。我们明知薛大副是罪犯，难道一遇到困难就趴下，就放过他。你这个新兵蛋子，我是老兵，是有资格骂你的。你这么做，对得起退役军人的誓言吗？你说如何面对一个未知的薛大副后代。你想过兵兵吗？他是鲜活地站在你面前的军人后代，那么小就失去父亲，失去世上最伟大的军人爱。今后他长大了，如果知道你是可以查清他父亲遇难的原因，可你放弃了或者错过时机，让真正的凶手溜之大吉，他会怎么看你，还会叫你一声解放军叔叔吗？好好想想吧。"

段韬被轮机长训斥，突然明白兵兵托梦，尤其是昨晚那么严肃的表情，原来不是为了妈妈，而是为了父亲，是要提示我，激励我嘛。

这时服务员进来为他们续茶水，同时询问他们是否可以开始做脚了。

"做什么做，不做了，我走！"岳宝胜穿上鞋子起身离开。

段韬忙喊道："你回来，还没买单呢。"

服务员不知道发生了什么事，站在一旁束手无策。

恰在此时，有条短信进来，打开一看是童宁的微信，询问是否见到薛荣贵，他一整天没来医院，电话也打不通。段韬一惊，忙对服务员说："你赶紧把那位客人叫回来。他不买单，我可没钱买单的。"

服务员追出门去。实际上岳宝胜站在收银台抽烟，服务员对他说："里面的客人说他没钱，请你买单。"

"人家是大律师，怎么可能没钱买单，别信他。"岳宝胜说。

"这个我不管，你们两个总得有人买单，通常是你订位你买单。"

"那你就去叫修脚师进来。"

岳宝胜重新走进包房，段韬见他身后还跟着服务员，就笑着打趣道："还是没跑掉吧？"

"我也没想跑呀。"岳宝胜故意装出一副爱搭不理的样子。

"刚才出了点小状况。"

"别告诉我说你没带钱哦。"

"不是，你见过薛大副吗？"

"我见他做什么？如果见到他，我恨不得踹他两脚。"

"你知道他这两天会去哪里？"

"董事长让他去敲定那家上市公司，赶紧支付预付款。会不会去陪吃陪喝了，假公济私潇洒走一回？"

"按理不会，他的女友童律师是我同学，据说电话都联系不上，他会不会跑了？高董事长说过他要辞职，董事长没同意，结果把我开了。"

"难道是他做的事露了馅？想跑，如果他要走，去的地方可多了。有海员证，随便能去哪个国家。"

段韬对岳宝胜说："轮机长，明天你去公司悄悄找一下，看他在不在，我不宜再露面了，有消息告诉我，再去回复童律师。"

这时修脚师进来帮他们修脚。有外人在场，两人不便再多说什么。

翌日一早，段韬来律师事务所在自己的办公室外遇见赵书记。"段律师，你有一个多星期没有进事务所了。"赵书记说，也算是打招呼。

"书记，你有事找我？"段韬回应道。

赵书记说："你的案件我打听过了，警方说他们发现有人更换了油漆样本，只是还没抓到那两个调包的人，目前还不能完全排除你的嫌疑。"

"谢谢书记关心。我相信警方的侦破水平，会抓住嫌犯，还我清白的。"

"看来你对警方的能力充满信心。"

"我是对自己信心满满。"

"有你这句话就好。现在要和你谈件事，在你的案件尚未结论之前，你的执业证继续暂扣，不能执业，前两天蓝天航运发来解除函，你的营收又少了一块，相应你的收入也减少了。你知道所里的独立办公室是很紧张的，要物尽其用，发挥每间办公室的最大效益，你已不再适合拥有独立办公室了，尽快腾出来，让给营收高的律师。"

段韬诧异地看着赵书记，完全没想到自己头上的光环会这么快就退去，开始被律师事务所嫌弃，赶出独立办公空间。"你搬回原来的工位，按照助理的待遇，可以节省办公成本。当然，还得看哪个老师愿意收留你。"赵书记继续道。

段韬在律师行业摸爬滚打这些年来，非常清楚每个律师须有足够的营收才能在事务所立足，否则就会沦为小助理或者直接被解除聘用合同，另谋生路。"赵书记，所里的规则我懂。我只有一个球包和一台电脑，可以立马交出办公室。但是我相信……哦，后面的话就不多说了。"说完，走进自己的办公室，背上球包，提着电脑，回到汤汤身边的工位上。汤汤和他击掌，表示欢迎他回到自己的身旁。

临近中午，段韬接到岳宝胜打来的电话，说是整个上午都没在公司见到薛荣贵，有同事说他大概休假了，但不晓得他眼下在哪里。"要不要问一下高董事长，也许他知道。"岳宝胜问。

段韬想了想说："暂时别问，我去找童律师了解一下情况再说。"

医院病房，由于薛荣贵的突然消失，打乱了童宁既定的出院计划。医生检查发现她心律不齐，建议再住院几天，观察一下。病房里虽充满阳光，童宁手里紧紧攥着那张银行支票，满脸泪痕，难以掩饰的失望与忐忑。段韬推门进来，也许正撞在童宁要发作的那个点上，只见她如同火山爆发一样，双眼圆睁，瞳孔中喷射着难以言喻的火焰，用力将支票摔在地上。"你看看，这就是他留下的！"她的声音尖锐而刺耳，每一个字都像是从喉咙深处迸发出来的，带着女性特有的力量与决绝。

段韬弯腰捡起来纸片，一看是张 30 万元的支票，似乎明白发生的一切，面对童宁如潮水般的愤怒，他脸色苍白，眼神中满是惊愕与愧疚。他试图开口，但话到嘴边却成了无力的呢喃，仿佛任何语言都无法平息她此刻的怒火。她努力平息一下说："你知道他去哪里了？"童宁问，声音有点沙哑。

"不知道。抱歉，那天当着你的面，真不应该把话说得那么透彻。"段韬答道。

"你肯定知道，既然不想说，你有什么资格站在这里？你有什么脸面对我？"童宁误以为薛荣贵已被公安调查，可能送进看守所。她的怒吼在病房内回荡，她的声音因愤怒而变得沙哑，但那份力量却丝毫未减。她的身体因情绪激动而微微颤抖，愤怒如同风暴般席卷整个病房。

段韬一时被盯得无言以对。"这个……也许……"他实在想不出该说什么。

正在此时，同源律师事务所主任潘鸿波带着一位女同事来慰问童宁，两人在门口戛然而止，听见童宁的怒吼，露出了惊讶与不解的表情。不知道里面发生什么事，然而，他觉得有责任维护自己员工的权益，更何况童宁是个美女律师。他透过窗子看见里面的男子是段韬律师，感觉事情有点复杂。迅速权衡了局势，还决定进去，安抚好童宁。他们轻轻走进病房，来到床前，挡住段韬的身影。他目光温和地落在童宁身上，仿佛在用眼神告诉她：我在这里，不用害怕。然后，他缓缓开口，声音沉稳而充满力量："小童，你现在不要激动，先养好身体，今后无论发生什么事情，我们都会站在你这边，支持你。"

领导的话语如同一股暖流，缓缓流入童宁的心田。她抬头看向潘鸿波，眼中闪过一丝感激。潘鸿波试图用自己的经历和智慧，给予童宁力量，再说："我知道，现在你觉得很无助，但请记住，你不是一个人是一个团队，我们每一个人，都是你最坚强的后盾。"

潘鸿波的话语中充满了真诚与鼓励。

童宁轻轻点了点头，泪水在眼眶中打转，但努力不让它们落下。她感受到了来自领导的关怀与温暖，这份力量让她有了面对困难的勇气。女同事也适时地上前，递上一张纸巾，轻声细语地安慰着童宁说："宁姐，别太难过了，我会一直陪着你的。"

段韬看到在潘鸿波的安抚下，童宁的情绪逐渐稳定下来。现在不是解释的时候，只有等待童宁的情绪完全平复后，再寻求机会与她交流，争取谅解。他悄悄地把支票装进信封，塞进茶几的抽屉里。

童宁闭上眼睛说："你走吧。"

段韬和潘鸿波握握手说："谢谢，乔主任，有你们陪伴，我可放心了。"说完便转身离去。

段韬走出医院，天空刚才还是阳光明媚，转眼间乌云密布，雷声滚滚，一场暴雨即将光临。沉重的气压，更加令人郁闷。他独自站在喧哗的街道上，看着周围匆匆而过的行人与车辆，嘴唇微微颤抖，不是因为冷冽，而是由于内心的震撼与无助。他的双手无力地垂在身体两侧，手指不自觉地握紧又松开。童宁的怒吼如锋利的刀片一样扎在他心底，陷入迷惘和自责中，段韬对着湿润的天空深深地吸了一口气，又缓缓地呼出，试图平复自己内心的波澜。此时暴雨倾泻而下，砸在头顶上，一下子也清醒了，薛荣贵失联，童宁一定是怀疑他向公安举报，薛荣贵被抓起来了，才向他发怒的。正巧一辆出租停在路边，他立即上去，说去公安局刑侦队。要去找姚铁问问。

段韬直奔市公安局，见到姚铁，完全出乎姚铁的意料。姚铁在接待区见段韬，乐呵呵地说："你是来投案自首的吧？那跟我去讯问室，有录音录像，完整地留下自首的过程。"

"你想得美，调包人和幕后人都没抓着，要抓住我不放，劝我投案自首，结案交账省时省力。可我拿不回执业证，没吃没喝了，就只能天天上你这里混吃混喝。"段韬毫不示弱。

"要上访，那你找错地方了，去你们律师协会呀，那里条件肯定比我这里好多了，有公共食堂，还有咖啡吧，够你享受的。"两人相视一笑。

段韬说："我是来问你，你找童宁谈过话了？"

"她告诉你的？我是盘问过她，她是唯一知道第一份样本信息的人，当然要找她核实，还查了她的电话记录。在那段时间，她与一个国际手机通过几次话，还把球场的定位发到那个手机上，可惜是境外手机，没法查实机主的身份，她却不愿意配合告知对方是谁，一再强调是她的隐私。不过一交火，就知道她是个很简单的女人。我和你一样突发奇想，猜想她也许是无意识泄露给他或者并不知道对方要干什么。我怀疑此人可能是她最亲密的人。经过进一步调查，发现她有个最亲密的异性叫薛荣贵，是酷客号货轮的大副，一个国际海员。他持有境外手机是正常现象。本打算再摸摸此人的底牌，查一下他为什么要调包，有何动机。可最近接手发生一起重大凶杀案，就没顾上这么个小案件。"

"可他现在跑了，不知去向。"

"我们并未惊动过他呀。"

"那是我不好。你了解我和童宁的关系，绝不相信她会故意透露消息的。你找她谈话后，就约我见面。介绍和你的谈话内容，我第一时间怀疑那个幕后指使者就是她的男友薛大副。她上当受骗了。出于善意想提醒她，要提防这个白马王子。不承想刚讲了不多时，她的薛大副闯进来，参加谈话。迫不得已，直接点破这位薛大副的真面目，指责他就是调包的幕后指使人，事后想想确实有些后悔，真是偷鸡不成蚀把米。"

"你小子太鲁莽，都没想好就出手，证据没留下，却打草惊蛇了。你知道他去哪里了？"

"我也很想知道，只是他不会告诉我。你没把他关起来吧？"

"拘留是依法公开的事，如果把他关起来，一定会通知单位或家属的。好了，你不想投案，谈话就到此结束。"姚铁说，"我还要去出现场。你该去哪儿去哪儿，离我远一点。"

段韬被姚铁的逐客令驱离后，肚子的确有些饿了，找了个小饭馆，点了一荤一素两个菜，边吃边想，从姚铁处证实，公安并没有拘留薛荣贵，那他会去哪里呢？忽然觉得应该去一个地方转转，兴许会发现什么。匆匆吃完饭，打车来到"相约"礼品店。此时，店门仍开着，他进到店里转悠了会儿，然后向营业员打听道："怎么不见你们薛老板呀，他什么时候会来？"

营业员说："薛老板一般五六点钟会过来看看，不过这两天没来。你找他有事？"

"哦，我是他的朋友，想买件礼物送人，找他能给个优惠价。"

"我见过你，是薛老板的朋友，那你找我们张老板也一样，他在，他会给你优惠的。"

"那就算了。对了，你说他两天没来，去办什么事了？"

"他好像说过要去进点货，不过具体去哪里我就不知道了。"

段韬说声"谢谢"，离开小店，刚到路边，就接到姚铁的来电："已查到了薛荣贵购买机票，并已出境，目的地是巴朗岛，和那两个调包的人去了同一地方。由于你的冲动，把事情搞砸了，他们日后若不进来，你的嫌疑就无法排除。"他在电话里强调道。

段韬闻听此言，真是后悔，很想抽自己。可还没等他下手，倒是有另外一只手拍了一下他的肩膀，竟是岳宝胜，原来他和段韬想到一块去了，试图来这里碰碰运气。

两人到对面的公共绿地找了个长椅坐下。段韬说："我已了解到薛大副去了巴朗岛，听店里的人说他去进货了。"

"那店里卖的都是欧洲的礼品，巴朗岛根本不出产工艺品，他去那里进什么货？"岳宝胜说。

"那一定是我把他吓跑的，不过这更证明了我的判断，要不然他躲到巴朗岛去干什么？"

"这么说你们已经向他摊牌了，难怪老船长的就诊资料公司也不见了，他会不会去那家诊所销毁证据？"

"老船长的就诊资料在保险公司都会留底，是毁不掉的……"

两人陷入沉思，此时薛荣贵去巴朗岛能干什么。段韬想起自己在诊所就诊的情况说："我在巴朗岛上也去过诊所就诊，记得在验血时，医生会制作血卡，送交验血中心检测。你记得船长验过血吗？有没有留下验血卡？"

"你这么一说我倒想起来了，那个为老船长看病的医生是诊所的主任，从国外留学回来的，水平很高。她好像对老船长的身体结构很感兴趣，说船长的伤口在海水浸泡两天，都没有发生重大感染、发高烧，她验血时制作过两张血卡。"

"据体检医生说，酒精在血液里只能保持一天，最多不超过两天就得融化；可如果是化学物品，那可以在血液里保留很长时间。假如我们能拿到老船长当时的血卡，就能检出他血液里是否存在化学成分。这是一个很重要的证据。"

岳宝胜大声说："对啊，那张血卡能证明船长当时不是喝醉酒，而是被人下药迷倒的。这样，老船长就能无罪释放了。"

段韬笑笑说："那你想得太天真了。即便是查出老船长的血液里有化学成分，也只能证明他不是喝醉酒，而是喝错酒。仅凭一张血卡既不能证明老船长无罪，也不能断定是薛大副下的迷药。但是有这张血卡，加上个检测报告就是一条重要线索。交给警方，警方就有理由立案追查下去，再查到证据确定是不是薛大副所为，才能依法拘留他。"

"法律上的事太复杂，要我说有了血卡直接把他抓起来，就能破案。既然这张血卡非常重要，那么薛大副去巴朗岛，会不会就是冲着血卡去的呢？"

"不排除这个可能，我们必须抢先一步拿到血卡，那就成功了一半。可现在我正处被审查阶段，暂扣执业证，还不能与境外联系，更不能离境。"

"我去呗，今晚应该有航班的。"

段韬未马上表态，虽然单纯以血卡还不能认定薛荣贵有罪，在法律上还不够完整，但是一定是重大突破，至少对欧华斌能否减为缓刑至关重要。这么重要的证据交给他人去办，保不定会在哪个环节上出错，一旦拿到法庭上出示，质疑船长醉酒的基本事实，相当于挑战季箐的法律底线。季箐一定会追查到底，证据是怎么来的，是谁采集的。如此一来，非但证明不了欧华斌喝错酒的事实，很可能再给自己身上增加一项制造伪证的行为。这次油漆样本让教练采集，就是个血淋淋的教训。思索良久，他对岳宝胜说："你不是律师，只是个证人。不知道如何取证，万一再出差错，那就前功尽弃了。既然事已至此，要去巴朗岛，必须我亲自去，严格按照法律程序采集。如果采集这个证据顺利的话，一天就能来回，明晚出发，后天返回。"

"好样的，这才是军人的样子嘛。"岳宝胜称赞道。

"等一下，我觉得这事还得向高董事长汇报一下。"

"我认为还是免了吧，你一汇报，肯定不让去的。"

"但他是公司党委书记、董事长，事关公司，必须服从他的领导。我相信只要讲清道理，据理力争，他会批准的。"

"那好，明天公司见。"

三十五

高伟达在办公室坐立不安，不是拿起座机打电话，就是用手机打，可薛荣贵那一头始终无人接听和回复。他板着脸，一会儿，秘书将段韬和岳宝胜引了进来，高伟达像抓到了救兵似的，大声问道："你们这两天见过小薛吗？"

段韬摇头说："没有，怎么啦？"

高伟达说："前几天，小薛说那家上市公司的老板已同意支付股权预付款，正在走股东大会的流程，要亲自上门去催讨，顺便把5000万支票带回来。可一去就没消息了。刚才和对方公司的老板直接通电话，老板说早在一个星期前已通知小薛，公司资金短缺，股东会没通过，决定放弃收购蓝海航运，还要追回100万元意向金。"

"据我所知，薛大副已去巴朗岛。你让他负责租船的事，他会不会又去和船东谈判，落实租船的事了？"段韬顺便问。

高伟达答道："不会的，前几天我们开会讨论过租船的事，他当着我的面与船东联系，船东明确表示要到下周再恢复谈判。我还说过这次谈判要和他一起去，争取一次性成功，不再拖延。他怎么会单独去见船东，即便是独自去打前站，电话应该保持畅通的。"

岳宝胜说："董事长，恕我直言，薛大副其实一直在骗你。"

"骗我，为什么？我对他那么好，重点培养他，他有什么理由要骗我？"高伟达不信。

"他上了贼船，不得不骗你。段律师发现酷客号的沉没与一起走私案有关，而走私案背后的主谋正是薛大副。"岳宝胜说。

"越说越离奇了，别乱猜疑。"高伟达依然不信。

岳宝胜说："那只能由段律师告诉你所了解的一切，再请董事长自行判断。"

高伟达转而将目光移到段韬身上，段韬也就毫不客气地将自己两次上巴朗岛及之后的经历原原本本地陈述了一遍，完了补充道："我可以保证我所说的都是真实发生的。"

高伟达听完，单手托着下巴，闭上双眼，陷入沉思。

"教导员，薛大副是个很聪明的人，在酷客号沉没后，他一直在揣摩领导的意图，说领导爱听的话，想领导所想做的事，从而获得领导的支持，他利用领导的权力和影响实施自己的计划，达到掩盖自己的违法行为的目的。领导一不小心就成为他最大的挡箭牌，甚至成为他谋取私利的工具。"段韬又说。

"你小子是一针见血啊！"高董事长终于睁开眼睛看着当年的兵，然后叹息道，"我以为自己独具慧眼，发现人才，结果老眼昏花看走眼。既然你们已经确认小薛有重大犯罪嫌疑，那去报案呀，将他绳之以法不就得了。"

段韬说："由于酷客号沉没带走了所有的证据，目前仅凭我手上的证据，还不足以认定薛大副参与海上接货、造成两船相撞的犯罪行为；再说老船长已认罪认罚，客观上承担起了全部责任，现在想要改变一审对他的判决，难度极大。所以我们今天来，就是要向你请示，允许我们再去巴朗岛，争取找到关键证据。"

教导员一听段韬又要去巴朗岛，不由得嘿嘿一笑："你小子撅个屁股，我就知道你要放什么屁、拉什么屎。去巴朗岛不只是找证据，还要追查小薛的下落。这算是件好事，去找到他，把他带回来，不行绑也要绑回来。我要当面质问他为什么要骗我、耍我。"

段韬说："教导员，缉拿罪犯，是公安部门的任务，我已不是公司的律师，没有义务为公司服务。现在只是老船长辩护律师的助理，我的任务是帮邵大律师收集有利于老船长的证据，维护他的合法权益。"

"不管你是什么身份，去吧，你是我的兵，交给你的任务必须完成，不许讨价还价。"

市公安局刑侦队的办公室里，刑侦队长听完姚铁的工作汇报后，想起律师的案件问道："那个段律师案件，虽然发现油漆样本被调包，但两个嫌疑人跑得比兔子还快，当天出了境。目前只能将此案挂在网上，等待他们的再次出现。"

"队长是否让我出国一趟，通过当地警方的配合，查找当事人和幕后指挥者，以便排除段律师的犯罪嫌疑。"姚铁说。

队长说："就这么个小案件，不值得花大力气去境外追查，只有等他们冒出来，一网打尽。不过此案涉及律师作假，领导亲自交办，主观上还得重视。把前一段的侦查工作，收集的证据做个书面报告，交由领导审查定夺，也许我们一起出国走一趟，我也想出国放松一下，不过那是做大头梦。"

话音刚落，姚铁的手机响了。姚铁见是主管副局长打来的，点开免提和队长一起接听。副局长问："小姚，你查的那个伪证案件，涉案的律师怎么要订机票出国了，你知道吗？"

姚铁答道："我不知道，不过领导放心，我们已经查清楚他提供的鉴定样本确实被人调包了，可以排除他作伪证的嫌疑。"

"你说排除就排除，司法局审查通过了吗？再说这两份油漆样本都不是他自己获取的，第一份被调包，那第二份呢，他自己带回来的就不能作假吗？他现在出境要干什么？不是逃逸就是找人串供。他是你的战友，别犯徇私舞弊的常见病。你去告诫他，不准出境，接受调查；如果不听，就限制他；再不听，就把他拘留起来。"副局长说完，挂了电话。

队长说："段律师现在是不宜出境，一出境麻烦就大了。如果一出境，更难排除他造假嫌疑了。你马上通知他，让老实待着，不要乱跑乱动，别再给我们添麻烦。"

姚铁当即给段韬发条微信，通知他立即过来。

这时，季箐来了，她是应邀过来讨论其他案件的。队长说："季检察官，你来得正好，那个涉嫌伪证的律师突然要外逃出境，你们俩先找他谈谈，告诉他，就这么小的一个案件，一跑就会复杂化，事态扩大，没有好结果的。"

季箐惊讶地看着姚铁。姚铁说："你这个老同学总是给我惹祸，现在莫名其妙又要去巴朗岛，不知道这小子是怎么想的。局长说了，说不准他离境，否则只能拘留他。"

"有这么严重？还是等他到了后问问清楚再下结论吧。"季箐回应道。

半小时后，姚铁和季箐在会议室等来了段韬。只见段韬满头是汗，脸上笑嘻嘻地跑进来。"怎么今天让我在会议室接受询问，是不是找到那两个调包人了？"见季箐也在，段韬有点不好意思地说，"季检察官也在呀，不会讨论欧华斌的二审吗？我的律师执照被收缴，二审已交给邵老师办理，由他担任欧华斌二审的辩护律师。他可是刑辩大律师，你得小心哟。"

姚铁说："季检察官是我们队长请来的，专门研究你的伪证案件。"

"检察官出面，难道要上纲上线，进入逮捕程序？不对啊，我也算是受害人呀。"段韬收起了笑容。

姚铁说："什么受害人！你是伪证罪的嫌疑对象，还想跑。你要去哪里，想干什么？"

段韬一听，心知自己的行踪已被监控了，于是索性说："你们既已掌握，我就如实坦白。我是去巴朗岛与女朋友幽会，我还是单身，不可以吗？"

姚铁接道："是不是你说的那个女导游？她的真实身份你确认了？她接近你的真实动机，也搞清楚了？"

段韬回道："这些我上次已和你解释过了，怎么说着说着又绕回去了？我与她真是有缘，人家舍命救了我两次，我不能爱她吗？我不能去见她吗？"

季箐忍不住插道："段韬，你就别演那些烂俗的爱情狗血剧了。若你和她真有缘，完全可以等到洗清自己的嫌疑，快快乐乐地去相会。可你现在这么急切地想过去，一定另有目的。我没说错吧？"

段韬沉默了会儿，心想她是那样目光敏锐，到底是老同学特别了解自己："季检察官，你还有要说的吗？"

"有。"季箐又说，"你对沉船原因提供的证据，虽有瑕疵，不够完整，还是有参考价值的。我已与海事专家商量，也给所在国的海事机构发出征询函，等待他们书面答复。我们一定会实事求是地认定沉船原因。不过，即便是出现多因一果，也不影响对欧华斌的定罪量刑，最多会考虑基础事实有点变化。但不会改判的，更不可能对上诉人适用缓刑。你这么急急忙忙地赶过去还有必要吗？我说完了，听你的辩解。"

段韬喝了口自带的可乐，清清嗓子说："感谢季检察官的坦诚相告。我要告诉你的是，我已不再关注沉船的原因，就像你说的专业问题交给专业机构处理。我们和巴朗岛的冯大律师联合向海事署申请补充调查，在沉船结论没有更改之前，辩护律师爱莫能助。现在我要质疑的是欧华斌的醉酒原因，挑战一下欧华斌的醉酒事实。"

季箐瞪了段韬一眼，说："船长醉酒事实，有多名船员的证言及醉酒后摔伤的痕迹鉴定，而且上诉人没有改变认罪认罚态度，这一节事实，证据确凿充分，一审认定其醉酒过失犯罪行为是无可争议的。"

段韬说："季检察官说得不错，正由于被告人认罪认罚，导致无人关注他为何喝醉、怎么喝醉的。欧华斌曾质疑过自己的醉酒表现，我也告诉过他，酒杯已沉入海底，酒精融化进血液，所有证据都消失殆尽，劝他坚持认罪认罚。可当我从医院拿到欧华斌的体检报告，证明他的体内有足够的酶，可以迅速消化酒精，我才相信他说的一生从未喝醉过，是有一定医学根据的。后来我又找到一位对沉船案坚持己见的证人，他告诉我船上的一个秘密，一些国际海员存在夹带私货入境的走私行为，他怀疑酷客号的沉没与当夜一起走私货物交接有关，由于天公不作美，发生两船相撞的意外事故；他认为欧华斌的醉酒，可能是被人下了迷药，目的是让他离开船长室，以便完成走私货物顺利交接……"

姚铁边听边笑道："段律师，这事听起来有点像《天方夜谭》

第二季，述说一个惊心动魄的重大走私案件。"

段韬说："我可不是凭空猜想，都是基于真实的场景。要知道能够完成海上接货这么复杂任务的人，应该具备丰富的航海知识和熟练的操控驾驶技术。这个人不是船长就是大副，船长醉倒了不在岗，此人只能是大副，只有他具备这样的能力与条件。"

季箐说："记得在会见上诉人，上诉人说过辩护律师曾对他做过承诺，可以判缓刑出狱。难道你们为了兑现诺言，千方百计寻找案件可能存在瑕疵，无休无止地提出假设和猜测。其实这些都毫无意义，法庭是需要完整的证据，而不是推理，更不是猜想。"

段韬说："季检察官，律师在当事人面前说的大话，包括拍着胸脯打的保票，那多半是在瞎说，只为赚点律师的辛苦费而已。当事人也不会单纯地听律师吹得天花乱坠，而是看判决结果的。老姚知道我可能会编故事，但决不会许愿。"

姚铁对段韬说："那你说说看，你又发现了什么过硬的证据。"

"……在拿欧华斌的体检报告时，我曾请教过医生，医生说酒精溶解在血液中的时间一般是 24 小时，而化学药物的溶解时间短则一个月，长有三五个月。于是我就想，如果能找到欧华斌当时的血样，检出他血液里是否含有其他化学成分。我曾在巴朗岛上诊疗过，那里的诊所医疗条件比较落后，验血时会制作一张血卡，送去第三方检测。我的证人告诉我。欧华斌在酷客号沉没前受过伤，登上巴朗岛后送去治疗，可能留下过血液样本。作为欧华斌的辩护律师，发现有利于被告人的证据，即便是蛛丝马迹也绝不能错过。如果真有这份血卡，并且确实存在其他化学成分，那就证明欧华斌的酒中被人下过药，不是喝醉酒而是喝错酒，虽喝酒有错，但属于意外，那有可能改判缓刑的。对于这样一份可能存在且极为重要的证据，我不敢再让别人去收集。原因在于这次伪证案的调查，给了我极为深刻的教训，关键证据必须由我亲自采集。因此，这就是我去巴朗岛的原因。如果此去一无所获，不再遗憾，至少能让被告人欧华斌心悦诚服地接受终审判决。"

姚铁和季箐都被段韬的告白所震动，不知是应该放行还是不放。

姚铁说："你不能等几天再去吗？你的结案报告已经报送司法局，估计很快会批复下来的。"

段韬说："就这么件小事还要等领导审批，领导要研究的事可就太多了吧。季检察官说欧华斌的二审下周就开庭，我取证后还要做鉴定，时间很紧迫的。"

季箐说："我可以向法院申请延期开庭，给你时间，你等过了审批程序再走。"

"恐怕不行。我能想到的，对手也一定会想到。大副可能就是老姚怀疑的那个指使调包的幕后人，已去巴朗岛。虽然还不知道他去那里要干什么，但如果被他赶在前面，毁掉有关欧华斌的诊疗记录，那我真就一无所获了。因此，我必须立即出发。"

姚铁一拍桌子，说道："跟你说了那么多，你小子还要走，只要敢动，我立马拘留你。不信你试试。"

段韬倒是很冷静地应道："老姚，别忘了我也是个法律人，知道拘留我是需要按程序办理的。现在我还不是嫌犯，只是涉案当事人，又没有现行犯罪，不符合拘留条件的。再说拘留一名律师也是要报司法局核准的，这个程序季检察官更清楚。老姚我告诉你，我是今夜12点的红眼航班起飞，明晚9点飞回，后天凌晨回到本市。现距离起飞时间，还有八小时，我回家里等你的拘留手续。如果届时等不来手续，我按时出发。"他在走出会议室之前，又回头对季箐说，"有空去看看童宁，她或许还在医院里。"

段韬走后，队长走进来，只看见姚铁和季箐，没见到段韬，就知道谈话失败了，冲着姚铁骂道："他怎么和你一样，也是头犟驴，喜欢一条道走到黑，听不进劝！"

姚铁抓抓头皮，笑道："这就对了，我们在部队是亲兄弟。"

队长说："刚才接到局长通知，让我们去他办公室。大概率是听汇报做决定。季检察官，你也一起去。我们俩去若有不同意见，定被领导骂得狗血喷头，但有你美女检察官在，他肯定客气许多。拘留权在公安手里，逮捕令须检察院签发，检察官的意见，领导一定当回事的。"

说完就带他们一起到副局长办公室，只见副局长正在接待海关缉私局的一男一女两名缉私警。

副局长对他们介绍说："这是海关缉私处的李处长，还有一位是缉私警官欧轼晗同志。"

姚铁看到欧轼晗眼睛都亮了，赶紧上前和她握手："是小海鸥啊，好久没联系了，年初的校友会没见你来，都去哪里了？"

副局长问："你们认识？"

姚铁答："岂止是认识，当年在警校，她是在校最小的女生，也是最活跃的那一个，要不是嫌弃我年纪太大，都差点被我追到手了。"

欧轼晗有点脸红地笑道："老同学，在领导面前休要胡说。"

副局长也笑了："海关方面是为了你的嫌犯对象——段律师来的，你就介绍一下案情，听听他们的想法。"

"小海鸥，这八竿子打不着的人你也关心？还搞得那么隆重，

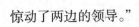

惊动了两边的领导。"

"我与段律师非亲非故，彼此是公事而不是私事。"欧轼晗说，眼里闪烁着兴奋的光芒，"听说你们警方正对段律师涉嫌伪证进行立案侦查，成了你的嫌犯，可在我们缉私处他是个英雄。你在扫黑除恶的战役中缴获的几把威力强大的进口仿真枪，引起海关总署领导的高度重视，指示须查清进口仿真枪的来源，并全部清缴。总署缉私局组建专案组统一指挥。经查这批仿真枪由境外生产，通过海运伪装成玩具偷运入境的。海关总署立即下令全国口岸必须严查，防止仿真枪流入国内。我们根据国外厂商的数据显示，第一批入境的150支大部分都被我们缴获，可第二批大约150支，没有入境记录，估计还在运输途中，可是卖家几经倒手，无法获知通过什么方式运输，恰在此时发生酷客号沉船事件。领导就派我去沉船海域附近的岛屿调查是否和仿真枪运输有关，我在巴朗岛上调查时，巧遇这位段律师。他是调查沉船的原因，我们有异曲同工的使命，尤其是段律师在调查中遭遇种种事件，由此确信沉船与走私仿真枪有关。"

副局长说："这么说来，是我们误解了段律师？"

欧轼晗肯定道："是的，如果没有段律师的调查，我可能还需要较长时间才能摸清沉船案的真相。同样，你们正在侦查的所谓伪证嫌疑，应该也是仿真枪走私案的主谋在背后搞的鬼，目的是阻止段律师拿到油漆样本继续追查下去，扰乱我们的侦查视线。"

姚铁说："既然已锁定嫌犯，发现犯罪窝点，那就请当地警方合作，把他们一锅端了。"

欧轼晗解释道："不行，尽管当地法律禁止枪支买卖，但对仿真枪没有限制，甚至对仿真枪的加工、改造和出口还予以鼓励，所

306

以动不了他们，只能等他们偷运入境，才能人赃俱获一网打尽，估计他们很快就会有行动的。"

姚铁看着欧轼晗，像突然明白了什么，悄声地问欧轼晗："难道你就是段律师所说的华人女导游？还两次救过他？"

"不错，在那里我的对外身份是名中文导游。"欧轼晗答道。

姚铁说："怪不得他打算再次登岛，原来真是去千里寻亲，共度良辰。"

欧轼晗说："姚大哥，你可别信口开河。我和段律师只是导游和游客的关系，回国后谁也不认识谁，否则领导还以为我是假公济私呢。"

季箐也适时相助："姚探长，我们是谈工作，不聊私情。"

海关李处长说："我们这次过来，主要是小欧在侦查中发现一个叫薛荣贵的人，酷客号上的大副有重大走私嫌疑，想请警方协助对他实施监控，一旦发现走私团伙有后续行动，立即实施抓捕。这是你们警方的专长。"

副局长答应道："没问题，小姚与小欧是老同学负责配合，不能再让薛荣贵溜了。"

姚铁说："局长，目标已锁定，他可能是调包行为幕后指使者，是个重要嫌疑人，可他已乘坐国际航班飞往巴朗岛，可能与调包人会合了。"

欧轼晗一听，忙说："他飞去巴朗岛，估计走私团伙马上有行动，处长，我要立即赶过去，盯住他们，摸清他们的动向和可能走哪条线入境。"

姚铁说："小海鸥，这次就不想见见段律师？"

欧轼晗说："没时间了，等完成任务再见他吧。"

季箐说:"根据我国刑法规定,在域外对危害中国和中国公民生命财产安全的,也是犯罪行为,中国法律一样有权管辖。"

李处长说:"还是检察官对法律熟悉,解读得很清楚。根据湄公河联合执法协议,可请当地缉私警协助,只要他们装船出海,就采取抓捕措施。这样能省不少事,防止再出现意外,排除不确定性。"

副局长对欧轼晗说:"阻止走私押运,光凭你一个姑娘去太危险了,要不要让你的老同学陪你去一趟?"

欧轼晗说:"谢谢领导关心。我在那里已战斗几个月,熟悉那里的情况,如果身边突然多出个陌生的大男人,反而容易暴露。老大哥,还是请你掌握那个薛荣贵的动态,只要他一回国,就控制住,他应该是走私团伙的主犯之一。"

姚铁点头:"没问题,小海鸥,你也小心为上。等你凯旋,我为你举办庆功宴。"

三十六

段韬一赌气离开市公安刑侦队,但还是忐忑不安,几小时后能否登机成行,心里没底。再一想反正该说的都说了,就看运气了。他返回出租屋准备行李,其实来回就一天时间,只需要一个双肩包和一本护照。叫外卖,然后打开电脑,一边重温欧华斌的案卷材料,一边等待姚铁的通知。可手机一直没反应,他的预感不是太好。外卖员送来了菜饭,他刚要吃饭,有微信进来,一看是季箐发来的:我已去医院。他一想自己也该去医院看看童宁,可想起她那愤怒的表情,心里有点畏惧;再想到自己在巴朗岛生病时,她主动过来陪护,送他去医院,好温馨呀,还是去吧,就算不受待见,甚至被骂一通,让她消消气也好的。

吃过饭,骑着摩托车去医院。路过宠物店时,他看见小满抱着丑丑站在店门口准备回家,便上前招呼道:"小满,浩鹏又把丑丑寄养在这里了?"

小满解释说:"丑丑已是这里的常客了,我对秋羽姐说过,我把丑丑带回家,让兵兵也有个伴。要知道丑丑一到家,满屋笑声,热闹许多,太开心了。"

段韬一听,突发奇想地说:"小满你带着丑丑,先陪我去一趟医院看个病人。"说着，他从对方手里抱起丑丑，装进自己的双肩包。

小满坐在摩托车的后座上。丑丑伸出脑袋，紧张地东张西望。小满轻轻地抚摸它，对段韬说："段律师，开得慢些哟。"

医院病房，季箐已经在那里。童宁见到闺密，便失声哭泣，倾诉自己的遭遇。季箐一边耐心倾听，一边帮她擦去眼泪。

段韬抱着丑丑来到病房走廊里，对丑丑说："丑丑，待会儿你见到的美女姐姐，她是我的好朋友，现在生病了，你一定要把她逗乐哦，笑一笑百病剔除。"丑丑睁大眼睛看着他，似乎听明白了要自己做的事。然后段韬悄悄推开病房门，让丑丑先进去。

病房里突然出现一条泰迪狗，童宁和季箐先是吓一跳，丑丑认识美女，立即跳到病床上，站立在童宁面前，摇头摆尾，挥动前爪翩翩起舞，使劲向童宁挤眉弄眼献殷勤。丑丑憨态可掬的模样，一下子把两人都逗乐了，童宁破涕为笑，伸手抱起丑丑。丑丑乘势扑到她了怀里，眯起小眼睛，噘起小嘴巴看着童宁。童宁被丑丑的温柔和懵懂所打动，忍不住笑了，那是一种从心底里发出的、久违的、释然的笑。丑丑也轻声咕噜，仿佛在说：看，你笑了，你开心了，我做到了！

宋小甘接到季箐的电话，也赶来了，见段韬站在门外，一把将他推进病房。

季箐说："这里是妇产科病房，你们两个大男人怎么可以随便进来？"

段韬见到童宁露出笑容，悬着的心终于放下了："不好意思，都是我惹的祸，今天带着丑丑一起赔礼道歉。伸手想去抱回丑丑，感谢它完成任务，丑丑却往童宁的怀里躲。童大律师笑得更加开心。"你看，童大律师的笑容竟然迷倒我家丑丑了。"

这年头人们对未婚先孕已司空见惯。小甘结过婚有过孩子，一眼就看出童宁身上发生了什么，听段韬自认是自己闯的祸，不由得一愣，放下手上的礼物说："你们出一趟差，就收获满满呀。"

"你小子想象力比我还丰富呀。我是不知情把老同学吓到了，才躺在医院里。"

"我在想呀，就你兵叔模样也能打动美女同学。应该没有这个福分吧。童宁，那是男孩还是女孩，是否让你嫂子来照顾你，她这个方面经验丰富，服务周到，包你满意。"

季箐乐道："如果是女孩，小甘要为儿子定娃娃亲。那请把存折和房产证准备好，下聘礼呀。"

童宁微微一笑说："谢谢，我已没多大事，明天就能出院了。"她的目光回到段韬身上。

段韬似乎心领神会，只能安慰道："我到公司了解过了，薛大副是去巴朗岛，大概是董事长指派他去处理租船的事。"

童宁立即反驳说："你怎么也学会骗人了？如果是出差，他绝对会事先告诉我，并与我保持联系。可他已两天没和我联系了，会不会他被拘留了？"

"肯定没有。我下午被传唤到市公安局，当时季箐也在，只听说薛大副出境了，不知道他去巴朗岛要干什么。"

童宁重新陷入痛苦之中，丑丑见状，再次扑到她怀里，有试图安慰她的意思。

季箐说："小宁，别难过，有什么话别憋在心里。"

童宁抱着丑丑，幽幽地说："我一直想寻找心中的白马王子，没料到到头来却活成了一个别人眼中的笑话。他关心我是假，了解段韬的行踪是真。可我却毫无防备，向他透露了所有调查细节，客

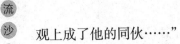

观上成了他的同伙……"

段韬说:"是我不该把你再拉进船长的二审。也许少一点接触,保持一点距离,就能清醒一点。"

季箐说:"女人的爱没有错,错在一些男人的别有用心,他们为了一己私利精心打扮,花言巧语,哄骗女人。"

段韬感慨道:"就像沉船上的那条缝,其实是真实存在的。可流沙涌来时,什么都看不清,等到流沙退去,才露出真相。我不是也上当受骗,什么事都曾向他请教,结果被引入歧途。"

童宁说:"别帮我找理由了。我就是不明白他为什么要阻止你的调查,为什么还要去巴朗岛。"

季箐劝道:"有些问题不必去深究了。还要想着那个渣男,忘了就好。人生就像一场马拉松,不是非得跑到终点才有意义。有时候我们中途离开,是因为我们知道了自己,也明白了路途上隐藏的险阻。现在需要考虑的是这个孩子是否留下。我知道你爱孩子,如果你决定留下,即使他没有父亲,我们也一样会将他抚养长大。"

童宁说:"我已经想好了,孩子是无辜的,既然这孩子降临到我身上,就是上帝给予的赏赐,我绝不会舍弃的。"

段韬很受感动地说:"那好,就让我做孩子的义父吧。"

季箐也说:"那我是他的义母。"

宋小甘说:"我有个儿子,如果你将来生个女儿,那我们就结为亲家。"

病房又响起欢快的笑声。

暮色降临,华灯初上。司法局会议室里,司法局局长再次召集律师协会和相关部门的专业人士,讨论对段韬的伪证行为定性及是否要采取强制措施。之所以挑灯夜战，是由于段韬要出境，事发突然。

姚铁在会上介绍了公安调查的情况，最后概括道："到目前为止，我们可以排除段韬本人故意制作伪证的嫌疑。"整个会议室瞬间安静下来，大家都在思考。

一位与会干部提问："段律师第一份样本被人调包原因没有查清，那第二份样本呢，也是让别人采集的，而且鉴定结论又截然相反，是段律师所需要的结论，他是将有利的报告作为证据递交法院。隐匿另一份不利的报告，显然他的目标很清楚，就是要第二份样本不一样的结果，所以第一份样本并不重要，第二份亲自带回来的油漆样本更重要，是不是假证呢？"

姚铁有点生气，发言人是在质疑自己的侦查方向，说："如果要造假，为什么要做两次呢，还要冒险进行调包呢？"

"这就是段律师聪明的地方，欲盖弥彰。他知道法院对鉴定报告，一定会请鉴定人到庭质证，鉴定人员一不留神告知还有不一样的鉴定报告。那么他就可以解释是被人调包过。制造一个调包的假象，换取第二鉴定结论的效果。经过这段时间的调查，他应该了解所谓举报的证人就是那个帮他收集样本的人。他懂得境外证据有瑕疵，所以来去匆匆，两天来回打飞地，可能就是进行串供，建立攻守同盟，只要证人坚持是自己擅自行为，不是受人指使，那么段律师不存在故意作伪证，最多是个过于自信的过失行为，从而不构成伪证罪，可以逃避法律制裁。"

"如果要串供，现在信息交流很方便，何必劳师动众跑一趟呢？我们已查过他的通信记录，近期没有发现他与境外联络过，一个电话都没有。"

"谁都知道现代通信很先进，也是最不安全的，还是传统的方式，面对面交流更有效，不留痕迹。"

局长说："律师在刑事案件中作伪证是非常严重的违法犯罪事件，必须严肃处理，以示警告。为了查清事实，不能让他出境，必要时可以依法拘留。"

姚铁说："我听说段韬此次去巴朗岛，不是串供，而是为了解开酷客号沉船的谜底，让元凶露出真面目。也许会……"

"我们的打黑英雄怎么变得婆婆妈妈的，慎重是需要的，侦查措施也要果断，别错失良机，你们是战友，有同情心，是不是下不了手呀？那我通知你们局长，先采取限制出境措施，还是不行，同意再拘留。"

"老领导，公安拘留，只有七天时间，到期检察院能不能批捕，是不是征求一下检察官的意见？"

局长说："是啊，那天的检察官在程序上提出自己的意见，今天怎么没来？"

"听说家里有事，去医院看病人了。"

面对老领导的质疑，姚铁一时不知说什么好。季箐不在没有人帮衬。

正在这时，邵普元推门走进会场，他环顾了一下所有与会者，说："局长，不好意思，我是为了学生段韬的事而来，只能临时打断一下你们的会议，汇报一个新情况。我刚收到巴朗岛上冯大律师的信函和船东赫尼亚公司的调查材料。船东赫尼亚公司找到了肇事船荣德号的残骸和修船记录，经过比对，段韬提供的沉船上的油漆样本，其中一部分是荣德号上的船用油漆，再根据荣德号的《航海日志》记载，荣德号确实曾与酷客号发生过碰撞。由此证明，段韬坚持认为的酷客号沉没存在两船碰撞的原因是正确的。冯大律师还

314

告知，当地海事署接到中外两家律师事务所联合签发申请书，很重视，已启动复查程序。据此我认为，段韬不存在制作伪证的行为。"

姚铁率先鼓掌。接着，会议室里响起一阵热烈的掌声。

司法局还在审查是否限制段韬出境的事，段韬和岳宝胜已领了登机牌，来到入境处，段韬停下来，看看手表离起飞还早，他让轮机长先过关，自己找家休闲吧坐下，要瓶可乐慢慢喝。其实他还是有点心虚，担心被边检拦下，告知限制出境。这是很难堪的，也要影响轮机长的情绪。他非常盼望能收到姚铁放行的短信。自己把话说得太绝，又不好意思再打电话给他，只能耐心等待。手机一振，他赶紧打开一看，不是姚铁的，是季箐发来的，问你这个义父，想想给孩子取个什么名字。

他回信息说，是男孩我取，是女孩你取。再让童大律师定夺。段韬发完心里甜丝丝地想，我是义父，你是义母，那我们会不会成为一对呀？还做着美梦，手机再次振动，是姚铁发来的短信，只有两个字"放行"。立即回复"谢谢"。立马背上双肩包，快步走过边检，顺利过关。

段韬走进候机大厅，也许是神示抑或心有灵犀，撞见小师妹，又惊又喜，上前一把抓住她："小师妹，没想到在国内机场遇到你，真是有缘分呀。"

欧轼晗看见段律师也很兴奋。真是，想见的人总能见到，嘴上却说："什么缘分不缘分的，一回家，连个电话也不打，一转身什么都忘了。"

"你知道的，律师时间都被当事人占用，连喘气的机会都不多。你回国该知会一下，我要在本市最高的 105 层餐厅，请你吃个饭。"

"105 层也太高了吧，我可没有那个口福，这次家里临时有事，老板只给了三天假，只见到一位大师兄，其他人都没空见。"

"小师妹呀，这就是你的不对了，见过大师兄，不要忘了小师哥。如果家中有事，师哥定当鼎力相助。下次什么时候休长假，一定要告知我，也见一下你的大师兄。"

"师哥，一个人出国啊，现在很流行单身旅行，大律师是忙里偷闲赶时髦呀，那是去北欧还是南美？"

段韬嘻嘻一笑，说："我最想去的是东非，曾去过一次东非大裂谷，那才叫壮观。等你有假，带你一起去塞伦盖蒂大草原，那是一片绿油油的草原，有数不尽的角马斑马和羚羊，每天都有成百上千的新生儿诞生，是一个充满生机的草原，一个非常神奇的地方。"

欧轼晗被他的情绪感染："我一直生活在海边，从来没有去过非洲，那好，一言为定，绝不食言。"

两人来到同一个登机口，欧轼晗一愣："你也去巴朗岛，还有什么事吗？"

这时轮机长过来："你小子终于来了，再晚就赶不上航班了。"

段韬对欧轼晗说："船长的案子上还有点事，上次是大副陪同，这次由轮机长陪我。"又向轮机长介绍，"这是巴朗岛的导游希格尔，我的师妹。"

欧轼晗立马恢复导游的神态说："欢迎领导来巴朗岛度假，有什么需要尽管提，保证让你们满意。"

轮机长一把拉走段韬说："搞了半天在等个女导游，上岛后，给你找个三个五个的。"

段韬对欧轼晗说："师妹，我会去俱乐部。海滩见。"

欧轼晗只能笑笑排队登机，她很快收起笑容，心想这位轮机长要上巴朗岛干什么，难道也和走私案有关吗？

三十七

　　巴朗岛上火山口脚下，密林深处的加工厂里，传来几声枪响。马威、薛荣贵和客户在一起验枪，主要是试验仿真枪的火力，看来效果真不错。客户满意地说："这和真枪差不多，不错，立刻安排运输。"说完，马威让变性人开车送客户去机场。马威指挥工人把装配好的仿真枪打包装箱。薛荣贵和马威再回到厂区的小院子里，一边喝着威士忌，一边聊天，院外是亚热带的绿树和花草，景色宜人，两人心情也舒畅多了。

　　马威说："薛大副，你有文化，见识广，你看这工厂怎么样？"

　　薛荣贵答道："这也叫工厂？还没国内早期的乡镇企业像样，就是个作坊而已。不过这里的工人倒还勤快，这些仿真枪在海水里泡了那么长时间，被他们整修得全新锃亮，改造的效果还不错，客户满意了，能卖个好价钱。"

　　马威说："就是呀，原本我们的出价是要送过边境的。我说这次是出厂价，要送到边境还得加价。他们没辙，只能接受。这次意外沉船，却带来了商机。如果在这里建个更像样的加工厂，定点生产仿真枪，再卖到国内。国内的需求量大，利润高，我们就能发大财。"

薛荣贵说:"你这个想法很好,这里仿真枪加工和改造都是合法的。我们从国外的生产厂家以玩具的名义进口,再根据客户需求进行加工改造,利润可翻 10 倍以上,又算是合理合法的生财之道,以后就不用偷偷摸摸地干了。这种模式风险小而利润大,何乐而不为呢?马老板,这次赚的钱就不分了,都投入加工厂的改造上,把工厂搞得更像样一些。今后你负责工厂和运输,我负责联系上下游客商,这样,我算是在海外有投资了,真正当上一回老板。"

这时,变性人送完客人回来,向他们报告说:"我在机场看到那个姓段的律师,又来了。"

薛荣贵一惊:"他怎么又来了,身边还跟着谁?"

变性人拿出手机给他看。从机场偷拍到的录像中,薛荣贵发现段韬和岳宝胜一起走出机场。"右边那个是酷客号的轮机长。"他指认道。

马威自语:"他们又来干什么?"

薛荣贵想起什么,立即对变性人耳语几句。马威见状,不解地问:"怎么啦?"

"看来这个段律师三不罢四不休,非要置我于死地啊!"薛荣贵说,面色有点不太好看。

马威说:"既然送上门来,这次就不能再放过他。做掉他,就当是死了个游客,没人太在意的。"

"我知道他想干什么,他正在被公安调查,突然出现在这里?有点蹊跷,还是小心为妙。"薛荣贵转向变性人说,"你让手下的兄弟去处理一下,让他一无所获就足够了。"

马威同意道:"行,这批货运输最重要,要保证货物安全上船运到公海,他们回来接受的第一单自己做的生意,一定要旗开得胜。"

变性人领命走了，薛荣贵和马威才敞开了喝酒，酒喝得都有点大。两人勾肩搭背，趁着酒劲边哼哼，边想象着大把大把的钞票从天上散落下来。可他们没想到此时的希格尔，正潜伏在附近树丛里观察着这家工厂员工装箱的情况，并用手机发回相关的图片。

段韬到达巴朗岛后，立即去俱乐部，向猜颂借了一辆电动摩托车，一路穿梭在乡村小道间，岳宝胜坐在后面为段韬指示方向，目标就是曾为欧华斌诊疗的那家私人诊所。

他们来到一个小镇，小镇中心突然冒出浓浓的烟雾，应该是有火情。他们加快速度赶过去，只见熊熊火焰正吞噬着一幢白色的老房子。"不好，就是这个诊所！"岳宝胜失声大叫。木质的建筑在火舌的舔舐下发出噼啪作响的声音，空气中弥漫着刺鼻的烟味和焦煳的气息。段韬迅速环顾四周，寻找灭火器具。幸好不远处的一家杂货店门口摆放着几只灭火器，连忙拿起灭火器冲进诊所。陆续赶来的附近邻居也一起相助，大家齐心协力，肆虐的火魔终于被控制住了。

岳宝胜再次确认，当时老船长受伤后临时来就诊的就是这家诊所。段韬一听，知道还是被薛荣贵抢先了一步，心里十分沮丧，唯有仰天长叹。

这时，有位身穿白大褂的医生走过来，自称是这家诊所的主任，她感谢大家及时赶来参与救火，使得诊所免遭大火的完全焚毁。

岳宝胜一眼认出对方就是当时为老船长疗伤的女医生，忙上前问："医生，你记不记得几个月前，我曾送来一位受伤的船长，当时他伤得不轻？"

医生抹了把额上的汗水，仔细辨认着岳宝胜，竭力回忆："你说的就是那个身体很结实的中国人？"

"对对。"岳宝胜连连点头。

"记得，他一醒来就嚷着要回去，治疗两天就不肯治了。"

"是的，他就是我们的船长！"岳宝胜又问，"那他的病例资料还在吗？"

医生耸了耸肩，面色沉重地说："你看，都被这把火给烧了。好在今天就诊的人不多，否则麻烦更大。"

段韬在一旁问："医生，我以前在另一家诊所看病验血时，诊所需要制作一张血卡留样。你是否为病人制作过血卡？"

医生答道："这种血样检测卡都是进口的，一是送检测机构检验用的，二是为了积累病例、研究病理用的。因为费用比较高，岛上的病人一般不用，只针对一些特殊病例或愿意付费的病人使用。你们中国人看病不计较费用，病人临床表现特殊，我通常还会制作一张血卡保存的。我记得你们那位船长送来时，伤口已有些炎症，却未引起高烧，显得很特殊，于是我留存了一张血卡，作为研究病理的资料放在家里了……"

没等对方讲完，段韬打断道："那太好了！你能把那张血卡给我们吗？"

医生问："你拿去有什么用吗？"

段韬说："我是中国来的律师，我承办的一起案件需要这张血卡。费用方面我可以双倍支付。"

医生说："行，就冲你们刚才的救火行为，我答应。请跟我回家去取。"

段韬和岳宝胜跟随医生走进小镇的一条狭窄而昏暗的巷子里，

两边的房子左右对视，挤压着像要倒下来似的。突然，变性人出现在面前，身后还带着三个黑衣人，他们冲过来挥拳就打。一场突如其来的冲突打破了小巷的平静。尽管是二对四，实力明显悬殊，但段韬和岳宝胜立即奋起反击，和对方打得难解难分。然而，那四人并非等闲之辈，尤其是变性人，不仅拥有超常的力量，还具备敏捷的身手和经常打砸的经验，仿佛是从地狱里走出来的杀手。一时间，激烈的搏斗变得越来越白热化，每一次交手都伴随着金属碰撞的脆响和空气中的撕裂声。由于岳宝胜未受过专业训练，光靠体能和蛮力支撑，他渐渐地有些坚持不住了，落了下风。段韬想腾出手去援助，可变性人乘势而上，段韬被击中几拳，身体还挨了一棍。他后退几步，想以此分散对方的注意力。这时，岳宝胜已被击倒在地。段韬见状，心中一惊，他深吸一口气，凝聚全身的力量猛地一跃，如同猎豹扑食般地冲向变性人，并用一记重拳猛击其腹部。变性人虽然强悍，却架不住这出乎意料的攻击，不禁踉跄后退。段韬趁机进逼，一连串的组合拳像暴雨似的倾泻而下，终于将变性人打趴下。

与此同时，两侧的居民也闻声出动，驱赶打手。变性人一看大事不妙，慌忙起身逃之夭夭。

段韬终于从医生家里拿到了欧华斌的血卡："医生，你给我的不单是一张普通卡片，还是对正义的一份加持，谢谢你！"

岳宝胜想掏钱，却被医生一把挡住，她说："既然这位先生这么说，我就送给你们。你们快走，说不定那几个人还会纠集同伙返回来，那就麻烦了。"段韬千谢万谢地离开。突然接到教练的短信：师妹有险。他把血卡交给轮机长，你先回国，把血卡交给市公安局的姚警官。我要看看小师妹发生了什么，踏上摩托车，飞驰而去。

几乎与此同时，在远处某码头的一端，马威和薛荣贵站在一边，指挥着几个身穿深色衣服的装卸工从车上卸下箱子，小心翼翼地沿着狭窄的跳板搬上货船，生怕闹出太大的动静，引起不必要的注意。他们的动作迅速而熟练，显然不是第一次进行这样的操作。货物被逐一搬上船后，装卸工忙碌地整理木箱，确保它们在船上的位置稳固。薛荣贵不时抬头望向远方，似有些紧张，担心会出现什么不速之客。马威倒是十分淡定，他已不是第一次干这样的事了。

欧轼晗就隐蔽在不远处的一个货柜后面，观察着他们的装船过程。突然，前方蹿出一条狼狗，好像嗅到了什么气味，一阵狂叫向她冲过来。欧轼晗赶紧躲闪，一不小心手机掉落到地上。她意识到自己已经暴露，立刻后撤。

"抓住她，别让她跑了！"马威似乎有比狼狗更敏锐的嗅觉，隔着数十米就大叫起来。其他同伙跟着马威一起追上去。

欧轼晗沿着海边一路狂奔，径直跑到潜海俱乐部。猜颂见是希格尔，顾不得询问发生了什么事，急忙让她先躲进更衣室，同时给段韬发送微信。

转眼之间，马威带着人追过来了，他见四周无人，一把抓住猜颂，恶狠狠地问他有没有看见一个逃跑的女子。猜颂一脸茫然地摇摇头。马威的目光落到了一侧的更衣室，但没敢贸然进去，下令手下把更衣室围起来。

薛荣贵也闻讯赶到，问："马老板，发生什么事了？"

马威说："有人一直躲在我们码头的货柜后面，刚被发现，看上去是个女的，跑得很快，像是受过专门训练的。会不会是那个律师带来的警察？"

"不会吧，他带来的是酷客号的轮机长，我很熟悉。"薛荣贵说。

同时赶到的还有变性人，他向马威报告说："诊所已烧，可那个律师没抓到。"

"烧了就好，抓不到算这小子运气好。"薛荣贵说着，又转向马威，"不管这个人是男是女，务必抓起来带到船上，查明其真实身份与动机。"

简陋的更衣室，外表由褪色的木板拼接而成，里面空间狭小，光线昏暗，空气中弥漫着一股混杂着汗味与潮湿气息的味道，一排锈迹斑斑的铁质储物柜紧贴墙壁，排列得整整齐齐。欧轼晗用桌椅顶住大门，手持两个潜水用的氧气瓶，时刻准备与对手生死相搏。她仿佛听到自己的心跳声，连呼吸都变得局促起来。一场战斗即将爆发。

更衣室外，变性人从手下的人手中抢过仿真枪，朝木门一顿狂射，木门瞬间被摧毁。变性人带人冲进去，发现欧轼晗被子弹的碎片击中，鲜血直流，但氧气瓶仍在她手里紧紧拽着，做好了应对生死考验的准备。变性人一步步地逼近欧轼晗，眼神中透露出一种不容置疑的强势，仿佛能将对手的意志彻底摧毁。欧轼晗并未退缩，她迅速将氧气瓶对准变性人，以确保在关键时刻能够迅速做出反应。变性人猛地朝前一扑，欧轼晗一个侧身，巧妙地躲过了攻击。她利用更衣室内的狭窄空间，挥舞着氧气瓶与变性人展开周旋，同时瞅准机会，用力将氧气瓶砸向对方的脑袋。

这时，马威和薛荣贵也冲了进来。薛荣贵一见到欧轼晗，不由得大吃一惊："你不就是那个中文导游吗，想干什么？"

变性人手捂脑袋，叫道："就是她，几次坏了我事！"

马威说："本事不小嘛，你究竟是什么人？"

欧轼晗面对群魔，冷静地说："薛荣贵、马威，告诉你们，我是中国海关的缉私警察，对你们的走私活动已追踪很久了。我劝你放弃这次偷运行动，留在原地等待处理。"

马威嘿嘿一笑："你这个女人长得不美，想得倒美。中国警察在这里不算什么，把你丢进海里，最多就是少了个打工妹。"

薛荣贵也淡淡一笑："你干吗要承认是中国警察？如果你只是个国内来的中文导游，我们还可以商量一下放你走，可你偏要说自己是中国警察，这样即使我肯放过你，他们也未必同意，因为你知道得太多了。"

话音未落，马威指挥手下的人再度冲上去。尽管欧轼晗挥动着手上的另一只氧气瓶殊死搏斗，却终因寡不敌众，被打倒在地绑了起来，押回码头。

他们正准备上船，段韬赶到。他驾着摩托车冲散押解人员，伸手拉住欧轼晗说："快上来！"

似乎仇人相见分外眼红，变性人哪肯放过段韬，他飞起一脚踢翻了摩托车。幸亏段韬反应灵敏，一个鲤鱼打挺翻身跃起。摩托车随即滑出数米远，重重地倒在地上。

马威见状，蹿上去用仿真枪顶住倒在一旁的欧轼晗的脑袋，冲段韬大声喝道："你小子厉害，可惜这个女人在我手里，你要再不罢手，我一枪毙了她！"

欧轼晗被捆住了双手，已无法自救。

段韬也以牙还牙，一个箭步跃上前，反手锁住了变性人的喉咙，并将他拉到自己的胸前，也大声冲马威说："你放了她，我也放了他！"

谁知马威二话不说，举枪就朝变性人射击。变性人腹部中弹，惨叫一声。"想用我的马仔与我交换，别做梦了！不想让这个女人死，那就乖乖站好，别动！"马威冷笑着骂道。

段韬未料到此人如此凶狠，只得放下身负重伤的变性人，原地站着不动。几个人上来迅速将他捆绑起来。

薛荣贵之前已进了驾驶室，听见枪声也吓一跳，一看是马威射倒变性人，才真正领教这家伙极其残忍；再见段韬和欧轼晗都已被绑，也实在不敢出去直面段韬，不知道说什么好。

马威不见薛荣贵从船上下来，就对段韬说："你也算是薛大副的朋友，我已三番五次地放过你，可你就是不肯罢休。你究竟想要干什么？律师不就是赚点钱嘛，难道还要把命搭上？"

段韬严正地说："不想和你多废话。我劝你立地成佛，不要再干这类仿真枪走私到中国的勾当，中国是控枪最严格的国家，包括仿真枪，都是被法律严禁的。走私枪支是重罪，甚至可以被判处死刑！我劝你们不要起运，留在岛上玩玩就算了，否则在劫难逃。"

马威阴险地说："你小子死到临头了还跟我讲法律。既然你不想活，那我就成全你，这个女人是你们的海关缉私警，你追她而来，正好送你们一起下龙宫，那里也有洞房花烛，可以欢度良宵的，去当一回快活鬼吧。"

段韬一惊，他做梦都没想到希格尔原来是中国海关的缉私警察，那她隐藏身份，在这里一定有特殊使命。他沉默了会儿，然后大声笑道："马威，你玩笑开大了！她就是打工妹，怎么可能和警察沾上边了，你也太抬举她了！"

"是她自己亲口承认的，不然她怎么会三番五次地出手帮你？我看她就是警察、你的同伙！"马威得意地说。

段韬大声说："你在国内也玩过歌厅，那里的小姐说的都是假

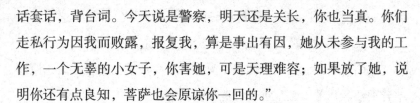

话套话，背台词。今天说是警察，明天还是关长，你也当真。你们走私行为因我而败露，报复我，算是事出有因，她从未参与我的工作，一个无辜的小女子，你害她，可是天理难容；如果放了她，说明你还有点良知，菩萨也会原谅你一回的。"

"律师真是能说会道，把死的说成活的，你忘了，你刚才说走私枪支是重罪，要枪毙的，我还能留下你们两个活口吗？现在是你死我活的，押走，开船。"

三十八

　　段韬和欧轼晗被关进货舱，在昏暗的船舱里，微弱的灯光勉强照亮了四周，空气中弥漫着海水的咸味与木材特有的香气。周围堆放着各式各样的货物，只留下一条狭窄的通道。段韬和欧轼晗被捆绑着丢弃在这里，几乎头顶头，脸对脸，仿佛置身于一个与世隔绝的世界。这一刻，时间凝固了，两人的心跳声与呼吸声交织在一起，欧轼晗不好意思地把脸挪开一点。还是段韬打破僵局说："小师妹，你隐瞒得可以，连我都被骗过了。凭借你的身手，能猜到你不是导游，可没想到你是缉私警察，为什么不早点告诉我，我们可以联手打配合呀。"

　　"你以为是混双比赛，三局两胜，输一局，还有决胜局。我可输不起，一旦露馅满盘皆输。此次就是稍有不慎被抓个现行，落到这个地步。"

　　"你是否怀疑童律师，而不告诉我？"

　　"那倒不全是，当你拿到油漆样本遭到打劫后，我想到一定与走私案有关。我开始观察你周围的人，第一嫌疑人当然是童律师，只有她会泄露你的行踪。后来薛大副出现，他具备走私条件，应该是重要的嫌犯，童律师只是被爱情迷惑的小女人。于是我就跟踪薛大副的行踪，进而发现走私团伙成员和加工窝点，这还要谢谢童律师的。"

"童律师说过与你似曾相识，你认识她吗？"

欧轼晗微微一笑打岔说："你有个战友叫姚铁，公安刑侦的。"

"老姚啊，武警战友，足球搭档，你也认识他？"

"他是警校的学长，我的大师兄。"

"你说的大师兄是他呀，太有缘分了。"

"大师兄说你这次上岛是千里寻缘，你要找谁，肯定不是我吧？"

"为什么不是你，你两次出手相救，不该是你吗？"

"那是你的运气，被我撞上了。你第二次只身上岛就被走私团伙的人盯上，帮你原本不在我的工作范围，是不该管的，可我有私心，现在告诉你，我是酷客号船长的女儿。"

"什么，你是船长的女儿？难怪你那么关注船长的二审。"

"是的，酷客号沉没后，我爸入狱，蓝海公司的高董事长是老爸的战友，他说老爸是为公司坐牢，所有的法律事务由他负责，不用我操心。当时我正好要执行任务，陪着我妈与童律师匆匆见过一面。一审开庭我也没赶上，老妈告诉我，老爸被判实刑，老妈也质问过童律师，你们都说判缓刑，怎么还是判实刑呢？我知道律师只是摆设，说话不管用的。"

"你认为律师是桌上的花瓶，一个装饰物。"

"原本是的，当你告诉我，你是船长的二审律师，我还以为你也是个夸夸其谈、只有嘴上功夫的人。没有想到你真是敢想敢为，不畏艰险，坚持查找沉船的真相，令我感动，觉得老爸有希望了。就算为了老爸，我也不能让你的小命留在岛上。"

"我还以为是我长得帅，喜欢上我，才奋不顾身地救我。"

欧轷晗笑了："你想得挺美。"

"你为了履职，弃小家而不顾，更令人敬佩。那我告诉你，这次上岛是为你老爸。你老爸说他一生从未喝醉过酒，还有体检证明佐证。轮机长说沉船那天是薛大副主动拿些洋酒请客，他一直怀疑是薛大副在酒里下药，才让船长醉酒不醒，这样可以夺取航行的指挥权，实施海上接私货，躲避海关检查。"

"听老爸说过，那只是个传说，一个无法证实的猜想，毫无价值。"

"起先我也这样认为，那是个无法查证的传说，是轮机长好心想帮船长摆脱罪责的猜想。当轮机长告诉我，他们上岛后就送船长到诊所疗伤，这让我想起那次你送我去诊所看病，那位医生为我制作一张血卡，留下我的血迹。我想船长看病会不会也留下血卡，如果在血液里检测出含有化学成分，就能判断你爸是喝错酒，而不是喝醉酒。船长改判缓刑有望，我和轮机长就来找这家诊所。"

欧轷晗急切地问："诊所找到了吗？"

段韬很得意地说："有我在，还有找不到的，还有办不成的事？"

欧轷晗激动地说："师哥，拿到血卡应该立即回国，怎么可以再赶过来，现在可好，我们两条小命都要搭上了，你说你傻不傻？"

"教练发信息说，师妹有难，我怎能溜之大吉？你救我两回，我才帮你一回，还欠你一回。放心吧，我已让轮机长回国，将血卡交给你大师兄，他会处理好的。"

欧轷晗非常感动，但手脚都被捆绑着无法表示，只能用嘴亲吻了他一下。

段韬也不由得回吻她。这一刻，相互的喘气声如同春风拂过心田。欧轼晗的声音宛如天籁之音，似乎在诉说着心中的秘密与愿望。段韬的眼神从未离开过对方的脸庞，这柔情与暖意会永远铭记在心。

船舱外的海浪拍打着船舷，发出有节奏的声响，增添几分神秘与浪漫，也让他们清醒过来，现在身处险境。

舱顶忽然响起脚步声，隐隐约约的马达声伴随薛荣贵和马威的说话声，但他们具体说了些什么，却无法分辨。一会儿，除了马达声，什么声音都消失了，四周又恢复了死一样的寂静。

他们开始琢磨如何脱险的方法。他试着用手指摸索着扎在手腕上的麻绳，看是否有松动的可能。

"师哥，你在想什么？"

"我在想怎么能平安回国，要兑现对你的一个承诺。"

"你有承诺过吗？我怎么不记得了？"

"你可以忘记，我不能。要请你到本市最高的饭店吃饭。"

"还有呢？"

"还有就是带你去东非大草原。"

"没有了？"

"是的，没有了，当下最重要的是怎么出去，只有活下去，才有未来。"

此时舱盖被轻轻推开，一缕阳光射进来。只见薛荣贵悄悄下到船舱，用食指在嘴前做了个别出声的动作，然后迅速帮两人解开绳索，小声地对段韬说："段律师，我千方百计阻止你调查，包括举报你，就是不想让你知道沉船背后的走私行为，没想到你还是知道了。不过我真不想害你，也包括这位导游，但船上的那些人不一样。再过一会儿，我们的船就要过领海线了，客户会在公海上船交接，然后我们乘坐快艇撤离。但是在这之前，他们会把你们装进麻袋丢入公海的。段律师，你知道的，我只想赚钱，没想要杀人；更何况你是童宁的同学，我只能给你们一次逃生的机会。从后舱门出去，直接从船尾跳海，那里没人把守，不会被发现。到海里就看你们的本事和运气了……"

段韬听完，明白了薛荣贵说这些的用意："当我看到你给那位遇难船员兑现双倍奖金，说明你还有善念，你要放我们走，更说明你已有忏悔之意，既然如此，你何不再跨前一步，真正悔过自新，和我们一起回去，还有重新做人的希望，回到你孩子身边。"

欧轼晗说："难道你就忍心放下童律师，甘心一条道走到黑？"

段韬接道："对啊，还有你们未出生的孩子。"

薛荣贵摇头，沉默了半晌才说："你曾好言相劝金盆洗手，我不能，一旦上了贼船，是下不来了，不然和你一样也葬身大海。不是说了，你们赶紧走吧，争取活下去。段律师，如果再见到童宁，告诉她，和她在一起的这段日子，是我最幸福的时刻，会铭记在心的。至于孩子是否要生下来，由她决定。我的意见是别让他来到这个痛苦的世界，别像我一样再走上歧路。"

段韬答应道："我可以告诉童宁，但我还是希望你……"

薛荣贵的小眼睛里似乎闪着泪光。船上响起汽笛声，好像还起风了，船体摇晃得厉害。"快过临海线，就进入公海了。你们再不走，就走不了了。"说完，薛荣贵用力推开后舱门，自己再爬上甲板，重新关上舱盖。

段韬和欧轼晗急忙走出后舱门，爬出后甲板，贴着货柜的边缘到达船尾，的确不见有人看守。两人正准备跳海，忽听得海面上传来警笛声，只见远处有两艘海警快艇疾驶而来。欧轼晗一把将段韬拉回来，兴奋地说："一定是教练报的警，海警出动，这里海警事先就接到我们海关总署的协查通知，一直在待命。我们不能再让这船过临海线进入公海，否则这里的海警也无权管辖。我要上去设法阻止他们，你赶快跳海向海警船报告这里的情况。"

"不行，我怎么能丢下你自己跑呢？"

"抓走私罪犯是缉私警察的职责，不是律师的任务。"

"我们别争了，保护女人是男人的责任，况且我现在要保护的是老战友的师妹，也是我的师妹！"

两人正准备沿着箱体向驾驶舱前行，马威突然带着几个打手出现在他们面前。欧轼晗顺手抄起地上的一根木棍，做好了迎战的架势。段韬也紧握双拳，无惧地面对马威。

一个打手握着锋利的匕首，率先扑向欧轼晗。欧轼晗不慌不忙，一个侧身，手中的木棍横扫过去，将对方击倒在地。段韬也高声喊道："投降吧，这里的海警到了！"

马威似乎并不甘心束手就擒，冷笑一声，继续向前扑来。段韬反应迅速，挡在前面，用双拳砸向马威的头部。

这是一场正义与邪恶的殊死较量。

尽管双方力量悬殊，但段韬与欧轼晗背靠着背，相互依托，使得对方不敢贸然靠近。海警快艇箭一般地追过来，越来越近。马威眼看没有胜算，只得祭出最后的杀招，突然掏出手枪，对准欧轼晗扣动了扳机。

"砰——"一声枪响划破了长空。

欧轼晗猛地一颤，鲜血从她的胸口喷涌而出。她试图抓住身边的扶手，但最终还是无力地倒在了地上。马威冷冷地看着她，似乎还想再干些什么。

也许是海警听见枪声，也鸣枪示警，加快速度冲过来，马威知道行动失败，他顾不得其他人，独自跑向救生艇。却看见薛荣贵已经登上救生艇，正在缓缓地从船的另一侧滑向海面，马威想跳上去和他一起跑，可薛荣贵没理他，继续加速下降，迅速逃离。马威一时怒不可遏，大吼地叫骂着，连朝薛荣贵开了数枪。

海警船已围上来，马威意识到大势已去，只得扔掉手枪，命令所有同伙放弃抵抗，接受检查。

段韬抱起倒在血泊中的欧轼晗，大声呼唤："师妹，你要坚持住，马上送你去医院。等你好了，我们一起回家。"

欧轼晗缓缓睁开双眼，吃力地说："师哥，我好冷，抱紧我。"

段韬连忙脱下自己的衣服，裹在欧轼晗的身上，紧紧搂住她。

欧轼晗现出一丝微笑："师哥，带我回家……回家……"

段韬眼含热泪地应道："嗯，一起回家，一定回家。"

海浪拍打着船舷，发出低沉而哀伤的呜咽，仿佛在为这位英勇的战士唱着最后的挽歌。

天空中，火烧云正炙热地燃烧着。一群洁白的海鸥在红色的海天之间飞翔，发出长长的哀鸣，像在呼唤英雄的名字。

尾　声

大地苍茫，旷野悲寂。

海边的烈士陵园里，草木葱茏，一片幽静。园内的一条小路通向欧轼晗的墓地，那里正肃立着她的亲人、战友和其他闻讯赶来的哀悼者。欧华斌夫妇站在墓碑两端，高伟达、段韬、姚铁、季箐、童宁等人依次向欧轼晗烈士鞠躬致敬，献上一束束洁白的鲜花。

段韬满含泪水，抬起头遥望远方，就觉得风在耳边飕飕地掠过，银色的云朵似有若无，纹丝不动，像凝固住了一般沉寂。

天空未留痕迹，鸟儿却已飞过。

334

图书在版编目（CIP）数据

流沙之墟 / 小东著 . -- 上海：文汇出版社 , 2025.
8. -- ISBN 978-7-5496-4537-4

Ⅰ. I247.5

中国国家版本馆 CIP 数据核字第 20251Q23F8 号

流沙之墟

作　　者 / 小　东
责任编辑 / 乐渭琦　周卫民
书名题字 / 曹文建
装帧设计 / 祝　来　韩江涛

出版发行 / 文匯出版社
　　　　　　上海市威海路 755 号
　　　　　　（邮政编码 200041）
经　　销 / 全国新华书店
照　　排 / 上海歆乐文化传播有限公司
印刷装订 / 启东市人民印刷有限公司
版　　次 / 2025 年 8 月第 1 版
印　　次 / 2025 年 8 月第 1 次印刷
开　　本 / 890×1240　1/32
字　　数 / 240 千
印　　张 / 10.75

书　　号 / ISBN 978-7-5496-4537-4
定　　价 / 46.00 元